被遗忘的
灵魂

[美]吴帆 著

图书在版编目（CIP）数据

被遗忘的灵魂 /（美）吴帆著. -- 广州：花城出版社，2023.2
ISBN 978-7-5360-9769-8

Ⅰ. ①被… Ⅱ. ①吴… Ⅲ. ①长篇小说－美国－现代 Ⅳ. ①I712.45

中国版本图书馆CIP数据核字(2022)第169572号

出 版 人：张 懿
策划编辑：林宋瑜
责任编辑：林 菁　杨柳青
责任校对：李道学
技术编辑：凌春梅
装帧设计：二间设计

书　　名	被遗忘的灵魂
	BEI YIWANG DE LINGHUN
出版发行	花城出版社
	（广州市环市东路水荫路11号）
经　　销	全国新华书店
印　　刷	佛山市浩文彩色印刷有限公司印刷
	（广东省佛山市南海区狮山科技工业园A区）
开　　本	880毫米×1230毫米　32开
印　　张	10.75　1插页
字　　数	196,000字
版　　次	2023年2月第1版　2023年2月第1次印刷
定　　价	58.00元

如发现印装质量问题，请直接与印刷厂联系调换。
购书热线：020-37604658　37602954
花城出版社网站：http://www.fcph.com.cn

目 录

第 1 章 /001

第 2 章 /006

第 3 章 /013

第 4 章 /021

第 5 章 /027

第 6 章 /031

第 7 章 /038

第 8 章 /046

第 9 章 /054

第 10 章 /059

第 11 章 /070

第 12 章 /079

第 13 章 /087

第14章 /093

第15章 /097

第16章 /112

第17章 /121

第18章 /127

第19章 /135

第20章 /140

第21章 /147

第22章 /152

第23章 /157

第24章 /165

第25章 /174

第26章 /178

第27章 /183

第28章 /190

第29章 /193

第30章 /198

第31章 /203

第32章 /210

第33章 /214

第34章 /222

第35章 /238

第36章 /246

第37章 /256

第38章 /259

第39章 /268

第40章 /271

第41章 /278

第42章 /286

第43章 /295

第44章 /300

第45章 /309

第46章 /315

第47章 /323

第48章 /335

第1章

满满一屋子的人,但是老寿星戴维却不见踪影。

九个小时前,安妮在厨房里忙开了。尽管她已经订好了鲜花、蛋糕还有送餐服务,心里还是觉得忘了点什么。昨晚睡觉前,她想到应该包些饺子。妈妈在世的时候,每年爸爸过生日,她都要包他最爱的素三鲜饺。安妮虽然小时候帮过妈妈擀面、和馅、包饺子,但她已经很多年没有这么做了。

她在炉台右边橱柜最下面的抽屉里找到一本中国菜菜谱——那是妈妈留下来的,还是在老地方!她抚摸着发黄了但还泛着光泽的书皮,回想妈妈在厨房里忙碌的样子,此刻仿佛看见妈妈站在水池边,哼着歌,飞快地在洗手,头还随着正在播放的音乐一摇一晃。

安妮和面的时候，戴维走进了厨房。他是个身材高大、脸庞红润的老人，身子骨看上去很结实。但安妮看得出来，自从妈妈三年前去世后，爸爸突然衰老了很多，他开始驼背了，食欲也大不如以前。昨晚，他只吃了半碗面条和一点蔬菜。以前那个常自吹有病无病三大碗的爸爸到哪儿去了？

戴维穿戴齐整，上身是带暗格的浅蓝色长袖衬衣，下身是黑色西裤，脚上是黑色的乐福鞋。自从玛格丽特的葬礼后，他还是第一次穿得这么正式。

"哇，今天您看上去帅极了！"安妮走到戴维面前，伸开手臂给了他一个热情的拥抱，还在他的左右脸颊上各亲了一下，然后她接着和面。面团太湿了，得再加点面粉。

"过生日总得穿好看一点。"戴维笑着说，心里暗暗诅咒突然酸痛起来的大腿根：那是多年前弹片造成的腿伤，一入秋总是时不时犯疼。担心女儿看出自己的不适，他指着桌上的一堆碗盘说："呵，包饺子呢！你什么时候变成大厨了？"

"这可是您八十五岁的生日大餐，我当然要特别加劲。皮埃尔和孩子们中午前到，也能帮着包饺子。"安妮掰着手指头数数，"伯纳德一家，王先生和王太太，您以前教过的几个太极拳学生，还有两个老同事……啊，十六个大人，六个孩子！"她兴奋地叫嚷起来，"我看至少要包一百个才够。"

戴维慈爱地看着女儿。玛格丽特近四十岁时才怀上安妮，安妮有着妈妈的宽额头、高鼻梁和卷曲的睫毛，也有他的深棕色的眼睛，黑头发和浓密的眉毛。她笑起来跟玛格丽特一模一样，嘴角轻轻上扬，右脸颊下方出现一个浅浅的酒窝。

想到玛格丽特，他的眼睛有点湿润。他拿起手边一块干净的抹布，忍住大腿的疼痛，走到墙边逐个擦拭墙上大大小小的家庭照的相框。擦完了厨房的照片，他又把其他房间的照片擦了一遍。玛格丽特去世后，这是他每天的例行公事，有时一天擦几遍。之后，他给阳台上的花浇水，还细心察看大红色天竺葵的叶片和花朵，确保它没有受到虫害之侵。

安妮透过窗户默默地看着阳台上的父亲。她知道，那棵天竺葵是妈妈走的那年她亲自在花市上挑选的。拿回家的时候小小的一盆，只有一个花球，如今花枝铺满了半个阳台，还从栏杆之间像张帘子一样垂下去。

戴维回到厨房，略带迟疑地问："真要办这个聚会吗？人太多了吧。请王先生和王太太就够了。"

安妮瞪大眼睛说："爸，咱们一起发的请柬呀！现在改主意可太晚了。"

"我只是不想太辛苦你了。你难得有个轻松的周末，昨晚还特地过来陪我。"

"对自己的女儿就别客气了，我很乐意效劳。对了，爸，我过会得出门买辣椒酱，冰箱里的吃完了。我知道您爱蘸着辣椒酱吃饺子。"

"还是我去吧。我每天早上都得出门走走，不然一天都没精神。"

"我陪您去。"

"不用了。家里得有人，万一客人打电话来了呢。"

安妮知道爸爸的脾性，想到要做的事非得去做。"那好吧。走路可得注意，上下台阶和过马路尤其要小心。"两年前，爸爸过马路时被一个骑自行车的人撞倒在地，还好，没有伤筋动骨。不过，下次他可不见得有这么幸运了。

"你当我是五岁的孩子呢！你爸自理能力强得很。看看，家里是不是干净整洁？而且我身体棒着呢！70多岁的时候还每年游冬泳。你妈在世的时候常说——"

安妮插话："说，你爸是铁打出来的。"

为了让女儿看到自己的身体好得很，戴维甩开手，迈开大步，像士兵一样走到大门口，还做了立正稍息。

安妮跟着走到门口，准备从门后的衣橱里拿出件外套给爸爸穿上，但手碰到外套时，她有了新念头。

"爸，您等等。"说着，她跑到爸爸的卧室，在他的衣橱里找出件深蓝色夹克。这件夹克是妈妈多年前给爸爸买的。无数次，她看到爸爸妈妈出门前，妈妈给爸爸穿上这件外套。但妈妈过世后,安妮就再也没有看到爸爸穿这件衣服了。

她给爸爸穿上夹克后,还整了整里面的衬衣领口。爸爸笑了笑,但没有说话。

爸爸离开后,安妮关上门。想到自己开始扮演妈妈的角色了,她不由得微微一笑,但随即鼻子一阵发酸。

为了爸爸的生日,她推掉了和好友卡拉每月一次的约会。妈妈去世后,爸爸就拒绝过生日。这次她好歹说通了他,所以一定要好好庆祝一下。

她回到厨房,捏了捏光滑的面团,感觉到上面的弹性,不由得开心地笑了。

第 2 章

大街上行人不多。上班的人这会儿已经各就各位，而这里既不是商业闹市也不是旅游景点。街道边一些地方散落着空酒瓶、旧报纸，还有破破烂烂的塑料袋及其他垃圾。七八年前，房产投资商看中这儿地便宜，一下子盖了十几栋二三十层的商住楼，四处宣传13区会成为投资买房的旺地。不过巴黎人没有一窝蜂往这里搬，商铺饭店也没有增加多少。就在房地产商不得不承认投资失败的时候，逃离印度支那战争的柬埔寨、越南和老挝的近十万华人难民经过千辛万苦来到法国，其中不少人被法国政府安置在巴黎13区的闲置房里。短短几年，难民的拥入让13区人口一下暴涨，而来自中国的主要是温州人的移民（不少是偷渡者）也看中这里廉价的房租还有小具规模的华人社区，开始在这里打工、开店铺。二十年前，戴维和玛格丽特退休后考虑在13区买房便宜，从拉丁区搬来这里的时候，可完全没想到这里会成为一个中国城。

昨晚下了雨，地上多了不少梧桐落叶，被雨水浸过后，它们像动物的脚印一样粘在地上。戴维一出公寓楼，就长叹了一口气，脚步慢下来，头也勾起来。现在不用做给女儿看，他不必装出精神抖擞的样子。他一点也不想开这个生日庆祝会，但看到女儿兴奋的样子，他怎么能说不呢？

大腿现在不那么酸痛了。外套穿在身上又舒服又暖和。

"戴维，我不会离开你的。我们发过誓的，永远在一起呀。"昨晚，玛格丽特在梦里这么对他说。她仰着脸看着他，又厚又短的卷发像是一层层白色的涟漪。他把头埋进去，闻到了初夏的阳光，看到了他们年轻时候手牵手在树林里散步的情形。

这段时间，他每晚都梦到她。

路边石椅上躺着个空酒瓶，一个香烟盒，还有放在淋湿了的餐巾纸上吃了一半的火腿三明治。他皱了皱眉头，走过去把它们逐一扔进几米外的垃圾桶里。他是那种见不得别人乱扔垃圾的人。

经过玻璃门敞开的爱塔拉咖啡店,他在门口停了一下,习惯性地往里张望,想起了咖啡店的前任老板德雷福斯先生。德雷福斯先生是个小个子,秃头,戴眼镜,笑起来眼睛眯成缝。自从跟戴维学太极拳以来,他就不叫戴维张先生了,而是改口叫师父。十年前,德雷福斯先生从他太太父母那儿接手了这家咖啡店,咖啡店很小,只够放四张桌子。五个月前,德雷福斯太太在家中的浴室里发现他的尸体。他自缢而死,只留下一句遗言:我终于可以安安静静睡觉了。他才不到六十岁呢!德雷福斯先生在世的时候,戴维每天早上都要在爱塔拉咖啡店买一个羊角包和一杯茶,然后和他聊一会儿。德雷福斯先生死后,德雷福斯太太就把店卖了。

咖啡店浓郁的咖啡味还有新鲜出炉的面包的香味弥漫到街道上来,引得戴维的肚子咕咕叫起来,但他决定不吃早餐。

他继续往超市的方向走,想起以前和玛格丽特在这条路上散步的情景。她走右边,他走左边,她的手轻轻搭在他弯起来的手臂上。她走路的时候抬头挺胸,让她不到一米六的个头看上去高了不少。她喜欢裙装,尤其是碎花连衣裙。就是在冬天,她也常常穿裙子,下面是黑色或棕色的长筒袜,外面穿齐及膝盖的大衣,脚上是设计简洁的中跟皮鞋。此刻,他下意识把右手臂微微抬起来,好像她的手正搭在上面。

前面就是街区公园。公园小而精致,已近尾声但依然盛开的玫瑰花给灰色的天空和街道增添了色彩。戴维顺着他和玛格丽特走了不知道多少遍的石子路出了公园。在绍瓦西、伊夫利和托比亚克三条街交叉的街口，交通很繁忙。

过去的几年里，这里增加了很多新店，也增加了很多亚洲人的面孔。戴维对此又高兴，又难过。高兴的是买中国货方便了，而且自己有了更多说中文的机会；难过的是市容变化得如此之快，自己成了局外人。

他在街口站了好一阵。虽然陈记超市一拐弯就到了，他却不想进去。他真不该答应女儿给他办这个生日聚会。一想到家里挤满了人，到处吵吵闹闹，他的心就怦怦直跳。客人们会好奇地盯着家里的每张照片看，会像便衣侦探一样问他各种各样的私人问题，而小孩子们肯定会把所有的房间弄得一团糟。

玛格丽特健康的时候，他们常请朋友到家里做客，但她走了后，也把他对社交的欲望带走了。除了王先生和王太太有时过来聊聊天，他没有其他客人。他习惯了一个人住，习惯了想吃就吃想睡就睡自由散漫的生活方式，也习惯了长时间在回忆中度过每一天。人活到这个年纪，时间就不再是连绵的水流，而是一块块由回忆凝成的石头，大的、小的、发亮的、灰暗的、棱角分明的、线条柔和的，而你要做的事就是把它们拿在手里，一遍遍地细看，不错过上面每一道条纹、每一个凹凸。

不远处有个小摊，摊主是个三十出头的黑人，他面前的台子上铺着塑料布，上面摆放着廉价的皮带、皮包、非洲的首饰，还有一些旧货，其中有一排绒布做的矢车菊胸针，上面蒙着灰。

戴维走到小贩面前，指着矢车菊说："买两朵。"

每年快到一战停战纪念日的时候他和玛格丽特都要佩戴矢车菊胸针。他把买的胸针放在外套口袋里，提醒自己在十一月十一号那天去墓园看望玛格丽特时，给她捎上一枚。

他的手在口袋里放了一阵，回想起玛格丽特去世前一年他们俩到贡比涅镇的情景，那里是当年协约国与德国签订停战协定的地方。从一战停战纪念博物馆出来时，她冷到直打哆嗦（她那几年特别怕冷，冬天穿多少衣服也热乎不起来。晚上她入睡前，戴维总是给她按摩脚板。他相信中医寒从脚下起的说法）。他解开自己的呢子大衣，把她搂在怀里。她不再发抖了，脸贴在他的胸前，两手环抱着他。他低下头，吻她的头发和前额。在他眼里，她还是和年轻时候一样漂亮，有魅力。

他口袋里除了刚买的胸针，似乎还有一张纸片。他掏出纸片，原来是半个巴掌大的信封，浅绿色，玛格丽特最喜欢的颜色，上面写着："给亲爱的德伦。"

他的手不由自主地抖动起来。他转过身，不让小贩看到他这副样子。还好,一位穿着粉红色套装的中年妇女这时也过来买东西,把小贩的注意力引开了。

他打开信封,抽出里面一张白色的小卡片,上面用黑色圆珠笔歪歪扭扭写着:二马,绿园护理中心。下面是地址和电话。没错,是玛格丽特的笔迹。看得出,她是费了一番工夫才写好这两行字的,字母大小不一,有些还重新用笔加深了颜色。这一定是她在最后的日子里写的。要知道,她平时的书法漂亮极了,就像轻盈的芭蕾舞演员在台上飞舞。

戴维缓慢地把卡片放回到信封里,眼睛湿润了。玛格丽特呀,玛格丽特,他在心里说,你为什么要这么做呢?你花了多少工夫才托人找到这个地址?

他站了一会儿,让眼泪退去,这时耳边突然传来轰隆隆一声巨响。

他扭头朝那个方向望去,但没有看到任何异样。他问小贩:"刚才那是什么声音?"

小贩一脸糊涂:"您指的是什么声音?"

"刚才那个打雷一样的声音。"

"是吗?我可什么都没听到。"

"德伦……"戴维觉得有人在耳边颤巍巍呼唤自己。这明明白白是父亲的乡音。从十七岁离开家乡后,戴维就再也没有回去过了，也再没有见过父母和三个弟妹。

他的心揪了一下，知道父亲的呼唤和刚才那声巨响都是自己的幻觉。

他的脚机械地朝陈记超市走去。到了门口，他停住了。

一个戴着顶破旧的帆布遮阳帽的背包客从他面前走过。他个子高大，长胳膊长腿，年纪看上去不到二十，圆圆的脸庞被晒成了棕红色，下巴上的胡子至少一个星期没刮了。他的背包足有一米高，里面鼓鼓囊囊塞满了东西，最上面还绑了一个卷起来的红色睡袋。虽然他的脚步因为身上的重负有点拖沓，不过他脸上带着笑容，眼睛直视前方，仿佛在那里看到了自己美好的未来。

戴维想到十七岁时远行的自己，一阵长久压在心底的冲动喷涌而去。他今天必须去看望那些老朋友，一定要去！

他原地站了一会儿，然后突然迈开大步路过了超市。到了十字路口，他一个右转身，顺着人流走到了街道的另一边。

第3章

  震天响的鞭炮足足持续了有半个时辰才停歇，空气里弥漫着火药的气味。五平镇最气派的张府门外里三层外三层围满了看热闹的人，一群叽叽喳喳的孩子忙着捡地上未燃烧的爆竹，确保引线上没有火星后才放进口袋里。还有些孩子在玩门口一左一右两只大石狮身上披挂的红绸，透过柔滑的绸布看天空上朵朵白云。不远处的苹果林虽然树叶脱落殆尽，但黑色的枝干衬着蓝天，别有一番风味。

  老人们都说今天是个大吉日，难怪镇上最有钱的张家和陆家要选在这天结亲。金门对金门，竹门对竹门，可不是吗？

  从镶嵌着铜扣的朱红大门里走出来张府的管家长青，他新衣新裤，一脸喜气。见到他，孩子们一拥而上，很快就将他手上提着的装了喜糖的篮子打劫一空。平时有点飞扬跋扈的长青今天因为主人家的喜事变得和善起来,居然还在一个孩子的脸上开玩笑地揪了一把。拿到糖后,孩子们仍不肯散去,守在门口等陆家小姐的花轿,还唱着歌谣:

> 黄狗黄
>
> 黄狗地下蓝瓦房
>
> 山东姑娘绣鸳鸯
>
> 一对鸳鸯一对鹅
>
> 一对兔儿在山坡
>
> 一对牛儿吃青草
>
> 一对孩子笑呵呵

我在一群人的簇拥下也在门口等花轿,他们向我恭喜,说吉利话。我不得不挤出笑容一一作揖道谢,但我的视线却不断投向那片苹果林,幻想独自一人在那里静处。

自从去年离开学校回到家乡后,我就一直后悔自己对父母的屈从,尤其痛恨每天碌碌无为的生活,一天到晚拿着本子算账,收了多少地租,卖了多少茶多少药。五平镇上买不到让我热血沸腾的诸如《新青年》那样的出版物,没有人能跟我谈歌德和陀思妥耶夫斯基,更没有能说得上话的朋友。一切都是那么老旧,那么陈腐,好像人们在厚厚的沙层掩盖下生活。

如果不是父亲突然得了肺痨，整晚整晚不断咳嗽，还有母亲苦苦的哀求，我是断然不会中断学业，离开青岛回到五平镇的，也断然不会同意父亲在我十四岁时和陆家定下来的亲事。我见过陆家小姐一面。我从青岛回到五平镇上后，曾和父亲去拜访了陆家老爷。陆家做米店和百货生意，在乡下还有不少地产。女仆撩起竹帘进来上茶的时候，我瞥到一眼藏在竹帘后偷看我的陆小姐还有她的丫鬟。陆家老爷一声呵斥自己的小女没规没矩后，陆小姐和丫鬟留下一阵低低的笑声就跑走了。镇上的人都说陆小姐不但长得端庄秀丽，琴棋书画样样都好，而且乐善好施。可是我希望找的妻子是个新时代的女性，进过学堂，能和我畅谈时事。如今说什么都晚了，聘礼早已送到了陆家，喜棚、喜宴、舞狮队，还有玉佛寺来念经的和尚也一早都安排妥当了。

"大少爷，"长青冲我喊道，"花轿就要到了！"

不用他说，我也听到了远处敲锣打鼓的声音，咚锵锵，咚锵锵，每一阵锣鼓声都像锤子一样打在我的心上，让我有点喘不过气来。

送亲队伍出现在青石板路远处的地方，由红色的一点变成红色的一片。鞭炮声四起，灰色的硝烟遮住了街道两边的房子。人群朝花轿来的方向拥去。

接下来的七八个小时我像木偶一样被人摆弄着,眼前闪现着一张张喜洋洋的脸,其中有我父母的,父亲的两位小妾的,还有三个弟妹的。拜堂、喜宴、闹洞房,这么折腾到断黑,张府才安静下来。除了收拾打扫的用人们的脚步声和低低的说话声,只有偶尔的狗吠声。

我坐在靠窗的桃木茶几旁的凳子上,就着灯笼和喜烛的微弱的光芒,低头看今天的报纸。虽然我把报纸翻得噼啪作响,却不知道自己在看什么。新娘戴着坠了珍珠和金饰的红头面盖,侧坐在床沿上,身后是已经为新人铺开了的丝绸被子,被面上绣着鸳鸯和百子图。

她微微扭动了一下身体,站了起来,然后又坐下来,轻轻叹了口气。我看着她,确切地说,是看着她穿着的红色绣花鞋。她的脚只有我的巴掌一半大,像个粽子。

我何尝不曾无数次幻想洞房花烛夜和抚摸女人身体的感觉,但想到绣花鞋里那畸形的脚,我就恶心得想吐。我的父母在我极力反对下没有给我的两个妹妹缠小脚,可是他们却骗我娶了一个小脚女人。就是在昨天,母亲还信誓旦旦地说陆小姐是天足。她和父亲也许真喜欢陆小姐,但他们一定更看重陆家的财产。父亲一直说世道不好,军阀混战,米店可比茶铺和药店有保障。

外面传来打更的声音。我在心里对自己说,好歹你要掀开她的头巾,看她长什么样子,但就连这个我都做不到。我放下报纸,站起来,轻声说:"我要出去一下。"

她沉默不语。

我走到门边,拔了门闩,打开门。我并不知道自己究竟要出去做什么,但屋里的一切都让我窒息。

"什么时候回来?"她说,声音轻柔悦耳。这是我第一次听到她说话。我回头看了她一眼,目光又落在她的绣花鞋上。

"很快就回来。"说完,我走出房间,带上门。

我顺着回廊,来到大厅,里面空荡荡像是巨兽的嘴,出了大厅,回头看到大厅外高悬的金字大匾闪现幽暗的光。我来到了前院有假山拱桥的花园。我站在拱桥上,借着月光看池子里的鲤鱼,它们本来在歇息,听到动静,就从石头下面游出来。

我苦笑一下:自己何尝不是一潭死水里的鱼。

下了拱桥,我穿过一小片竹林,来到了书房。推开书房的门,我一眼看到门后放的自行车,那是我从青岛带回来的。在师专读书的时候,我常和同学们下课后骑车四处乱逛,在人少的地方还比赛谁骑得最快。我个高腿长,总是拿第一名。赛车的时候,我攒足劲头,低头弓腰,呼呼的风声从耳边刮过,脚上有使不完的力气,车轮蹬得好像要离开地面飞到云端。我们笑得多畅快呀!

我想到了林雨梅。她是我们班上为数不多的女生,圆脸,齐耳短发,长睫毛,笑起来就像是林子里咚咚的清泉。她和男生打篮球、踢毽球,也参加我们的自行车赛。不知有多次,我在上课的时候偷看她的侧影和她的裙子下露出的结实的小腿。即使上面穿了白袜子,还是让人浮想联翩,只要她一回头,我慌忙移开目光,假装在认真听课。有一次,我偷看她的时候给她逮着了,她微微一笑,接下来的一个星期我都魂不守舍。在几个男同学的撺掇和安排下,我和她终于在一次自行车赛后单独有机会在海边散步。

不,不能再这么想下去了。我对自己说。我把自行车从门后推出来,扭动一下车把,捏了捏轮胎。前几天我教弟弟骑车,现在车胎还是鼓鼓的。

我突然冒出了骑车的欲望。我脱掉婚服,只穿了里面的绸衣裤还有夹袄。我把车推出门,跨上自行车,来到了后门。我拔开粗重的门闩,出了门。街上一个人都没有,月光在青石板上洒下一层柔和的银光。寒风拂面,我哆嗦了一下。

骑过龙桥街、秀水街、玉华街,我来到了五平镇通往青岛的大路。四米多宽的土路凹凸不平,但顺着边上骑还不算太颠簸,两边收割过的玉米地里,一排排枯干的秸秆像是倦怠的士兵在沉睡。一只不知从哪儿钻出来的野狗跟着我跑了一阵，跑不动了，趴在地上直喘气，遗憾地看着我远去。

我劲头十足，手像钳子一样牢牢抓住车把，脚踩得像风轮，不一会儿浑身冒汗了，但我不想停下来。回头看，月光下的五平镇已经变得隐隐约约，仿佛水墨画上的远景。

骑呀，骑呀，越快越好，越远越好。

骑呀，骑呀，骑去找林雨梅吧，可是她已在上海过上了富太太的生活。她的手指可是抚摸过你的脸，你的唇。她的温热的呼吸曾经让你颤抖。

月亮高挂，照亮了前路和四周平坦的田野。我发疯一样地骑着车，直到在一处拐弯的地方我不小心误入一片碎石地，连人带车摔倒在地。坚利的石头割破了我的丝绸衣裤，在我的腿上和胳膊上划开了几个口子。我仰天躺在地上，任凭凸出的石头顶着背，开始号啕大哭起来。

远处传来一阵高低起伏的狗吠声，然后我感觉到了身体下土地的颤抖，听到微弱的轰隆隆的声音。我停止了哭泣，爬起来，向一片桦树林张望，声音就是从那里来的。

黑乎乎的吐着浓烟的火车头在离我不到100米的地方赫然出现，随后是巨龙一般的身体。即使隔着这么远，我也能感觉到它掀起的尘土，闻到它呛鼻的机油味。

我睁大眼睛欣赏这头充满能量，仿佛能征服一切的怪兽，觉得它身体里燃烧的煤炭也在加热我年轻的身体。

我多想追上这头巨龙，跟随它抵达到处都是喧嚣和人群的城市。

回头看，只有无尽的荒原。

我扶起自行车，还好，没摔坏。我用手抹干胳膊上和腿上的血迹，一脚跨上了车。

第4章

我睁开眼睛,发现太阳已升得老高,而自己躺在一间坍塌的茅草屋里,身上盖着些干稻草。昨晚我骑车骑了没多久,车胎爆了。我丢下自行车,走路走到又累又渴的时候看到了这间废弃的茅草屋,便到里面给自己做了个窝睡觉。

想到父母焦虑的面孔,我心里好像给刀扎了一下,可是脑子里同时冒出冷冷的质问:"你是不是还想回去做药店老板,每天拿着算盘记账?你难道要和裹小脚的女人生活一辈子?"

过两三个星期再回去,说不定父母担心我再次离家,就会说服陆家解除婚约,甚至让我继续求学。

我回到大路上，往青岛的方向走。在那里我认识开药房的吴老板，他和我的交情还不错，会帮我找个地方住下来。

近中午的时候，我到了城门口。

城门口附近有个大集市，热热闹闹聚着几十个铺子，面条早点、蔬菜瓜果、针头线脑、琳琅百货、算命打卦，什么都有。我虽然口袋里一个铜板都没有，但情不自禁还是被扑鼻的香味吸引过去了。

"花椒肉火烧！又香又酥！"我顺着高亢的叫卖声来到了一个铺位前，炭火炉上的烧饼往外嗞嗞冒油，闻上去香味扑鼻。腰间扎着围裙的店主热情地招呼我，但看清我的模样后，脸上的笑容没了，不耐烦地挥手让我走，嘴里还叽咕道："真不走运，又是一个鸦片鬼！"

我这副样子无论如何不能去见吴老板。不远处有家当铺，我想起了兜里的瑞士怀表——那是父亲托人从上海买来的。我走进当铺。一会儿，我出来了，口袋里装了十个大洋。我在一家服装店买了件衬衣，一套便宜的棕色西装和一双皮鞋。衣服和裤子都有些紧巴，但只能将就了。之后，我在一家饭店坐下来，点了两个烧饼，还有几样小菜。

刚吃完饭，我就听见外面传来一阵喧天的锣鼓声。

我离开饭店，顺着锣鼓声的方向，到了离集市不远的一块空地上。那里人头攒动，比集市还热闹。我扎进人堆，挤到最前面的地方，见到五个扎着红腰带的人在人群围出来的空场地那里表演。两人打鼓，一人敲锣，一人舞棍，另外一个人在锣鼓声停下来的空当边打快板边说唱：

"众弟兄，大家来听，你我下欧洲，三年有零，光阴快，真似放雕翎。人人有父母弟兄、夫妻与子女，天性恩情，亲与故、乡党与宾朋，却如何外国做工？内中情与境、曲折纵横，且听我从头说分明。"

他打了一阵快板，接着说："德国王，国富兵强，人人多雄壮。器械精良吞欧洲，早在他心上。起祸端奥国储王，塞国少年党暗把他伤，滔天祸从此间开了场。"一阵锣鼓声后，他又说，"德国王，借口联邦忽然调兵将，昼夜奔忙。英法俄，三国着了慌。德国兵四面齐集，安心灭法国。假道于比，最可怜，比人死得屈。"

啪啪啪，快板声一浪高过一浪。人群一阵叫好。

"英法人，拼命拒敌，水陆共进兵，马不停蹄。因战争，无人种田地，请我国助一膀臂。我国大总统，有心无力，多内乱，兄弟如仇敌。众同胞，大家尽知，欧美文明国是我友谊，最应当发兵来救济。无奈何，文武官吏，爱国心不足，眼多近视贪私利，无人顾公义。我工人，冒险而至，一为众友邦，二为自己，中华人最爱好名誉。最爱好名誉！"

这时锣鼓齐鸣，舞棍的人利索地脱了外衣，光着膀子在场地上做起了空翻,然后用脚挑起地上的一根木棍,耍了一套棍术。他手臂圆熟快捷,棍子时而快似疾风暴雨,时而劈、扫、挑、点,变化无穷。

观众一片鼓掌叫好声。我身旁一个人说:"真厉害,不知是哪家门派的。"

他身后一个人冷冷地说:"拳棍耍得再好,也敌不过洋人的一颗子弹。"

我转头看,见到三个跟我差不多年纪的人,看他们的打扮,很可能是学生。

一个瘦小精干,戴着金丝眼镜的人满头大汗,激动得有点手足无措。"我们……我们一起报名去欧洲吧!"

他的一个同伴说:"那里可在打仗!"

"海报上说不上前线,只在后方。"

"中国不是中立国吗?如果派人支持英法,那不是等于向德奥宣战了吗?"

金丝眼镜摘下眼镜,用手背擦了擦额头上的汗水,然后重新戴上眼镜。"我和王先生早就针对这个问题争论得不亦乐乎。他认为中国应该袖手旁观,我却认为中国应该加盟英法,向德奥宣战,将来作为战胜国就能废除日本强加在中国身上的'二十一条',而且由此提高国际地位。"

"你怎么知道英法会赢？"那个夸棍术厉害的人说。

"他们的海军厉害呀！德奥打不过他们的。你注意到了吗？这些招劳工和翻译的机构都不是军事机构，而是民事机构。中国政府这点做得挺聪明。一来，整个招工属于民间活动，跟中国政府无关，就是德国找碴儿，中国政府可以说他们与此无关。对英法来说吗，这是雪中送炭。他们前线的士兵伤亡惨重，如果招了外国劳工，这些劳工能在后方修建军事基地，做各种各样的后勤工作，那不等于让英法把自己人腾出来去前线吗？所以说，说白了，段祺瑞政府对外是宣而不战，对内是战而不宣。"

说拳棍敌不过子弹的人伸出大拇指，说："看来你那些报纸和书没白读。你说的，我也同意。咱们以前不是说将来有机会一定要去看巴黎圣母院和英国的泰晤士河吗？男儿志在四方，何况人生短促，当游遍五洲，看尽名景。现在机会来了。不用花钱，还能拿钱！再说，我们上师范大学就是要改变中国男女教育不平等的现状。你们的妹妹，还有我的姐姐们都没机会读书。可是在欧洲，早在17世纪女性就可以上大学了。到了欧洲，咱们学学人家先进的观念和科技，然后回来救国。"

夸棍术厉害的人频频点头："我们明天就报名吧！"

金丝眼镜跳起来，把手在空中用力一挥："巴黎圣母院,我们来啦!"

他们说完,就准备离开。我叫住他们:"朋友,你们说的英国和法国在这里招工是怎么回事?"

金丝眼镜解释了一通,然后指了指城墙的方向,说:"城墙那里就有一张招工告示。"

他的一个同伴催他走,说马上就要上课了。

他们走后,我三步并作两步到了城墙处。那里果然贴了张一人高白纸黑字的告示,上面写的是英国和法国现在在青岛和威海卫招劳工和翻译到欧洲工作,包吃包住,劳工无须参与军事工程设施建设,只在后方工作,工作地点离前线至少十六公里,合同期为三年,可在工作满一年后提前终止合同,收入为每天一法郎。

一年后就回来,我对自己说,那时婚事自然已经解除。我将按照自己的想法开始新的生活。

我笑了。周围的一切此时都变得很美好。四面八方的行人、叫卖的小贩、杂耍艺人、人力黄包车和进口的小汽车构成了一片繁华景象。更远处,灰蓝相间的海水上掠过一群白鸥,几艘满载着货物的货轮悠游地航行,好像整个世界都是属于它们的。

第 5 章

戴维边走边想心事,好几次因为腿伤而不得不停下来歇息。到了火车站,他浑身发热,额头直冒汗。这时,他才意识到自己原本可以坐公共汽车或是地铁来这里的。

一天有两班去滨海努瓦耶勒的火车。他赶得很巧,十点那班再过二十分钟就要发车了。他找到一个电话亭,犹豫了一阵才拿起电话,投入已经数好的硬币,开始拨打家里的号码。拨到一半,他按了取消键,重新拨号,边拨号边庆幸自己的记忆力还不错。王先生接的电话,他的声音如他的性格一样慢条斯理。戴维松了口气:如果是王太太接的电话,她肯定啰里吧嗦问一大堆问题。

上火车后,他找了个靠窗的位置坐下来。车上人很少,一半的位置都空着，他的前后两排座位都没有人，这正合他的心意，这样他就能安安静静想想以前的事。

火车出了市区后是一片恬静的田园风光。太阳出来了，阳光洒满黄绿相间的田野，夹杂其中的是绚烂的树林和色彩明艳的房子。

两个小时后，滨海努瓦耶勒到了。火车站很小，孤零零一个小砖房，看上去像农舍。镇上只有八百多位居民，镇中心是个由灰色砖块搭成的三角形的小花坛，花坛的一侧是石头雕出来的镇名，颜色比背景略深一点，另一侧是大小不一、颜色各异的路标。

他要去的地方在小镇的外围，腿脚灵便的时候他走过去不到二十分钟。他走在灰墙红屋顶的农舍间，欣赏房前的花草和小摆设。不远处，黑白相间的奶牛在被小树丛分割成一块块的草地上悠闲地吃草。他已经有好些年没有来这里了。

终于到了目的地。他在有中国古风的墓园拱门前深深鞠了一躬，然后小心翼翼推开黑色雕花铁门，仿佛怕惊动里面的亡魂。

多么素净的世界！八百多座洁白的半人高的石碑排列整齐，镶嵌在绿色的草坪中间。住在村子里的老亨利克在世的时候，每个星期都会来这里照看墓园，修剪花草。没人付他钱，他自愿这么做的。戴维和玛格丽特每次来滨海努瓦耶勒，在扫墓后都要到老亨利克那里坐一坐。他身材瘦小，留着一缕山羊胡子。他见到戴维和玛格丽特，总要说起他参加过的索姆河和凡尔登战役，边说边用手慢条斯理地梳理下巴上的胡子。

老亨利克走了有十年了，之后另外的村民们又担负起照看墓园的工作。

戴维在墓碑间走着，不时弯下腰，用手擦去石碑上的泥土。石碑上的字有些经过风吹雨淋模糊不清了，但大部分清晰可见。亡者的名字用中文竖着写在正中，右边是死者的籍贯，最上面用中英文同时写着悼念词，有的是"鞠躬尽瘁"，有的是"虽死犹生"。墓碑下方处刻着"中国劳工军团"还有死者的编号，70710，48979，56543……在戴维的眼里那一个个冷冰冰没有人情味的阿拉伯数字后面曾经都是一个个有血有肉鲜活的人。他曾和他们一起挖战壕扛炮弹，曾和他们一起聊天说笑……

"58909。"戴维喃喃自语念叨自己的编号。无数次在梦里，他都听到有人用这个编号喊他。

他从口袋里掏出两枚矢车菊胸针，亲吻了其中一朵后把它们并排放在一座墓碑前。玛格丽特在天之灵一定很高兴能和他一起重游旧地。

感到有点累，他走到墓园最后端的矮墙边，靠着墙坐下来，闭上眼睛，幸福地呼出一口长气，好像回到了让他思念已久的家。

第6章

安妮愣愣地看着桌上那堆碗碟。肉碎因为放在外面时间长了,表面暗淡无光,她擀好的饺子皮也发硬了。

爸爸出门已经好一阵了,可是还没回家。她刚刚到陈记超市去找他,那里的员工说没有见到戴维。她还特别询问了沿路的小店,问有没有老人被车子撞了,但大家都摇头。超市附近有个摆地摊的小贩听了她的描述后说戴维在他那儿买了点东西,然后穿过马路去了街道的另一边。他还加上一句,说戴维过马路时脚步匆匆,好像急着要去什么地方。

爸爸会不会昏倒在某个角落?又或是他在路上碰到了熟人,聊天聊到忘了时间?

她后悔早先没有跟他一起出门。

门铃响了。她几个健步到了门口。听到门外孩子们的欢笑声,她心一沉:不是爸爸。

开了门,皮埃尔还有两个孩子拥进来。皮埃尔手里捧着个大蛋糕盒,诺安抱着一大束花。

安妮逐一和他们拥抱亲吻后,说了戴维出门去买东西到现在还没回来的事。皮埃尔提议他出门去找戴维。这时电话铃响了,是王先生打来的。安妮还是小孩子的时候,王先生和她爸爸就是最要好的朋友,常常在一起聊天。

王先生说戴维刚刚给他打了电话,说要下午五点左右回家。安妮问他知不知道戴维去什么地方了,王先生说不知道。

爸爸这不是瞎闹吗?安妮心里有些不痛快,同时又很担心。她问:"我爸爸和您通话时是不是有哪里不对头?"

"没有。他听上去好得很。"

"他为什么不直接往家里打电话呢?"

王先生说他也不清楚,然后加上一句:"戴维还说,如果他五点没到家的话,那就不用等他吃饭了。他说,不必担心他。"

放下电话后,安妮和皮埃尔商量了一下,决定只能在家等戴维。安妮又去了趟陈记超市,买了辣椒酱和水果。孩子们觉得包饺子好玩,过来凑热闹。她尽量装出一副轻松的样子，教孩子们包饺子，心里期望爸爸能在五点前到家。

五点左右，客人陆陆续续到了，其中也有王先生和王太太，安妮订餐的餐馆这时也把饭菜送来了，可是戴维仍不见踪影。安妮和皮埃尔心神不安地应付客人，让大家先吃点东西，说戴维很快就会到家的。半个小时过去了，一个小时过去了，戴维还没有回来。

安妮让大家先回去，说一有戴维的消息即刻通知他们。客人们都一个劲地安慰她，说戴维不会有事的。王先生和王太太说戴维可能到什么地方散心去了，过一会儿肯定会回来。

客人走后，安妮拨打了警察局的失踪热线，并回答了一堆问题，然后瘫坐在沙发上，两手捂住了脸。皮埃尔在她身边坐下来，搂住她，说戴维可能去看朋友了，谈得兴起忘了时间。

戴维的卧房里传来诺安和苏菲的吵嚷声。

"是我先发现的！"

"给我！"

"就不给！"

诺安手里高举着一个手镯一样的东西跑出来，苏菲在后面追他。他们从客厅跑到厨房，又跑回客厅。诺安跳到沙发上，用妈妈当挡箭牌。

"别抢了，给我看看。"安妮说。

眼看苏菲的手就抓住自己的手臂了，诺安赶忙把东西交给妈妈。皮埃尔也凑过来看。

这是一个样式古旧的一半有开口的铜手镯，做工粗糙，上面印了数字，除此之外，没有花纹也没有其他记号。手镯看上去颇有年头，打印了数字的地方比其他地方亮很多。

"58909。"安妮轻声念道。她问孩子在哪儿发现手镯的。苏菲说是在外公床边的一个木盒里找到的。"里面垫了红色丝绒呢！"诺安补了一句。

爸爸的这个木盒她很熟悉。从记事以来，她对它就有印象。虽然爸爸对她宠爱有加，但从来不准她动这个盒子。她的好奇心让她曾经很多次想打开盒子，不过盒子上了锁，她怎么也找不到钥匙。问妈妈，她总是笑笑，说她也不知道钥匙在哪儿。她长大后，就忘了这个盒子的存在，今天如果不是因为孩子们从里面拿了东西，她是不会想起这个盒子的。

她问孩子们："你们在哪儿找到钥匙打开盒子的？"

苏菲回答说："盒子没上锁呀！周围也没有钥匙。"

"像是中国来的。"皮埃尔说。他把手镯拿在手里，细细地看。

"从没见过爸爸或是妈妈戴这个手镯呀，"安妮说，"好像爸爸还经常摸摸它。这个数字会是什么意思呢？"

皮埃尔说："没准是他在旧货市场上买的。他和你妈妈不是很喜欢去旧货市场吗？"

"是有可能。不过爸爸会这么宝贝它，把它放在那个盒子里吗？"接着她告诉皮埃尔她小时候爸爸从来不让她动这个木盒，还加上一句，"爸爸准是最近打开盒子来看了，之后忘了上锁。"

她和皮埃尔一起走进戴维的卧房，看看能不能发现他去了什么地方的线索。反正他们现在等得心急，不如做点什么。

卧房里的家具很简单：双人床、书桌和靠背椅，还有一排书架。墙上挂着的画有卷轴的中国山水画和西方画家的画作，还有玛格丽特自己创作的水彩画和油画。除了画作，还有很多照片：家庭照，爸妈和朋友们的照片及爸爸在拉格朗机械厂工作时和同事们的照片。妈妈去世后，爸爸一年多没有动房子里的任何东西，但有一天，他起了个大早，把所有房间都整了一遍，唯一没有动的就是妈妈的衣橱。家具捐的捐，卖的卖，还有不少送人了。原本塞得很满的公寓一下子空荡荡的。

安妮在床上看到了那个久违的中国漆盒。盒子如鞋盒大小，盖上的花纹因为年代久远有些模糊不清。盒子没有上锁。她打开盒子，看到里面放了枚镶嵌了一颗小珍珠的叶片形的胸针，还有几张已经发黄的对折的信纸。她认出那枚胸针是妈妈生前最爱戴的首饰。

她小心翼翼打开第一封信，然后遗憾地摇摇头，上面龙飞凤舞的竖行毛笔字她可一个都不认识！第二封信也是竖行毛笔字，但字体和第一封的不一样，显然是不同的人写的。得等爸爸回来才知道信上写了什么。但愿他不会怪自己擅自打开这个木盒。

她心里突然一阵难过，觉得自己对爸爸的过去知之甚少。她只知道他十七岁那年从中国山东省来到法国的一家机械厂工作，之后在那里认识了妈妈就留在法国了。

随即她在心里为自己辩护：我忙到没时间问他呀！在大学里，我是班上最勤奋的学生。毕业后，我忙工作忙孩子。

可是另一个声音同时响起来：真是因为你没时间吗？还是你其实一直不愿意去了解爸爸的过去？

"你肯定是外星人！"她记起读小学时班上一个叫加斯东的大个子对她说的话。他总是嘲笑她的长相，说她是斜眼怪，说她的脸平得像煎饼。

"我的眼睛不斜，我也没有煎饼脸。"有次她气不过冲他嚷嚷。

"你爸爸是大斜眼怪,你当然就是小斜眼怪。"加斯东阴阳怪气地说。周围看热闹的同学哄堂大笑。

她冲到他面前,一脚踢到他肚子上,随即两个人打成一团。她被打出了鼻血,手上腿上青了几块,但她也让他吃了苦头,打掉了他的一个门牙。她回到家向妈妈哭诉时,妈妈蹲下来,拉着她的手说:"不要哭,要昂起头,挺起胸膛,为你的出身而骄傲。"

日后无数次,她都用妈妈说的这句话给自己打气。但同时,她也常常看着镜子里的自己发呆,幻想童话中的仙女能改变她的模样。

"亲爱的,你在想什么?"皮埃尔问她。

"啊,没想什么,就是担心爸爸,不知他在哪儿。"

安妮等了整晚,可是戴维没有回家。

第 7 章

　　劳工营报名处挤满了人，桌子后面穿着黑色长衫戴着眼镜的中年人是惠民公司的职员，大家叫他刘先生。他汗流浃背，却没时间抹去额头上的汗水。"下一个！"他扯着发哑的嗓子喊。我前面的人叽叽喳喳在议论，说昨天报名的人超过了三百人，今天少说也有五百多，还有整个村都来报名的呢。

　　这倒不奇怪，从去年起山东很多地方就开始闹旱灾，庄稼收成很不好。

　　今天挺暖和，没有一丝风。空气黏糊糊的，好像汗水在其中发酵。几十只海鸥在低空盘旋，寻找地上残留的食物，发出啾啾的叫声，混合着嘈杂的人声，给人一种不安的气氛。

我心里很不是滋味。周围的人大多衣着不整,味道难闻,不少人还梳着长辫子。他们吵吵嚷嚷,简直像一群鸭子!我怎么会跟他们混在一起?一个头发蓬乱,脖子上都是污垢的人挤到我面前,张开满是黄牙的嘴巴冲我笑了一下。我下意识屏住呼吸,往后退了一步。

轮到我了。

刘先生打量了一下我,表情突然柔和了不少。

"会英文或者法文吗?"他问,"这样就可以做翻译。"

我老老实实回答:"英文会一些,但说得不好。法文全然不会。"

他失望地往椅背上一靠,说:"你就别去了。你细皮嫩肉,一看就是富家子弟。欧洲那里战事很紧,做劳工既辛苦也危险,还水土不服。如果染上疾病,可能就死在那里了。"他压低声音,"很多已经在那里的劳工都后悔莫及,想回来可是回不来。"

"我什么活都能干。"

他抬手指了指人群:"看到这些人没有?大多数目不识丁,是搬运工、拉人力车的、庄稼汉,还有当过兵的,你这身子骨肯定吃不消。"

我再次保证我什么都能做。

他摇摇头,好像暗笑我不谙世事,但还是在报名表上写下我的姓名、年龄和籍贯,然后让我带着表格去体检。

体检处在报名处一百米开外的一个临时搭建的白色帆布棚子里,里面有三四百人,已被分成不同的小组,排队而列。一个戴着礼帽,穿着西服,大家称为吕先生的中国人让我排在靠近门边的一个小组。人虽然多,但很安静,大概是因为很多人都好奇体检究竟是怎么回事,而且第一次被要求排队,所以秩序井然,就是聊天的人也压低嗓门。

过了一小会儿,吕先生把我们这组领到帐篷外,然后带我们进了隔壁一间布置得像个办公室的大屋子,正中是张红木书桌。他让每个人脱光衣服,接受希尔医生的检查。希尔医生穿着英国军服,脖子上戴着听诊器,看上去挺和气的。

我顿时面红耳赤。虽然在西方文学里读到过年轻人男男女女裸泳的描述,还在课堂上听过留洋回来的余先生讲解古希腊罗马的裸体雕塑艺术(按他的说法,裸体非但不可耻,还是自然主义和人性美的体现),但我自懂事以来还从来没有在谁面前赤身裸体。

同来的人已经利索地剥光了衣服,而且开始调侃打趣。

"这么全身光溜溜的,要是上窑子多舒坦?"一个额头上有伤疤的年轻人嚷嚷道。他肩膀很宽,胳膊上的肌肉跟小山峰似的。

他的话引起一阵哄笑。

"到了法国拿了大洋回来后,想睡多少个娘们都行。"留着长辫子的一个人答话道。

一个长着四方脸的中年人说:"俺种了一辈子田,没见过医生。咋有那样主贵呀!这回开眼看看他都做点啥事。"

额头上有伤疤的年轻人说:"他能做屁事?就是看看俺们这身肉扛不扛得动大炮!"

"你屌毛还没长齐吧。还扛大炮呢,扛个娘们都够呛!"

额头上有伤疤的年轻人也不答话,走到红木桌边,一弓腰把那张好几百斤的桌子拎离地面。

一片叫好声,就连希尔医生也微笑点头。

我边脱衣裤,边幻想卢浮宫和塞纳河,还在心里哼哼曾在留声机里听过的法国作曲家比才创作的《卡门》。我是冲着这些去法国的!

半个小时后,第一轮体检结束。二十个人里面只有六个人通过,其他人不是因为个子矮、肺结核、支气管炎,就是因为沙眼还有牙齿不好而落选。长着四方脸的中年人就因为有沙眼没有通过。被告知结果的时候,他愤愤不平:"俺眼睛好得很呢!"但随即呜咽起来,说田里的庄稼都让蝗虫吃了，家里已经无米下锅了。

我顺利过关。

吕先生将我们几个体检过关的人带到房子后面的空地上。一帮脱光了衣服的中国人正站在十几个装满水的大木盆边用毛巾搓洗身子。他们兴致高涨，有说有笑，其中一个讲到得意处还唱起了自编的小曲："下欧洲，拿大洋，买酒吃荤，好不自在。"

这些人个子都如我一般高大，但身体比我壮实，而且皮肤黝黑，一看就是长期在户外干体力活的。

吕先生指着一排木桶后面那个负责理发的人对我们之中一个留长辫子的人说："去把辫子剪掉！"

留长辫子的人一脸诧异，说："这留了一辈子的东西咋能剪呢？"但看到吕先生一脸不耐烦，又哀求道，"毛发受之父母，剪了就是不孝啊。"

吕先生甩出一句："不剪就不要去法国。想去的人多着呢！"

留长辫子的人愣了一下，但低着头乖乖去理发了。

到了这里，我豁出去了。该怎么着，就怎么着。我不再是五平镇有钱有势的张家大少爷，而是靠体力吃饭的一介平民，要和这些曾经为我这个阶层卖力的人同甘共苦了。

我同时有几分骄傲。我摆脱了束缚我的婚姻，摆脱了家庭的压力,我现在是自由身。

"仰天大笑出门去,我辈岂是蓬蒿人。"这首我在中学时为之心潮澎湃的李白的诗歌如今又一次在我耳边鸣响。

我觉得自己十七岁的身体里有种不断滋长的力量,好像要冲破皮肤长出茂盛的枝叶。

洗完澡后,又是一轮体检。之后我和其他入选的人在合同上按了手印。每一个手指都要单独按指印,然后五个手指头再一起按一次。接下来我们领到一套干净的衣服,还有一个刻了身份编号的铜手镯。手镯就相当于我们的身份证,由此领工钱、衣食和接受分派的任务。

拿到手镯的那一刻,我差点把它扔到地上。我有名有姓,叫张德伦!而不是一个数字。我出生的时候,父亲到庙里捐了一笔不菲的香火钱,还请教了镇上的名士才给我取了这个名字,希望我成为有德行又深通伦理的人上人。

我忍住内心的愤怒。"弱国无外交!"我想起一位老师曾经这么激愤地在课堂上说。

我周围的那些同胞对此却毫不计较,还颠颠铜环,估摸它的分量,讨论能卖几个钱。他们有些生下来就没有个像样的名字,甚至随着家里的牲畜被人这么呼来唤去。

手镯戴在右腕上沉沉的,凉凉的,不知怎么让我想起家门口的那两个石狮子。我小时候曾经很爱骑在上面扮演出征沙场的岳飞,让仆人急得跳脚,担心我摔下来。

如今我要像岳飞一样万里赴戎机了,只不过做的事不是杀敌报国,而是给西方人当劳工。

想到家中的石狮子,我下意识扭动了一下脖子,好像上面勒了根绳索。不,我绝不能现在回去。

不远处站着一个默不作声在抽烟的英国士兵。他没有戴帽子,看上去蔫蔫的,毫无士气可言,就连背上的枪也似乎在沉睡。那人抬起头,看到我正在看他,脸上的神情一下生动起来。他先是恶狠狠地瞪了我一眼,然后眉毛一扬,张开嘴,好像要大笑,紧接着鼓起嘴巴,用力地往地上吐了一口痰。

我扭头不去看那个士兵。从现在开始,对于法国人和英国人来说,我不是张德伦,而是"58909"。

接下来的三个星期如走马灯。我和其他新招的劳工在英军临时设置的训练基地每天操练,十五人一队,我们练走正步,练攀高和爬行,除了不拿枪,与士兵无异。晚上几十个人睡同一间营房。我从来没有像现在这么劳累,头一挨到席子即刻就睡着了。生活虽然单调,但正是我所需要的,因为这样我就能暂时忘却内心的伤痛。

每天都有逃跑的劳工,但人数并不多,而新招进来的人源源不断。在这里毕竟每餐可以吃上馒头和面条,有时甚至还有鱼和肉。第一天,我每餐吃一碗面、一个馒头就够了,几天后,我三碗面、三个馒头下肚还不觉得饱。

一个星期五的早上,我们操练完后,领队宣布我们第二天要出发去威海卫,然后由那里去法国。

第8章

曼彻斯特号是艘改装过的邮轮，甲板上面有两层带窗户的房间。一大早，在肩上挎了枪的英国士兵的吆喝声中，我和其他劳工排着队在威海卫的一个港口上了船。看这个架势，有近两千人。我和同一个团队的劳工穿着制服，但队伍中也有不少在天津那里招来的劳工，他们还穿着自己的衣服。

甲板上面很快就站得满满的。"往下走！下面有地方。"一个留着络腮胡子，挺着啤酒肚的英国人用蹩脚的中文招呼刚走到甲板上的劳工。

"那是放货物的地方，"几个劳工同时说，其中一个开玩笑似的加上一句，"难道要把咱们压平，叠起来放吗？"

"今天不出发,你们,再等一个星期。不,一个月!"络腮胡子威胁性地伸出一个手指,"到法国,才给钱。"

站在货舱口的劳工们交换了一下眼神,然后顺着楼梯下去了。

算我走运,找到靠右侧船舷的地方站脚。汽笛鸣响了。在惠民公司组织的舞狮队的锣鼓和鞭炮声中,曼彻斯特号离岸。站在甲板上的人拼命冲着岸上的家人和亲朋好友挥手,个个盯着渐行渐远的码头,好像要用眼睛里的钩子把它钩住。

没有人给我送行。

天上很快变得灰蒙蒙的,海上飘着薄雾。虽然没下雨,我却感觉凉凉的雨丝落在脸上。我转头看向西南方,那是五平镇的方向,在心里向父母磕头请求宽恕。

身旁的一个小伙子用胳膊肘碰了碰我:"别难过,俺也没人送。"

我转头,认出了他就是在体检处搬起红木桌的年轻人。两个星期没见,他好像高了些,原本的短发被剃了。他的头油光锃亮。

看到我看着他的头,他羞涩地笑起来。"俺懒着呢!不爱洗头,这样就不长虱子了。"

"你叫什么名字?"我问。

"俺无父无母，从小就是孤儿。俺是拉人力车的，车倒有个绰号，叫二马，意思是跑得快，像被两匹马拉着似的。大家也就叫我二马。"

"你怎么想到去欧洲？"

"有次俺拉车拉了个会说中文的洋鬼子，人很和气。俺看到他在看一本有图画的书，就大起胆子问他图画上是什么。他把书伸到俺面前。画上的房子看上去真美，汽车看上去也阔气。俺问那是什么地方，他说是法国。他问俺将来想做什么。从来没人问过俺这个问题。俺说俺喜欢汽车，它们跑得比俺的车可快多了，还会嘟嘟叫。他说如果俺去了法国，可以给人开汽车。从那时起，俺就一直想着他给俺看的那张图。俺不识字，有天俺拉车拉到城门口，有人正好在念城门上的告示，说法国那里招劳工，俺就去报名了。"他嘿嘿一笑，"俺在体检的时候见过你。你跟俺，"他用手指了指边上的人，"还有他们可不是一样的人。"

"不管以前是不是一样，现在我们都一样。"有人跟我说话让我心情好受一点。

"你为啥出洋？"他问。

"跟你一样，也想去欧洲见世面。"

"那敢情好。在欧洲，你出门带上俺。俺没什么本事，不过可以给你当保镖。不吹牛，俺学过功夫。有次拉车拉到一半,几个流氓来抢劫,俺三下两下把他们打得屁滚尿流。"他做了个功夫的架势,还瞪圆了眼睛,让我忍俊不禁。

"看到俺额头上的伤疤没?就是那次打架留下的。俺还会鸟语。拉车拉累了,有时俺就到林子里歇一歇,听鸟儿唱歌。不信你听听。"他鼓起嘴巴,发出几声清脆的黄鹂鸣叫声,引得甲板上很多人四处张望,找那唱歌的鸟。

"你多大?"我问。

"应该十六七了吧。俺报名的时候可说是十八岁。俺个大,就是说二十八岁也有人信。"

我笑起来:"你可不像二十八岁的人。"

"俺还会唱戏呢!"说着,他有模有样地小声唱起了京剧《武松打虎》的片段。

> 呀!哎呀闪、闪得它回身扑着空,
> 转眼处乱着踪。
> 这的是虎有伤人意,
> 因此上冤家对面逢。
> 再显神通,
> 怎知俺力有千斤重。
> 虎啊虎,今番遇俺武松呵!

唱到最后一句，他做了个顶天立地的亮相。我鼓起掌来，心情一下舒畅起来。

出海没多久天色越发阴惨惨的，好像暴雨随时会降临。负责此次运送劳工任务的英国人是威尔逊中校。他让我们站好，自己站在一个木箱上，开始训话。他在中国住了几年，中文说得挺顺溜。我在训练基地的时候，他负责我们三百多人的一个团。他从来不笑，走路的时候身子挺得笔直。我们在营地里碰到他，一律都要立正敬礼，动作不够快的话，就要被罚站，站多久看他心情，或是被罚不准吃晚饭。他盯着你看的时候，嘴角微微撇到一边，仿佛在寻思怎么折腾你。我们在他背后叫他木头人。听说他从军校毕业后，就被派到中国来了。他对自己没有上战场当军官，而是被安排来管理中国人非常不满。

他将手背在身后，说："你们这些苦力已经开始了伟大的征程，"他停顿了一下，脸上居然出现了一丝笑容，"在接下来的几年里，你们在中国的苦难日子将成为回忆，而西方文明的太阳将照耀你们——"

刚说到这里，我身后有人高声朗诵杜甫的《春望》，声音高亢，富有韵律："国破山河在，城春草木深。感时花溅泪，恨别鸟惊心。"

有些人跟着朗诵起来，不同的口音混杂在一起，一下子形成奇妙的戏剧效果，我也跟着吟诵起来。

甲板上这时人虽然还是密密麻麻，但有人坐下来抓痒，有人跑到船舷边看风景，早先整齐的队列已不复存在。

木头人脸色铁青，手按在腰间的手枪上，冲着人群叫道："谁先开始念的？"

"是我，"一个四十左右的中年人不慌不忙走出来，稳稳地站在木头人面前。他脸膛方正，眼睛细长，身子骨看上去充满了力量。他上船的时候走在我前面不远的地方，目视前方，脚步稳健，身上的衣服干干净净，头上还戴了顶呢子毡帽。我认出他来了，就是在我报名参加劳工团那天舞棍的人。

"蔡老板，好汉不吃眼前亏。"我旁边的人将手拢在嘴边叫道。

七八个人紧跟着站在蔡老板身后，眼里充满了对木头人的敌意。更多的人涌上来，把老栓围在中间。

咚咚一阵脚步声，络腮胡子从驾驶舱气喘吁吁跑下来。还没到木头人跟前，他就边挥手边大声嚷嚷："没事的，没事的，大家都放松。"

木头人直盯盯看着蔡老板，手还是按在枪上，看那架势，真恨不得一枪把蔡老板给崩了。

络腮胡子跑到木头人面前："威尔逊中校，何必呢？"他转成英文，叽叽咕咕说了一阵，脸上先是带笑，然后又摇头，又叹气，还指了指蔡老板，接着耸了耸肩膀，把手摊开了。

我的英文虽然不好，但零零落落逮住了一些词。他意思是说不要跟这些大字不识一个的中国苦力斗，他们就像孩子一样不懂规矩。要以大局为重，真出了问题你我都不好交代，把他们送到法国咱们就完成任务了，还能赚一大笔钱。

木头人把手从枪套上放下来，猛地一转身离开了甲板。他身后的两个士兵深深出了口气，接着让我们在甲板上自由活动。

"蔡老板，你胆也贼大。"站在蔡老板旁边的一个有北京口音的人说。

蔡老板微微一笑，也不说话。他走到船舷边，站在那里看海。

我问那个有北京口音的人他怎么认识蔡老板。他说在训练营的时候蔡老板是他们的领队。

"他公平讲理，大家都特服他，就是洋鬼子也让他三分。他们想把他赶走，但又怕中国人因此闹事，"接着他压低声音，"不过他不爱说话，非说不可才开口。"

"听说他以前在天津开过一家武馆。"另一个人接茬儿。

"别瞎说，"那个北京口音的人答道，"他以前在北京教书，是大学教授呢！后来不知去了什么地方，他媳妇死后,他又回了北京。书也不教了。没钱了,就给人画画儿或写几个字。他的字呀,"他竖起了大拇指,"漂亮着呢!在训练营的时候,很多人找他写家信。"

"你知道个屁!他有钱着呢,哪儿会给人画画写字赚钱?"又有人搭腔。

北京的那人反驳道,"如果他那么有钱,去欧洲干啥?"

"谁知道呀。你不是他老乡吗,问问他呀?"

"我是问了,可他啥也不说。"

又有人插话:"他以前肯定有钱,不然咋叫他老板呢?"

北京的那人笑起来:"叫他老板是因为他有做老板的气派呀!瞧他走路那样子,一个脚印一个钉,你我再怎么学,都学不来!"

我好奇地看着蔡老板的背影。二马这时兴高采烈地挤过来,拉着我的手,让我跟他去看船后跟着的一群海豚。

我虽然在读书的时候和同学们坐过几次海轮出去游玩,但从来没有见过上百的海豚追逐浪花的场面。它们竞相跳跃,灰色的背脊一上一下,如层层滚动的小山,还发出喔喔的叫声。

我周围是一张张欢快的笑脸,大家操着不同的口音,有那么几秒钟,我觉得我们似乎是一群度假的游客。

第9章

"看,那对蝴蝶又回来和我们打招呼了。"玛格丽特在他的耳边低语,一只手温柔地抚摸他的被阳光照得暖烘烘的头发。她喜欢他浓密的头发,有时亲昵地呼唤他"我的小狮子"。

他们躺在开满白色雏菊的山坡上,几棵浅灰色树皮的高大榆树把树影投射在他们周围。他转过头亲吻玛格丽特的脸颊。微风吹过,树影婆娑,他觉得自己仿佛轻飘飘要飞起来。不远处,三座隔得很开的石头农舍懒洋洋地趴在那里。

这里是他们下班后常来的地方,离工厂不到一里路。为了不引起当地人的注意,他们分头来到这里。他总是第一个到,如百米冲刺一样跑上山坡,然后期待地看着上山的小路。估计玛格丽特快到了,他迅速藏在一块大石头或是树后,等她走近了,就跳出来给她个惊喜。

吻了玛格丽特后,他满足地看着那对忽高忽低在他们面前飞舞的蝴蝶。可不是吗?十几分钟前,它们就来打过招呼了。它们可真漂亮,小巧的黑色身体,蓝色的翅膀上镶了一圈黑边,黑边上还散布着白点。

他给她讲梁山伯和祝英台的故事,说他们如何死后化蝶相聚。

玛格丽特轻轻叹了口气,说:"我们死后也变成蝴蝶吧,这样可以永远在一起了。"

两只蝴蝶中较小的那只突然像被什么东西打中一样往下坠。他跳起来去接住它。它轻飘飘落在他的手里,然后穿过他的手,变成一粒粒白色的灰尘随风而去。他转身一看,玛格丽特不见了,到处都是雾蒙蒙的一片。

"玛格丽特!玛格丽特!"戴维失声叫起来,伸出去寻找玛格丽特的手碰到了冰冷的石墙。他猛然睁开眼睛才意识到刚才做了个梦。他揉了揉眼睛,眼前的景色一点点明晰起来:白色的墓碑和修剪过的草地。

他松了口气,知道自己还在滨海努瓦耶勒市郊的墓园里。他用袖口抹去头上的冷汗。下午的太阳斜斜地照在他身上,可他冷得发抖。他挣扎着想站起来,但动弹不得,腿上脚上所有的关节仿佛都生锈了。他的头、他的背、他的胳膊、他的腿，每个地方都疼。

他紧紧裹住身上的外套，好像它能给他力量。

过了一会儿，他感觉好点了。

他看了看手表，已经四点半了。这下可好，他错过了今天回巴黎的最后一趟火车，也错过了自己的生日聚会。

有这么几分钟，他有点着慌。怎么办？女儿女婿那里怎么交代？还有那些客人呢？要不要在哪儿打个电话给女儿，让她知道自己在什么地方？不过，这样的话，她一定会问他为什么要来这里。

这些念头如潮水般涌来，但即刻又如潮水般退下去。面前一行行的墓碑如同一双双眼睛在凝视着他，眼神既宽厚又忧伤，仿佛说："好兄弟，你这么些年都到哪儿去了？我们想念你。还记得我们在一起的那些日子吗？"

不，他不能回家，他对自己说，他要继续这趟旅程。这不光是为了他自己，为了他死去的劳工营的兄弟们，也是为了玛格丽特。他从外套口袋里掏出二马的地址，反复看了几遍。在火车站的时候，他给绿园护理中心打了电话，得知二马居然还住在那里。

如果来滨海努瓦耶勒是他的一时兴起，那现在他知道这里只是一个开始。

他想起玛格丽特在医院的病榻上对他说的话："这是你生命的一部分,你不能把它们都涂抹掉。"那时癌细胞已经转移到了她的肝部。她的嗓子因为不断咳嗽而变得沙哑,说话断断续续,用的是气声。她的肿大的上腹部摸上去坚硬如石。有时他不小心碰到那里,她会痛得一哆嗦。医生说,她最多只能活一个月。

那天,他捧起她瘦如干柴的手,放在自己的脸颊上。

"答应我。"她挤出一丝微笑。

他强忍泪水点了点头。

眼前的墓碑又在对他说话了："兄弟们给你鼓劲!"

戴维挣扎着站起来,活动了一下手脚后觉得身上有些气力了。他摸了摸手上深褐色的老人斑,还有半透明的皮肤下鼓起来的青筋,自嘲地笑了一下。这次也许是他最后一次独自旅行的机会了。再过几年,也许他就需要坐轮椅了,也许他会健忘到连自己的名字都不记得。

对不起,女儿,他在心里说。

远行的冲动一下子如此强烈,让他把所有的顾忌都抛在脑后,他真恨不得即刻就上路。他强迫自己冷静下来,盘算了一下,觉得两个星期可以完成他的计划。今晚他得睡在这里。如果他的老朋友们在墓园已经沉睡了半个多世纪了，那他陪他们一晚理所应当。老天爷还是很开恩的，今晚不算太冷，他的外套应该能凑合一晚。他在上火车前买了个三明治和一瓶水，它们正好可以做晚餐。要是有个睡袋，当然更好……

想到睡袋，他情不自禁笑了。他和玛格丽特年轻的时候，常常心血来潮就带上睡袋开车到郊区去野营。他们多自由自在呀，在很多树林、荒野、溪流边都留下了足迹和欢笑声。那里没有人对他们的爱情评头论足。在清脆的鸟啼声中，他也暂时忘却了对远在中国的家人的内疚之情和自责，而尽情享受属于他的爱情。

他闭上眼睛，让自己沉浸在对玛格丽特的回忆中。

第10章

月光皎洁,远处的大地一片银白。火车呼啸着前行,将铁轨边的大树上挂的冰凌震得纷纷落下。

我把脸贴在窗户的木板上,透过一个缝隙往外张望。

四天前,我和我的同伴们坐着曼彻斯特号从威海卫抵达了维多利亚岛,在那接受检疫后才被获准在温哥华市中心波拉德街的一个码头下船登陆,随即被送上了火车。算上今天,我们在这辆木制火车上已经呆了三天了。火车所有的窗户都被木板封住了。除了一天几次在荒郊野外或是无人的偏僻小站短时间停留,我们可以下车方便一下,其余的时间我们都在车上。虽然上车前发了冬衣,但衣服单薄,而且车上没有取暖设备,再加上冷风从封闭不严实的木板四周灌进来，车厢里奇冷无比，好像铁锈变成冰块钻到身体里。我们睡觉的地方就是一张草席，屁股坐上去就跟坐在雪地上差不多。即使我每天花大半天搓手跳脚，让自己暖和起来，但一停下来还是全身发抖。好不容易缩成一团睡着了，我就整夜做梦，梦到父母，梦到点了红烛的洞房，梦到新娘在红头巾的遮盖下流泪，梦到自己和其他赶赴欧洲的劳工在军营里操练，还梦到我们的船在太平洋的巨浪中如树叶一样脆弱。

好几次我从睡梦中惊醒，大口地喘气，直到意识到自己在摇摇晃晃的火车上，才松了口气。

在青岛的时候，训练营的一位翻译告诉我他从英国军官那里听说这次中国劳工入境加拿大之后由大西洋抵达法国是条新线路，目的是躲过德国人的潜水艇。他还说入境加拿大的中国人本来按照加拿大政府的规定要付一人五百大洋的入境费，不过加拿大政府和英法达成协议后就免了这笔费用。由于这些原因，我们这一路除了必要的短暂停留，其他时间只能待在火车上，而且管理劳工输送的部门担心当地的媒体会报道我们的到来，就把火车的窗户都钉上了木板。

我感谢旁边这扇窗户上的缝隙。虽然刺骨的冷风从外面灌进来，但我透过缝隙看到了莽莽千里的雪原和森林，连绵的山峰，倒挂在山崖上的蓝色冰川，没有被冻住的澄净湖泊，还有形形色色的野生动物。一天，几只驼鹿从林子里闪现出来。最高大的那只差不多有两米，它在阳光下仰头站立着，气势非凡。还有一天，我瞥见了交了好运的北极狐，嘴里叼着刚捕到的猎物。它在皑皑雪地上奔跑，那么可爱，那么富有灵性。我还看到了麋鹿，大角羊，甚至一只振翅欲飞的雪鸮。它们让我欢喜，让我忘却了寒冷，也忘却了自己囚徒一般的处境。

有时二马还有其他的同伴要借用我的"宝地"。几个人的头紧紧靠着，轮流从那个跟小指头一般长的缝隙里往外瞧。大部分的时候，窗外是似乎一成不变的雪景，引不起他们的兴趣。谁没见过雪呀！有人还说，家乡的雪景比这里的漂亮多了。可是我还是喜欢看雪，想象自己在外面漫步——而不是困在丑陋的火车里——将一串串脚印踩在洁白的雪野上。

下车大小便是让我既期望又害怕的时候。锁上的车厢门打开了，我们在持枪的士兵的看守下跌跌撞撞下了火车，然后在他们指定的区域一起大小便。对我来说，在人挤人的地方脱下裤子光屁股来解手是件难堪的事，还不说齐膝的雪和刺骨的冷空气把我们身上仅有的一点热气似乎都吸走了。但这几分钟的时光同时也弥足珍贵，让我能好好仰头看看天空，甚至在心里背上几句喜爱的古诗词。日月星辰，总是让人浮想联翩。白天时，如果我们幸运的话，天上出了太阳，即使阳光惨淡，毫无温暖可言，但所有人都喜形于色，脸如向日葵一样朝向天空。

此刻火车突然减速了。透过缝隙，我看到我们到了一个小火车站，站台的灯柱下站着十几个穿着臃肿的白人女人，她们的大半边脸都被围巾包住了。她们高举着小彩旗还有横幅，并把手里拿着的篮子也举起来。我以为火车会停下来，但火车又加速了。她们一晃而过。

"有人在欢迎我们！"我兴奋地大声嚷嚷，快冻僵的脸膛突然暖和起来。因为火车太快了，横幅上的字我只看清楚三个，但"welcome"和"China"在一个句子里说明她们是冲我们来的。

她们肯定是加拿大人。天知道她们怎么知道我们乘坐的火车要经过这个小站的消息。看到火车前，她们可能想象窗户后会有无数的人头，会有很多人把脸贴在玻璃上朝她们挥手，而且火车停下来后，她们会在一片感激声中把篮子里刚烤出不久的面包和点心分给大家。她们不会想到所有的窗户都被木板封住了。

我仿佛看到她们高一脚低一脚冒着严寒来到火车站的情景，还有她们带着原封未动的食物怅然若失离开火车站的样子。在异国他乡，居然有人惦记着我们！

我这一喊唤醒了车厢里一些沉睡的人，大家七嘴八舌，气氛一下热闹起来。看守这节车厢的两个穿着厚厚的棉袍制服的警卫朝车厢里看了看，见没出什么事，就接着打盹。对他们来说，这个看守的差事就跟运送牲口一样。只要牲口不逃走，不自相残杀，就不必担心。

我把刚才看到的一幕告诉大家。

"好吃的东西……"靠在我身边的二马有气无力地重复我的话，还伸出舌头，舔了舔干裂的嘴唇。因为吃不惯船上和火车上提供的奶酪，他经常腹痛和拉肚子，现在面黄肌瘦。尽管劳工们抗议，但饮食依然没有改善，就是面包和奶酪的分量也有限制。

在船上的时候，我和二马在一个团队操练，吃睡都在一起，还拜了把兄弟。因为我进过学堂，他叫我哥哥。第一声叫我哥哥的时候，他甭提多高兴呢，说这辈子总算有亲人了，而我也因为收了个弟弟觉得自己不那么孤单了。

车厢里挤满了人，坐着的，站着的，还有躺着的。在太平洋上旅行了差不多一个月，每个人看上去都有些疲倦，同时脸上还有些听之任之的神情。古话说，既来之则安之。不安之又能如何？总不能跳下火车逃跑吧。

虽然我们不知道未来的日子会怎样，但直觉告诉我们，我们在青岛营地的那段日子可能是我们最舒服的时候。不过就是现在我们也不想抱怨。比起曼彻斯特号上的生活，火车毕竟在坚实的土地上走。我们中很多人是习惯和泥土打交道的农民，只要泥土在脚下，只要能闻到泥土的味道，他们的心就踏实很多。

"张先生，她们为啥欢迎俺们呀？"有人问。因为我读书识字，有些劳工这么称呼我。一开始我还心虚，觉得担当不起。不过他们叫上了，就不改口了。过了一阵，我也就习惯了，开始扮演起学堂老师的角色，回答他们各种各样的问题，帮他们写家信读家信。

我想了想说："也许她们的孩子在欧洲打仗吧。她们知道我们是去欧洲帮她们孩子的。"

很多人点头。

有人问："洋鬼子和洋鬼子也打仗吗？"

马上有人接茬："洋鬼子最喜欢打仗，看到别人有什么好东西，就想放到自己兜里。看到咱们中国茶叶好，丝绸好，就打过来了。"

有人取笑他："他们入侵中国哪是因为咱们的茶叶好，丝绸好？他们看中的东西可多了，咱们的矿产、咱们的古董、咱们的土地、咱们穷苦人干活的劲头，他们都要！"

一个把衣服围在脖子上御寒的人冒出来一句："这场战争到底谁是好人，谁是坏人？"

大概很多人都没有想到过这个问题，车厢里一下安静下来。

过了一阵，有人口气不确定地说："俺猜英法人是好人。"

马上有人反驳:"这可不能瞎猜。咱们连他们为什么和德国人开战都弄不清呢。没准他们觉得自己厉害,就去欺负德国人。也没准是鬼打鬼,两边都不是好人。"

缩在角落里的一个人嚷嚷起来:"洋人们为啥打仗关俺们屁事?如果德国人给俺们钱,俺们也给他们干活。"

那个把衣服围在脖子上的人不同意:"如果俺们帮了坏人,那么俺们不也就是坏人?俺信佛,不做坏事。"

"谁给钱,谁是好人!"

这个答案让很多人满意地点头。

"好吃的……"二马嘟嘟囔囔地说。

他边上躺着的老栓爱唱戏。听到二马的话,老栓坐起来,用袖子擦了把鼻涕,从怀里拿出快板,唱起来:"好吃,好吃,真好吃!葱油饼、芝麻饼、花生饼、桃酥饼,饼小如铜钱,饼大如盘碟;好吃,好吃,真好吃!苍山大蒜、青岛大包、签子馒头、济宁甏肉、海菜凉粉、魏集驴肉,说不完道不尽,吃到嘴角流油,吃到浑身冒汗,吃到肚皮圆滚如大鼓,吃到不愿去京城做驸马。好吃,好吃,真好吃!"

车上一片叫好声。有人高喊:"再来一个!"还有人高喊:"来来来,喝点小酒下菜!"很多人用手拿起假想的杯子,一饮而尽。一个年纪二十上下,名叫大壮的人几杯假想的酒下了肚,就用手捂着脸,嘤嘤地哭起来。

"他嘴馋了！"有人说。

"我看他想他媳妇了。"另外的一个人说。

"俺要是有媳妇，俺也会想到哭！"又有人搭腔。

"别瞎猜。俺想俺家的那头牛！"大壮带着哭腔不服地说。

"谁现在给俺一床热乎乎的被子，"一个叫胡河子的人说，"俺就给他一辈子做牛做马。"他身上穿着的衣服明显短一截，手交叉笼在袖管里，头上不伦不类戴着顶不御寒的旧礼帽。他是我们中最高的，足有一米九，但有点驼背，又老是勾着头走路，看上去倒像比我要矮一截。说完，他剧烈地干咳起来。车顶上挂下来的一盏昏暗的煤油灯从侧面照在他的脸上，让他看上去像死人一样脸色青黑。他两个星期前就开始咳嗽了，虽然随团的医生给他开了些西药，但总不见好。

有人说："不是这两年又闹蝗灾又闹旱灾，地里没收成的话，俺说什么也不会离开山东。"

"不是灾荒的话，俺也不会离开河北。"另一个人答话，"俺家乡宁晋好着呢，到处都是名人的牌坊，是出尧帝和进士的风水宝地，人称凤凰城。俺那亲亲可多呢。"

"家乡亲亲多有啥用？"有人堵了他一句，"出了门，你就听天由命。"

"报名前，俺连俺村都没出过呢！"另一个人说，"俺们在太什么洋坐的那船,"他张开手臂比画一下,"那个大呀……"他摇摇头,好像到现在也无法相信自己坐过那船。实在想不出该怎么形容船只的巨大,他又重复了一句:"那个大呀……"

"是太平洋!"有人答话。

大家开始聊在船上度过的那一个月。

"我看就不该叫'太平洋',叫'不太平洋'还真切些。"

"老是下雨,人都发霉了。浪就这么一堵墙似的打过来,一次又一次打过来。亏得船结实,不然早就打成碎片了。"

"还有那股机器的怪味,钻进鼻子里就像鬼附了身一样不出来了。那个难受呀!"

"你真是个孬种,吐到都站不起来了。"有人笑着说。

"你也吐了呀!比俺吐得还厉害,还不停发出哎哟哎哟的声音,就是窑姐儿也没叫得那么欢。"

"就是有窑姐儿在,俺那时也没力气折腾她。连爬上床的力气都不够,就只有喘气的份儿,想死的心都有。不过瞧瞧那些洋鬼子,看上去没有俺们结实,却不怕风浪呢!该抽烟的抽烟,该喝酒的喝酒,过得舒坦着呢。"

"咋能跟他们比?他们吃啥,俺们吃啥?俺们如果每天好酒好肉,住在甲板上的大屋子里,俺们也过得赛神仙。"

"记得那个跳海的兄弟吗?"有人问。

大家当然都记得那个人,我还看到了他跳海的情景。那是个星期六,难得的大晴天,我们出海差不多两个星期了。经过一段时间的适应,我们大多数人已经不怎么晕船了。中餐吃到一半,一个外套敞开来的劳工突然站起身,从侧面船舷一头跳进海里。等大家反应过来,跑到船舷把救生圈扔下去,他已经不见影了,眼前只有翻腾的白色浪花。

火车这时驶进了一个隧道,轰隆隆的回音淹没了车厢里的谈话声。

"说点高兴的事吧,"火车驶出隧道后,有人提议道,"说说有钱了都干点啥事。"

大家七嘴八舌说起来,有说要盖房子,有说要孝敬爹娘,有说要娶媳妇,有说要每天吃肉喝酒,有说要赌个尽兴。说到赌博,一群人兴头来了。虽然车上禁赌,也没有麻将这样的赌具,但爱赌的人什么时候都能开赌局。一个人口袋有几块小石头,他们就用这些石头开起了赌局。一个警卫看到了他们,但没说什么。

两个半月前,我绝不会想到自己会跟这些人在一起,可现在我已经和他们血脉相连了。有时,我想到自己的出生和荣华富贵的生活,会有些诧异,觉得那是前世的生活。看看自己手掌上新长出来的茧,手背上粗糙的皮肤和突然增大的关节，我知道自己分明已经成为另外一个人，就连身上流淌的血液似乎也不一样了。

我回头看蔡老板，他也坐在一扇窗户边，头歪着靠在墙，眼睛紧闭，好像睡着了。但我知道他没睡，因为他嘴里叼着的稻草时不时动一动。在曼彻斯特号上时，我一直留心蔡老板，想和他说说话，套点近乎，但他不是爱闲聊的人，除了吃饭和睡觉，其他时间他不是在看海就是在打坐。他能一动不动，就这么坐几个小时，好像周围发生的事情和他毫无干系。

老栓低声唱起了四弦戏，声音凄凉，每唱几句，还咳嗽几声。车厢里安静下来，很多人的脸上闪现迷茫和渴望的神情。家乡已经万里之遥了，不知何年何月才能回家。

歌声唱道："下了太平洋，想起老爹娘。三百大洋卖了命……"

过了一会儿，歌声停止了，人们又昏昏欲睡了。

二马靠在我身边，蜷成一团睡着了，他嘴巴微启，脸上带着饥饿的痛苦。我用手搓了搓脸，又活动了一下手脚，然后拿出英汉字典就着车厢里唯一那盏煤油灯读起来。上船的前几天，我各买了一本英汉字典和法汉字典，我把它们像宝贝一样藏在棉衣里，有时间就拿出来读一读。

第二天清晨，胡河子和另一名也在睡梦中被冻死的劳工，从我们车厢里被抬出去了。

第11章

三天后,我们的火车抵达了加拿大东海岸的哈利法克斯。火车就停在轮船边上,我们连下车看一看市景的时间都没有,就登上了一艘名为鸠丽亚斯开往英国利物浦的船。

鸠丽亚斯比曼彻斯特号大多了,载重有两万吨,是由俘获的德国运输舰改装的,差不多两百码长,在海上行驶的时候,像把斧头一样劈开海水,在船的两侧掀起宽大的水帘。

训练之余我们就在甲板上看同行的八条商船还有两艘挂了美国国旗的舰艇,因为距离太远,看不清商船上都装了点什么。厨房里的王老头说,他偷听到两个中国翻译的聊天,说一个星期前,德国的潜艇在地中海击沉了一艘名为阿索斯号的运送中国劳工的船,死了七百多人呢。因为怕再出事,才找了护航的,这些商船嘛,自然也是英法两国的。

一个星期以来每天大风大浪,我们白天晚上都穿着救生衣,就连睡觉时也是如此。一开始我们每天还有大米饭或是馒头吃,但分量越来越少,取而代之的是硬邦邦还带着霉点的面包。为了节省能量,我们很多人每天都在昏睡,随地一坐,头靠在膝盖上就能睡上五六个小时。我每天晕晕乎乎,气力全无,脑子里就像大海一样翻腾着,什么都不愿意想,也没有精力去想。

然后有传闻说船上闹天花了,说得了天花的中国人晚上就被英国人悄悄地从船上扔到海里喂鲨鱼,一时人心惶惶,就算是身体不舒服的人也不敢让翻译找医生看病。然后又有传闻说我们被德国鱼雷艇瞄上了,这就是为什么轮船开始走之字路线,而且美国军舰还射出去一些深水炸弹要把德国人赶跑。

二马不知从什么地方弄到装在一个棕色的小瓶子里的烈酒。我们抿上一小口,顿时嘴里热辣辣的,然后一团火顺着喉咙烧到肚子里,还被呛到咳嗽。尽管有这些不适,喝酒给我们带来短期的振奋和能量,更重要的是它让我们觉得自己还活着。

鸠丽亚斯在大西洋上行驶了十天后,我们到达了利物浦,接着直接上了火车,连夜开到英格兰东岸的福克斯镇,途经伯明翰、曼彻斯特还有伦敦，一路上透过关上的窗帘见到两旁影影绰绰的工厂。因为怕德国飞机轰炸，车厢里漆黑一团。

在福克斯镇停留了一晚后，我们分批坐渡轮穿过英吉利海峡，于下午四点多抵达法国北部海岸加来市附近一个名叫骆耶耳的村子。这里已经住了不少劳工，算得上是个大本营。

终于脚又挨到土地了，我们中很多人忘了饥饿和寒冷，兴奋地蹲下来，抓起地上因为雪化了而变得稀软的泥土，把它和家乡的土质做比较，讨论种什么庄稼好，有些人还把泥土放在嘴里尝一尝味道。

英国军官和士兵们一路旅行下来也累了，三三两两站着抽烟，把皮鞭夹在胳肢窝下。

几十个村民拿着锄头、铁锹，还有其他农具站在路边默默地看着我们，目光里没有好奇、高兴或是鄙视，只有麻木。他们衣衫褴褛，衣服松松垮垮地挂在瘦弱的身体上，样子比我们好不到哪儿去。村口竖了块牌子，上面用中文写到：此系界处，禁止前行，倘敢故违，法不徇情。

我们挺直身子，迈大脚步，好给他们留下好印象。

一个七八岁，脸上挂着鼻涕的小男孩从他妈妈身后探出头看我们。当我们中有人冲他挥手，用刚从英国士兵那里学到的法语跟他说"Bonjour"的时候,他即刻躲到他妈妈宽大的裙子后面去了。

泥路坑坑洼洼,有时整条路被巨大的弹坑切断了。路两旁零零星星有些砖瓦盖的农舍,看上去都灰头土脸,好像刚刚从地底下钻出来。沿路到处是被炸成废墟的房子、枯焦如炭的树干、弹壳、废弃的农田,还有破烂的铁丝网。有段铁丝网上还挂了条带着干了的血迹的裤腿。

没有鸡鸣狗吠,也没有孩子们的欢声笑语。

这里不像村子,而像坟场。真不知道这些村民怎么想的,为什么还没有搬走?又或是他们刚刚才搬回来?

走了不多远,我们到了一个巨大的帐篷区。四周有一些高大的树木,还有矮小的灌木丛。帐篷区分为好些个区域,用足有八尺高的铁丝网隔开,每个区域里都有二三十个圆顶帐篷,上面黄一块绿一块的,用以做伪装,其中还夹杂着长方形的木房子。

木头人和他的士兵把我们分成几支队伍,我所在的四百多人的队伍属于第十二营,之后我们第十二营被带到靠最边上的一个区域。我、二马、蔡老板、老栓,还有另外十个人分到同一个帐篷里。

帐篷里面阴暗潮湿,有股霉味。我的眼睛适应了一下黑暗,才看清楚帐篷里堆了一些稻草和木板。看来这就是我们的床铺了。帐篷里任何家具都没有——就连一张凳子也没有,更不要说取暖设备了。

我、二马、蔡老板和老栓在一个角落把行李放下来。在鸠丽亚斯号上的时候,老栓常和我还有二马在一起。他二十八岁,是河北人,当过兵,之后携家带口来到山东,在街头靠卖艺为生。他京剧、豫剧、鲁剧都能唱,张口就能来上段自编的小曲。虽然他年纪不算老,但额头上的皱纹深得像沟壑。我和蔡老板也有些接触,有天他还主动跟我打招呼,之后我们聊了一会儿,不过都是我说他听。到现在我除了知道他在北京长大,其他一概不知。

在屋里还没待上几分钟,我们就被叫到外面空地上去编排队伍,先是分成不同的连,然后连里分排,然后排里分班。我们这个帐篷的人都被分到同一个班,班里15人,由两名左臂上戴着印有一条黄色短杠的袖套的工头负责。一名叫乔治,是中国人,曾经在上海的某家洋行工作,他已经在这里住了差不多一个月了;另一名是瘦瘦高高的英国士兵,叫爱德华,只会说最简单的几句中文。我们连还配备了一个翻译,他叫汤姆,一头红发,鼻子上有很多雀斑,年纪比我稍大一点,是加拿大人,说得一口流利的中文和法文,自我介绍说是青年基督教会在天津的分支机构派来的,小时候就跟随在中国传教的父母住在天津。

解散后,我们排队去理发,又让裁缝把衣服上掉了的扣子钉上和补上破洞。鞋底穿帮的人则去找皮匠，这些皮匠都是从劳工里选出来的，以前就干过那一行。知道长途旅行终于结束了，而且还闻到从伙房那里传来的米饭和肉香味，我们原本疲惫不堪的身体一下子振作起来。我们站在外面活动活动腿脚，感受昏黄的太阳带来的一点热气。

二马从上衣口袋里掏出一小撮褐色的烟丝，小心放在他自制的木头烟斗里。"就这么一点宝贝，"他说，然后又像变魔术一样从另外一个口袋里掏出一盒火柴。"最后一根了，希望能点着。"自从在加拿大的火车上饿到面黄肌瘦后，他突然变得神通广大，常常能弄到一些特别的好东西，像烈酒、咸肉，或是一小盒鱼罐头之类的东西。他说他和伙房的那个脸上长满麻子的中国人套上了近乎，麻子脸想把在中国的女儿嫁给他呢！他本来就是一个乐天派，现在脸上的表情因为手上拿到这点东西变得更加生动，更加活泼。我想此刻就是天砸在他头上，他脸上还是会带着笑。

他闻了闻烟丝，点燃了烟，很享受地抽了一口，然后递给我。我在读书期间和朋友们偷偷抽过烟，之后也用过父亲的烟斗，不过我已经好些日子没有碰过烟丝了。我闭上眼睛，抽了一口，然后缓缓地吐出一阵烟雾，心里安定下来，脑袋里好像有股清风刮过去。我传给身边的老栓，他享用后，又传给蔡老板。蔡老板没有抽就传给下一个人。

"他们在干啥？"二马问。

我看向他指的方向，见到工头乔治关上我们帐篷区的铁丝网上的一扇门，还用黑色的大锁把门锁上。一个全副武装，肩上背了枪的英国士兵随即跑过来，守在大门口的一侧。

"是怕我们逃跑。"我说，同时在心里嘲笑自己以为来到法国就有自由的想法。

"日他的，这帮洋鬼子！"坐在老栓边上的一个人狠狠地说。他就是那个在火车上因为想家里的牛而哭泣的人。他叫大壮，是河南人，说话带很重的河南腔，有时还抛出几个我听不懂的用语。他叫这个名字也真配得上他：方方的脑袋，方方的胸膛，就连手和脚看上去也像块厚实的板子。

"乔治可是中国人。"二马说。

"呸，他是洋人的狗！看见他对洋鬼子点头哈腰的样子吗？就不配做中国人。"

老栓从口袋里掏出被摸到发黑的快板，唱起来："万里迢迢到法国，一路艰辛不堪言。如今异乡为异客，谁知明天会如何？"

远处传来轰隆隆的声音，持续了好一阵。安静了几秒钟后，声音又响起来，这次声源似乎离我们更近些。

"打雷了？"二马仰头看天，"今天可是个大晴天呀。"

蔡老板平静地说:"是大炮的声音。"

"俺还没见过大炮呢,"大壮天真地说,"这家伙叫起来跟俺的那头黄牛一样有气力。"他学他的黄牛哞哞叫起来,"还真想俺的牛。它一天能耕十亩地呢!"他叹了口气,一脸哀伤,"多好的一头牛,你说说,怎么就得病死了呢?夜儿黑时还神气活现的呢,可早上……"

老栓不屑地看了他一眼:"你的牛能和大炮比吗?大炮能把你炸飞!"

"俺以为到了法国,到处都跟画上一样美,"二马说,"敢情这里比青岛差远了。"

"这里能算是法国吗?"老栓说,"法国的好地方多着呢,洋鬼子不送咱们去呀!"

"反正不如青岛,就连虱子也小一号,"二马嘟嘟囔囔地说。他从袖口捏出一只黑亮亮的虱子,放在牙齿间使劲一咬,送它进了黄泉。

大家都笑起来,我这时才觉得浑身上下都很痒。不用说,虱子也侵占了我的地盘。我抓了一会儿痒,说:"合同期满了,我们到巴黎白天逛香榭丽舍大街,晚上到埃菲尔铁塔的顶上看夜景,然后再尝尝正宗的法国菜。我们租辆车,二马,你就坐在司机边上。指不定多给他点钱,他还教你开车呢。"

二马一脸向往地说："那俺就把兜里的钱都给他。"

"那你回国了咋有钱买彩礼跟伙房王麻脸的女儿提亲呢？"大壮笑话他。

二马把头很豪爽地一扬："俺如果会开车了，兜里钱自然有了。到时俺开车接她过门。"

我眼前闪现出陆小姐的红头巾和她的裹得像粽子一样的小脚。上曼彻斯特号前我给父母和她分别写的信不知道他们是不是已经收到了？父亲的病好些了没？母亲现在是不是每天以泪洗面？陆小姐该不会想不开寻短见吧。我心乱如麻，站起来，往帐篷走去。

"哥，咋啦？"二马在后面呼唤，"到时你娶媳妇，俺当你的司机去接嫂子！"

第12章

戴维离家的第二天,安妮给自己创办的《女性城市周刊》的主编打了电话,说要请几天假,请她这段时间负责杂志社的运作。孩子们吵着要出去玩,皮埃尔就带上他们去动物园,而安妮则留下来等戴维回家。

此刻她站在阳台上。阳台的左侧是养花种草的地方,而爸爸的藤椅和妈妈的木椅紧挨着放在拉门的右侧,前面是一张四条腿的玻璃台面的小木桌,上面还有一个白瓷杯,杯底粘着干巴巴的茶叶。这杯绿茶还是前天她给父亲倒的,他喝了后忘了把杯子拿回厨房洗掉。

这些桌椅是爸爸妈妈从旧货市场买来的。安妮摸了摸木椅,又摸了摸藤椅,一股亲切而温暖的感觉溢上心头,早先的不安暂时消退了一些。不知怎么，她有一种预感，那就是爸爸此刻在她从没有去过的一个地方也在回忆旧事。

她朝阳台上望下去，看到街道对面的咖啡厅门外坐满了人。隔壁花店里这时急匆匆走出来一个戴着棒球帽的年轻男人，手里拿着束粉红色的玫瑰，而花店不远处一对年轻夫妇站在婴儿小推车前，逗弄还在牙牙学语的孩子。

爸爸是不是常常坐在这里看街景？妈妈走后，他是如何从孤独中挺过来的？

她的脑海里浮现出爸爸跪在地上细心检查天竺葵的情景，突然意识到他可能并不想开这个生日庆祝会。她本以为这样的聚会能让爸爸从失去妈妈的痛苦中暂时摆脱出来，但没有想到，结果可能适得其反。妈妈过世后，虽说她每个星期都和皮埃尔带着孩子过来看他，但她真正和他在一起的时间非常少。这么说是因为就是跟爸爸在一起的时候，她也常常想着孩子还有工作上的事，跟爸爸说话时心不在焉。

她一向忙忙碌碌。开车的时候，走路的时候，就连做饭洗澡的时候都在考虑《女性城市周刊》杂志社里的事：近几个月的收支盈余，季度计划的进展，客户的满意度，杂志的发行量……她的日程表永远都安排得满满当当。在她的同事、她的客户眼里，她是那么能干，那么精力充沛。就连皮埃尔和她最要好的朋友卡拉也不知道，她那么努力工作其实是因为她不自信，是因为她觉得只有事业上的成功才能让她受人尊敬，才能让她成为一个真正的法国人。

很多次，她想对皮埃尔祖露心声：他总是那么善解人意，那么支持她的事业，可是每次话到了嘴边，她又犹豫了。她是在给杂志社找广告客户的时候认识他的。他是建筑设计师，如今他们在一起快十年了。

电话铃响了。安妮三步两步冲到客厅，拿起电话。

一阵沉默之后，爸爸的声音传来了："女儿，是我。"

安妮喜出望外："爸，您在哪儿？您没事吧？"

"我很好。"爸爸听上去神志清晰，声音洪亮，这让她放心了点。

"您在哪儿？我马上去接你。"

"啊，我吗，在挺远的地方。想着你今天可能在我和你妈的公寓，我就打个电话，让你别担心，别四处找我。"

"挺远的地方？"安妮焦虑起来，加重了语气，"爸，开什么玩笑呀！您这把年纪独自出远门太危险。您究竟在哪儿？您要想旅行，我陪您呀。"

"我就想一个人旅行。"

安妮咬住下嘴唇，提醒自己不要急。爸爸的顽固她心里有数。她缓和了语气，相信能劝说爸爸回家："爸，您打算走多久呢？"

"嗯，说不准，可能两个星期。"

"两个星期！"

"我想出门散散心。"

"想去哪儿呢？"

爸爸没有回答。

安妮耐着性子说："爸，您在那儿等我，我们结伴走。"

爸爸说："火车马上要开了，我得走了。"

"您说什么？您在火车——"

可是爸爸已经挂了电话。

安妮一脸无奈，接着给警察局打了个电话，告诉当班的警察她父亲刚才来了电话，说独自在外旅行，请警察局继续寻找他。爸爸总是要住旅馆的，一旦他登记入住，当地警方应该能查到他的行踪。当班的警察应付了事地答应了她，但安妮知道他们不会下大力去寻找她父亲的。近些年来，巴黎治安一直欠佳，警力已经跟不上了。

和皮埃尔通了电话后，她决定去探访王先生和王太太，他们就住在一条街外。她给他们打了个电话，他们说欢迎她到家里来。她曾跟随父母去过那里很多次。

王太太开的门。她穿着一身带暗花的深绿色丝绒旗袍，头发在脑后绾成一个发髻，还涂了口红。她只要出门或是见客，一定要打扮一番。每次见到她，安妮都想起了自己的外婆。外婆过世前，常到巴黎来看她和她的父母，每次都会待上一两个星期。外婆也非常重视外表。王先生的打扮就很随便了，一件松松垮垮的羊毛开衫加上黑色绒裤和拖鞋。

王太太把安妮请到客厅就座，王先生给她沏茶，还拿来了一盘点心。虽然安妮不爱喝茶，但她知道中国老人的习惯，便没有拒绝。

王先生和王太太的家里装潢非常中式：红木家具，天花板上的宫灯，进门条案上的青花瓷，还有墙上挂的卷轴山水画。相比之下，父母家里则是中西混搭。

安妮喝了一口茶后，把父亲来电话的事告诉了他们。"你们觉得他会去哪里了呢？"

王先生和王太太对看了一下。王太太说："我和至诚昨晚聊了一夜，想的就是这个问题。你爸是跟我们说过想出门旅游，散散心，但我们真约他一起跟旅游团到什么地方去，他又说不想去了。这很奇怪，不是吗？这次吧，就算他突然决定要去旅游，那也不该走得这么急吧？过完生日再去有什么关系呢？至诚，"她看着她丈夫，"你说几句吧。"

"我说呀，"王先生慢慢摇摇头，"我感觉他这趟旅行不同寻常，要去好几个地方。不然，他为什么买那么多地图？"买地图的事他昨天忘了告诉安妮。今天早上安妮来之前，王太太像个侦探一样让他重复戴维说的每句话时，他这才想起来的。

安妮问："他跟你们提到过要到什么地方去看朋友吗？"

"没有呀。"

"我妈妈是不是有什么她特别喜欢的地方？"安妮问，想着爸爸也许因为想念妈妈而去了她喜爱的地方。

王太太说："你妈在世的时候，老跟我们谈里昂的事。"

安妮在巴黎出生的，小时候跟随妈妈去过里昂很多次看外婆，成年后有时也去那里出差。妈妈谈起里昂，总是很怀旧的样子，可是爸爸不但很少提到里昂，而且还总是以工作忙为借口，不愿跟她还有她妈妈一道去那里。

王先生说："说实话，你爸爸不常跟我们谈他的过去。就是提到了，也是三言两语。不过，他倒是非常喜欢听我谈中国的事，政治时事、饮食起居，总是问个不停。"他接着说，"有件事很蹊跷。"他停下来看了一眼王太太，似乎拿不准该不该说，见王太太点头后，说，"你妈妈过世那年，我们回了一趟中国，之后约你爸爸一道回去再看看。他是青岛人，我是烟台人，两个地方只隔两百多公里，我们算是老乡呀。我说，戴维呀，'文革'已经结束了，中国对西方开放了，政府现在鼓励华侨回国探亲访友。看你爸爸那样子，他真想回去看看，可是我每次这么跟他说，他的头都摇得像拨浪鼓，说，回不去了，回不去了，一副心事重重的样子，然后就将话题岔开了。"

王太太补了一句："他说的是'回不去了'，而不是'不想回去'。"她放慢语速，强调两种表达方式的区别。

安妮觉得她提醒得有道理，但她无法做出任何解释。她说："爸爸是孤儿，在中国没有家人和亲戚。"

王太太说："他也是这么跟我们说的。不过呢，我这么说请你不要介意呀。我就是觉得他不像孤儿院长大的孩子。他和我们聊起中国古典文学一套一套的，学问深着呢，他在中国肯定上过很好的私塾。还有，他对茶叶很精通，知道哪里的茶叶好，还有茶和茶具的搭配。我祖上是开茶店的，所以我也知道不少。但我觉得他知道的倒比我还多。英文里有句俗语，叫含着银勺子长大。按我说呀，你爸像是来自富贵人家的人。他说自己是孤儿，我觉得他没说实话。"

王先生打断了王太太："别瞎猜！"

王太太委屈地回嘴："你不也是这么说的吗？还说戴维举手投足都有旧时大户人家公子的味道。"

安妮想起了爸爸的小木盒里的那两封信。她来之前考虑过把信带来，请王先生给她翻译一下，不过觉得这样是对父亲隐私的侵犯，就放弃了这个念头。

这时王先生突然想到了什么，眼睛一亮，说："几年前有那么一次，你爸提到了他有个旧时好友住在法国。那人的名字吗……"他低下头，沉思了一下，"对，是二马！看你爸谈起他时脸上那个表情，我觉得他似乎非常挂念二马。"

二马？安妮默念这个名字，爸爸可从来没有提及这个人。

第13章

火车行驶了好一阵，戴维的心还没有平复下来。六年没出门了，他像个不安分的年轻人看着窗外疾驰远去的田野、果园、农舍，还有电线杆。昨晚在墓园他依墙而睡，居然睡得很安稳，早上醒来时已经快八点了。不知是老天保佑，还是他的身体突然充满了活力，他的腿伤没有发作。

这节车厢坐得满满当当，这是戴维始料未及的。前方的某个站准是有什么大型的活动。这节车厢只有他这一张亚洲面孔，他上车的时候不少乘客都看着他，大部分的人只是好奇，但他们的目光如刺，让他觉得不自在。他在法国生活了六十八年了，不过出了巴黎，还是常常会受到这样的"礼遇"。如果他和玛格丽特一块出门，那看他们的人就更多了。当然，很少人会粗鲁地盯着他们看，但即使是那些眼角的余光，也不断提醒他，无论他在法国生活多少年，他还是个外国人。

三十六年前，为了庆祝他们结婚三十年，他和玛格丽特在巴黎一家高级餐馆用餐。天花板上的水晶吊灯、银质烛台、描金餐具还有高脚玻璃瓶里的鲜花都显示了餐馆的档次。那晚他穿着深灰色的西装，系着红色丝绸领带，而玛格丽特则是一袭素雅的浅紫色长裙，胸前还佩戴了他送给她的珍珠胸花。他们喝餐前鸡尾酒的时候，邻座一个浑身珠光宝气脖子上戴着十字架的女人走到他们身边，用礼貌的语气说："这儿不欢迎你们，你们最好到便宜的地方用餐。"

周围的人将目光投向他们。餐馆经理和几个侍者也看着他们，保持沉默。经理的脸上还有点幸灾乐祸的笑容。

他见多了因为他的面孔和肤色而引发的恶意，对它们像对流弹一样时时在心里提防着，但进入餐馆的时候，高档雅致的氛围解除了他的戒心。现在他的第一个冲动是拉着玛格丽特的手离开这个地方，就像他还是一个热恋中的年轻人一样把玛格丽特拽到什么无人的角落躲起来。

随后他怒火中烧，想扇那个女人一巴掌。但他当然不能对一个上了年纪的女人动粗。他甚至无法开口骂她。他的教养不允许他这么做。

还是一言不发离开这里吧,就像以前很多次他独自面对这样的侮辱时的做法。

他求助地看着玛格丽特,为自己无法保护她,为自己的手足无措和怯懦而再一次羞愧。

玛格丽特站起来,走到戴维身后,双手按在他的肩上,淡定地对那个女人说:"我和我先生张德伦相亲相爱已有半个世纪。他从十七岁开始就为法国工作,他修过铁路,他开过吊车,他设计建造过重型机器。他勤恳苦干,他善良慷慨,他交税,他在这里成家立业,他和这里每一个法国人一样都是真正的法国人。中国是他的家,法国也是他的家。"

她的话让戴维平静下来,他紧紧握住了她放在他肩头的手。她的手因为激动而微微颤抖,同时又充满了力量。

她的声音不大,但她仿佛在台上对着满满一剧场的人做演讲。她的目光扫射了一下整个饭厅,然后回到面前的那个女人身上,说:"你我年纪相当。作为一个法国人,作为一个人,我为你的无知和粗鲁感到难过。愿你的天主怜悯你,保佑你。"

她看向经理,说:"我和我先生为选择了你们的餐厅深感遗憾。你们精致的大理石下面是肮脏的粪土。"

大概没有人料到她会说出这番话。饭厅里仍是一片死寂,然后有人不安地轻咳了一声,随后是低语声。

玛格丽特昂着头，挽着戴维的手臂不紧不慢走出了餐厅。外面灯火通明，人流如织，空气里充满着大都市独有的魅力。他们默不作声，相依而行，但过了人行道，玛格丽特突然咯咯咯笑起来："德伦，那女人气得全身打哆嗦呢！"

戴维心想，她有化解痛苦的能力。她曾对他说过，人生在世，没有人能够逃过身体上或是心灵上的痛苦。与其沉浸在痛苦里，让它一点点蚕食你，不如微笑着跟它打趣。

那个晚上，他们坐在塞纳河畔，一边吃从面包店买的点心，一边聊天，直到午夜过后才回家。

当然，今非昔比，巴黎乃至法国每年都有越来越多的新移民，他也有不少在本地出生长大的朋友和熟人。不过，他有时仍然要面对某些人带着质疑和鄙视的目光。

他多希望此刻有玛格丽特的陪伴啊！

他的座位靠走道，邻居是个戴着耳机二十出头的年轻人。

戴维拿出新买的几张地图还有黑皮笔记本和圆珠笔放在面前的小木桌上。无论去什么地方，他都喜欢买些当地的地图研究一下，这还是他年轻时养成的习惯。小木桌的台面斑斑驳驳，上面还有孩子们贴上去的动物图案的粘贴画。

上火车前，戴维已经研究了一遍地图，设计了一个初步的线路图，现在他要把细节再好好计划一下。

他记起来，有一次他和二马在夜深人静的时候对着月光看一幅破旧的地图。地图的半边都没了，剩下的半边中间还有几个被老鼠啃的洞，但这没影响他们的兴致。他们坐在战壕里，屁股下垫着树枝和葡萄藤扎成的垫子，头顶上是辽阔无垠的星空。"哥，我们从这里上船，绕过好望角，先到印度，再到澳大利亚，冰岛还有巴西……"二马尽情发挥他的想象力，把他四处听来的那些国家全串起来。

就是现在他也能看到二马说这话时发亮的眼睛和扇动的鼻翼。

在戴维研究地图的时候，他的邻居好奇地看着他的手指在地图上移动。过了一小会儿，年轻人取下耳机，忍不住问道："您这是要去哪儿呢？"

戴维转头看他，说："你是说我坐这趟火车的目的地吗？"

"我看您似乎要去不少地方。"

"是呀。可能要去四五个城市，还有几个小地方。"

他把要去的地方在地图上逐一指给年轻人看。年轻人的友好消除了他刚上车时的不安。不要自寻烦恼了，他交往过的大部分法国人不都很友好吗？再说，独自旅行，一个人很容易就和陌生人交谈上。上了同一辆火车，又碰巧坐在一起，那不是缘分是什么？

"这个小村庄就是您今天要去的地方吗？"年轻人疑惑

不解地看着他，随后打趣道："您是不是在那儿有相好？"

"我的相好呀……"戴维指了指自己心脏的部位，"她住在这里呢！"

年轻人明白了："漂亮的村庄很多呀，您为什么要去那里呢？"

"我曾在那儿工作过。那是很多年以前的事了。"

年轻人上上下下在地图上指了一圈，说他曾骑车去过这些地方。"我敢打包票，我刚刚介绍给您的任何一个地方都会比这个小村庄好玩。"

戴维被他的一脸认真样逗笑了。

他能跟年轻人说什么呢？他能告诉年轻人骆耶耳村附近的被铁丝网包围起来的劳工营是他在法国的第一个落脚点吗？他能告诉年轻人，他在营地的很多个晚上，因为想家躲在被窝里嘤嘤哭泣吗？他能告诉年轻人，村子门口竖的牌子上用中文写着华工不准进入吗？那时，他比眼前这个年轻人还要年少。

第14章

　　下了火车，戴维还要乘坐汽车，问了好几个人才找到汽车站，其中一个人怕他找不到，亲自把他带到那里。早上天空还有些阴沉，好像要下雨，不过午后太阳钻出了云层，温暖的阳光和略微潮湿的空气让人舒服得想打瞌睡。汽车站的对面是一片绿茵茵的葡萄园，从低洼处顺着缓坡流泻到另一个低洼处，像是被拉平了一些的"M"。收获期刚过，枝条上没有一串串诱人的黑色或是紫色的葡萄。几个穿着灰色工作服的工人在葡萄园里清除杂草和修剪枝蔓，为过冬做好准备。

　　法国的乡村景致里，戴维最喜欢的就是葡萄园。他和玛格丽特去过波尔多城堡、阿尔萨斯、普罗旺斯，还有罗纳河谷的葡萄园。在玛格丽特的画笔下，不同季节不同天气下的葡萄园都有独特的景致。在她的一幅水彩画里，戴维手里捧着一颗成熟的葡萄，紫红色的汁水浸染了他的手指。这幅画现在还挂在他公寓的墙上。

看到工人忙碌的样子，戴维想，自己就是一个过了收获期的葡萄园，现在是清理枯枝败叶的时候，然后干干净净地睡去。春天的时候，葡萄园会重新焕发生机，他也会因为和玛格丽特重聚而在另一个世界开始新生。他不是基督徒，也不信佛教和道教，但他喜欢佛家生死相继、辗转相依的说法，而且他固执地加上自己的看法，那就是不管在哪个世界，不管轮回如何无常，不管他和玛格丽特下辈子、下下辈子变回人、动物或是植物，他们都会在一起。

汽车上只有寥寥无几的乘客，留着络腮胡的司机把车子开得飞快。半个小时后，戴维到了骆耶耳村。只有他一个人下车。

大路的右边是条延伸到远处树林的高低起伏的土路，宽到可供两辆汽车并排而行。村子就在大路和树林之间的地方。他看到被树木环绕的橙色屋顶白色墙面的农房，还有灰色尖顶的石头教堂。树木比他记忆中的要矮小、要稀疏，而房子则多了不少。也许以前的那些老树被砍掉用来盖房子了，而眼前这些树是后来种的。

恍惚中，他听到自己和同伴们在被雪冻得硬邦邦的路面上发出沉重的脚步声,听到有人用带中国腔的法语向旁观的村民问好。他那时有没有像一些同伴一样抓起一撮湿润的泥土放在鼻子下闻,甚至放在舌头上尝味道?他记不清楚了。但他记得当时心里充满了对在异国新生活开始的期望。那时候,他还没有看到被层层的铁丝网圈起来的营地和士兵把守的哨岗。

他小心翼翼地踏上了土路,仿佛它是一条河流,会把他带到意想不到的地方。

他顺着土路往树林方向走去。中间经过一个丁字路口时——由那里可以进入村庄,他下意识地看了看路边。当然,那里没有禁止有着他的肤色的人进入的牌子。

离开树林两百米左右的地方路慢慢收窄了,两边被野花野草占据,到了树林边,路变成了羊肠小道,有些地方被低矮的植被覆盖。不过当他跨过它们,小路又冒了出来。村庄里总共不到二十户人家,有多少人会经常光顾这里呢?

当年连片的营房如今是密密的树木。除了树叶在风中发出沙沙的低语和鸟儿的鸣叫,这里静谧得如史前世界。斑斑驳驳的阳光洒在他脚下,长满青苔的大石头散布于树间。路消失了,他仰起头,看到茂密如盖的树冠遮住了天空。

他在一块平滑的石头上坐下来歇歇脚。他感觉有点累,但没有累到要躺下来的地步。真没想到,他的脚这么争气,一点不麻烦他。也许他的身体——如同他的心灵——一直也在渴望这次旅行。这时他的肚子咕咕叫起来。他从包里拿出一个被压到扁平的火腿三明治和一瓶水，慢慢享用。

前方五六米处有块孤零零的大石头立在两棵参天大树之间。石头一米高，形状如同中国古代的元宝，中间低凹，两边凸起，上面长满了绿油油的青苔。

他放下吃了一半的三明治，着魔一样朝那块大石头走去。他蹲下来，把石头凹面上的苔藓轻轻抹去。一片刀刻的竹林出现在他眼前。虽然有些地方模糊不清，但是另外几处地方粗大的竹节还有稀疏的树叶清晰可见。这是他有天晚上想家的时候，用一块磨得尖尖的石头刻出来的。那时，在他的周围，有人在下棋，有人在赌博，有人在唱大戏，有人在说荤段子，而他的思绪却在遥遥万里之外。

什么是历史？他想。不就是抹去石头上的苔藓和泥土，去看下面的究竟？如果没有人去动那些苔藓和泥土，那么它们掩盖着的历史对于很多人来说就不存在。

第15章

在骆耶耳村修了一个多星期的道路后,我们12营上了带帆布篷的大卡车,两个小时后到了一个名叫阿拉斯的地方。比起骆耶耳村,这里显得更阴森。

我们排着队经过被炸到千疮百孔的市中心,一些高大的楼房只剩下半扇墙壁,从墙上的雕花还有扭曲的阳台栏杆,你能看出它们曾经很气派。一个直径足有二十米的街心花园如今被乱石占领了,丛生的杂草上横七竖八躺着几根折断的灯柱,旁边是被火烧黑了的十字架和一条僵硬的死狗。

空气里说不出什么味道,火药味、烟味、腐肉味、汽油味,它们往你鼻子里灌,让你有窒息的感觉。

走了一阵，我们遇上了一个披头散发嘴角带着血迹的老太太。她黑衣黑裤，拎着个竹编的箱子，如同幽灵，眼不斜视往前走，好像在走向已经为她敞开的地狱之门。

经过一片石头废墟的时候，地下突然冒出一个抱着孩子的女人。她褐色的长发没有梳理，乱糟糟地粘在胸前，脸上却抹了脂粉，苍白的脸在鲜红的唇膏的衬托下如同石膏。想必她住在地窖里。我从她边上经过时，她冲我笑了一下，还抛了个媚眼。我加快脚步，生怕她会走到我面前来。

我们到了住处。所谓住处，不过是断瓦残垣中的一块平地。如果有空袭，我们很容易钻到断瓦残垣空隙下的地下室去。

我们开始清理这块地方的破砖烂瓦还有成堆的垃圾，之后搭了帐篷。晚饭是半磅面包和一盒混合着洋葱、牛肉和土豆的罐头。吃完饭后我们困顿不堪，即刻钻进帐篷，把发给我们的军毯铺在水泥地上，和衣而睡。不一会儿，帐篷里充满了一片此起彼伏的呼噜声。

睡到半夜，我突然惊醒，脑子里尽是那个烧黑了的十字架，感觉它还在燃烧，而我也被烈焰吞噬。我急促地呼吸，不安地扭动起来。我在青岛读书的时候，因为好奇曾和几个同学去过一个天主教堂。走进对开的大门，就看到最前方有个巨大的白色十字架，上面挂着一个西方人，他半裸着，歪在一边的头上戴着荆棘，嘴角和身上淌着血。我们吓了一跳，慌忙逃出来。回到学校问过老师，我们才知道那个被钉死在十字架上的人是耶稣，古代中东的一位犹太人。

他用自己的死亡来帮世界上所有的人赎罪吗？我问。老师点头，我又问，可是我们不信上帝，那他也帮我们赎罪吗？老师又点头，还花了好几个小时跟我们解释圣经。他说的东西我到现在差不多已经忘了，但却记得他教我们唱的一首赞美诗。我用气声唱起来，之后感觉好受点。我睁大眼睛看着被月光微微照亮的帐篷顶，幻想我的祈祷飘上了天际。

"一切都会过去的。"我听到有人轻声慢语，是蔡老板。他和我之间隔了三个人。

我没有回答，但心里突然放轻松了。我翻了个身，睡着了。

四个小时后，天还没有亮我们就被叫醒了。几个工头发给我们每个人一个棕色帆布包，里面有十五盒肉菜罐头，六筒饼干，一盒火柴，还让我们带上毯子和洗漱用品，说我们这次要出门好几天才回来。

"去干什么呀？"有人问，但工头没有回答。

在夜色中我们走了一个多小时，一路上到处是弹坑，倒塌的房子和烧焦了的树木，有的弹坑大到可以横着躺十几个人，如果站在里面，就是我这样的大高个，双手也挨不到边。

我们还看到战马的尸体，一匹没有头，从脖子里流出的血把泥土染成了黑红色,还有一匹看上去更恐怖,它侧靠着一人高的树桩,好像在那里低头睡觉,我们绕到另一边才看到它的肚子被打穿了,里面的内脏全部流出来。我身边的一个人双手合十,说了句:"阿弥陀佛。"

到达目的地的时候,天已经微亮了,我们看到远处青灰色的烟雾,好像有什么东西在燃烧。

我们离前线已经很近了。人群里的窃窃私语变成了大声抗议,大家停下来。

"合同上不是说我们不上前线吗?"有人叫起来。

"俺们不是来打仗的!"有人附和,人群里一片支持的声音。

今天带队的是木头人,他骑着马,左边袖子上戴了一个有三道黄杠的袖章。虽然早先的传闻说他把我们带到法国后就会离开,但不知怎么他留下来了。他匆匆走到队伍前列,跳下马,和汤姆说了点什么。我虽然站在前面,但离他们还有一段距离,完全听不到他们的对话。他们似乎争论起来,木头人踢了一脚边上的树桩,汤姆摊开手臂,一脸不可置信的表情。但看得出来,说到最后的时候,汤姆屈服了。他皱着眉,神色忧郁地站到树桩上,好让我们都看见他。

"威尔逊中校说,我们离前线还有十六公里,属于后方,"他说,"今天的任务是挖战壕。德国人的飞机在和英军的交战中损失惨重，短期内不可能再次袭击，所以大家不必担心生命危险。"他的眼神很哀伤，好像他很难过他对我们撒了谎。

这些天，汤姆和我们朝夕相处，除了吃饭睡觉或是被军官们找去帮他们做什么事，他其他时间都和我们在一起。他跟我们说他小时候在天津生活的故事，说他爱吃煎饼果子和栗子羹，还爱用泥巴捏小人和小动物。他谈起上帝脸上总是带着笑容，虽然很多人笑他，说这个西方人的上帝绝对不可能知道中国人想要什么，他还是热心地一遍遍地讲圣经里的故事。大家都爱听故事呀，所以他很短时间里就和一些劳工交上了朋友。

人群安静下来，但没人动窝。

蔡老板站出来了，说："既来之则安之，我们尽力而为。"说完，他迈步往前走。

人群跟了上来。在前方两百米左右的地方放下行李后，我们每个班在各自工头的带领下用刚领到的工具开始挖战壕。其实那里已经有战壕了，但很多地方被炸断了，需要修复。一半人负责修理被炸坏的部分，其余的人则顺着已有的坑道继续挖。

一些英国工头肩上背了枪，手里还拿了皮鞭，好像准备随时镇压可能的暴动。

我们这个班负责修复被炸坏的部分。虽然抵达骆耶耳村后，我就开始感觉到战争的阴霾，但直到我跳进战壕，把穿着帆布鞋的脚插进烂泥里，我才意识到战争离自己多么近。

面前的战壕有我两个人一般高，如一条黑色的长蛇在地里蜿蜒而去，两边嵌有沙袋、土砖和波纹金属板，背墙处的一些地方凹进去做掩体。掩体里有坐的地方，放东西的木架，挂东西的铁丝，有些还有可以躺卧的长木板。我身后则是一个被炮弹炸出来的大水坑，里面有几圈带了钩刺的铁丝，浊黄的水在我们脚步的震动下摇晃着。两边的墙都给炸坏了。

人在这种地方待着，跟地里的老鼠也差不多了。

"哇，"老栓叫了一句，用根棍子把铁丝挑起来扔到坑道外，"这规模比我当兵时那战壕可气派多了。"

二马一个劲打量手里的铲子，满脸狐疑地说："这些英国人，怎么连个铲子也不会做？"

这些铁铲是有点奇怪：短短的木头柄和下端固定住的宽大的铁锹头成直角，像是中国的铁锹和鹤嘴锄的结合。

老栓笑了："是你不懂！这种铁锹不占地方，在战壕里挖起来才快呢，而且英国兵把铲子边缘磨得锋利无比，如果敌人进了战壕，一铲子下去准保送他们上西天。"

大壮吗，在一旁看着绵延无边的战壕唏嘘不已："土地爷如果看到地挖成这么多大口子，还不种庄稼，该伤心了。"

湿泥地上冒出一点白色的纸片。我弯腰去捡，原来是被火烧到只有一半的照片，上面是八口人的一大家子，除了两个五六岁的孩子是全身，其他人的头都没有了。孩子的脸模糊不清，但看上去笑容满面。一个孩子手里还抱了只小羊羔。我用衣袖把照片擦干净，放进口袋里。我也不知道自己为什么这么做，只是觉得它不应该孤零零躺在这里。

我们在爱德华的带领下卖力地干起活来。爱德华估计不到二十岁，长脸，浅棕色的头发，面色苍白，笔直的眉毛下弯弯的眼睛深陷下去，好像要躲起来不让人看到。他的左脚有些拐，对此他似乎很在意，走路时尽量平稳身体。他很少说话，但对我们挺友好，偶尔还会用中文跟我们打招呼，而不像很多其他的英国士兵那样神情傲慢，动辄吆喝。我注意到他和那些士兵交流不多，他们在一起抽烟聊天时，他常常坐在一边，独自抽烟。而他们似乎也瞧不上他，只当他不存在。

乔治本来坐在战壕外休息，不过看到爱德华跟我们一起干，有些不好意思，也下来象征性地挖了几下，然后说要到其他地方看看就走了。

虽然我们一开始不愿来挖战壕，但真到了这里，我们还是使出浑身力气，觉得不这么做对不起在这里打仗的士兵。

虽然我们和他们素未谋面，说不同的语言，但我们的命运却是拴在一起的。

老栓当兵的时候挖过战壕，很有经验，再加上爱德华亲自示范，并用手势给我们做解释，因此我们进度很快。二马为了显示自己身强力壮，把棉外套脱了，里面就剩一件单衣。他一手抓起上百斤重的沙袋，甩到背上，走路时另一只手插在腰上，屁股还扭两下，跳秧歌呢。

有人跟他开玩笑："二马，冲这架势，你该娶头大象当媳妇。"

我自认为这段时间身体壮实了很多，也想学他那样用一只手拎沙袋，但沙袋在地上纹丝不动。"哥，你是秀才，拿笔的。"二马笑话我。我猫腰抓住沙袋，脸憋得通红，好不容易才在二马的帮助下把沙袋放在背上。那个沉呀，好像背着个小山头。

大壮教我怎么样铲土又快又省力，说泥土通人性，你要顺着它来，还能跟它对话呢。他对泥土有特别的感情，即使是法国的泥土。他说他是在一个泥坑里生下来的，打吃奶的时候，就爱把泥巴往嘴里放。晚上睡觉，手里一定要摸着泥土才安心。他娘揉了个泥球，让他抓在手里睡觉。

面对敌人的这一侧土填实了，一层层堆上了沙袋，还在外面加上木支撑，背墙的掩体也重新挖好了。我们用泥土填好地上的水坑后还在上面加了个能漏水的松木台。

蔡老板是我们这里年纪最大的,可干起活来一点不比年轻人差。我们班里的人照顾他,都不让他背沙袋,可他不听。大壮小声跟我说:"蔡老板让俺想起俺那头老黄牛呢。"

老栓说:"我猜得没错,他以前肯定开过武馆。知道什么叫四两拨千斤吗?蔡老板搬沙袋就有这个功夫。他走起路来,就好像背上的沙袋是空的一样。"

中午时分,木头人过来视察了。就在前几分钟,乔治回来了,这里摸摸,那里看看,把沾了泥巴的手往衣服上擦,好像要让人知道他一直在干活。木头人对他说我们这班做得又快又好,要嘉奖的时候,他的脸上笑开花呢,还说,任务确实很艰巨,但我们这个班一定会干得很好的。我回头看看满头大汗的爱德华,只见他安静地靠着背墙站立着,一副事不关己的样子,我真想踢他两脚,好让他的嘴里蹦出几个字。

休息时间到了。我们在壕沟里吃早上发的罐头和硬面包,而木头人还有工头们则坐在壕沟外临时搭设的桌子那里享受厨师做的饭菜,一边还抽烟喝酒。

二马问我刚才乔治都说了点什么,我把我大致听明白的对话告诉他。

二马坐在沙袋上,身上的单衣被汗水湿透了。他撕了块面包塞进嘴巴里,边嚼边说:"听到狗娘养的乔治满口说鬼话,那个爱德华怎么屁都不放一个?"

我说:"我也纳闷呢。"

大壮从水壶里咕咚灌下一大口水,打了个饱嗝,说:"他呀,就是个不成色的货,娘胎里出问题了。"

老栓说:"我倒挺喜欢他。除了他,有哪个英国兵跟咱们打招呼?更不用说一起干活了。"他转头对蔡老板说:"您怎么看?"

就是坐在肮脏的沙袋上,一身泥水,蔡老板还是仪表堂堂,他拿着一片饼干的样子,倒是像手里拿了本书,在课堂上给学生讲课。他把饼干放进嘴里,细嚼慢咽后才吞下去,然后说:"他肚里怕是藏了心事。"

"蔡老板,"老栓说,"不怕冒犯您,想问问您干吗来欧洲。我、二马、大壮是图着一年那几百法郎来的,德伦是想见见世面。您呢?"

蔡老板又拿起一块饼干,但没有放进嘴里。他微微一笑:"光绪二十六和二十七年那两年西方国家侵略咱们的事,你们不大知道吧。"

我说:"老师在学堂里讲到一些,我们还看了几张西方联军入侵北京和天津的图片。"

蔡老板点点头:"光绪二十六年九月的时候,一个叫瓦德西的德国人带着他的军队到了北京和天津。那时其他入侵中国的国家已经占领了这两个城市。但瓦德西还想继续打下去,就入侵了周边的一些地方。他的军队野蛮残忍,碰到老百姓,哪怕是老人、妇女和孩子,有时也会杀了他们。当时老百姓把德国士兵叫作'匈奴人'。后来清政府投降了,和入侵的联军签了条约,赔他们四亿多两白银。"

"四亿多两!"二马叫起来,"这猴年马月才能赔完?"

蔡老板接着说:"我从北京逃到山海关,但那里后来也给德国人占领了,城楼上飘着的是德国旗帜。后来我又逃到了保定。"

"您恨德国人,是不是?"老栓说。

蔡老板没回答。

乔治这时晃悠过来了,见到我们撇开头不理他,讨好地说:"我刚才跟威尔逊中校说了,我们班每个人明天多发三个肉罐头和两筒饼干。"

还是没人理他。他在大壮和另一个人中间蹲下来,慢条斯理地说:"那个爱德华以前是逃兵来着。"他停顿一下,看到我们都盯着他,不着急马上说,而是从兜里掏出一把真正的香烟散给我们。烟的吸引力太大了,除了蔡老板没接,我们其他人都拿了一支,还用他的打火机点上烟。一时间烟雾腾腾。

"他想回家,就自残打伤自己的脚。"乔治接着说,"没想到军医暴露了他,说他的伤口有清晰火药灼烧痕迹,子弹进弹口和火药痕迹位于脚背同一侧。他本来该被枪决的,不过他的部队决定把他和另外几个自残的人送到法军和德军之间的无人区,任由他们被德军射杀,或是被冻死。其他几个人不是被打死了就是冻死了,他倒命大,一个星期后还没死。有人同情他,把他救回来了。一个随军牧师再三说情,保了他的命,也不知这个胆小鬼怎么会被派到劳工营来。"

我想,也许他在其他士兵面前自卑,才不愿和他们在一起。又或是他们鄙视他、排斥他,他才如此形单影只。

我讨厌乔治把爱德华的过去拿出来当谈资。"乔治,"我说,"我们大家都喜欢他,请你别说他的坏话。他绝不是胆小鬼。"

"想回家有啥错?"二马鸣不平。

乔治不屑地从鼻子里哼出一声:"当兵的都想回家,那谁打仗?"

老栓说:"战争都是有钱人发起的,要更多的钱,更多的地。哪个穷人想打仗?"

"是不想打仗,但是想有支枪,"大壮说,"俺以前有好几亩自己的地,可村子的一个人看上俺的地了,凭着他在乡里认识武装团的什么人，硬说俺的地是他家祖传的，还弄来了假地契。说不给他地，他就要抓俺坐牢。有了枪，"他学着拿枪瞄准的样子，对着乔治说，"砰，俺一枪送他见阎王。"

大概被大壮吓到了，乔治找了个借口走了。我们哈哈大笑起来，就连蔡老板也露出了笑脸。

我们一直干到天色断黑。吃晚饭的时候，我们累到已经不知道自己在吃什么了，只是机械地把东西往嘴里塞。

还没吃完，成堆的老鼠来打劫了。这些丑陋的灰色家伙从战壕里、战壕外冒出来，发出贪婪的吱吱声，让我全身起鸡皮疙瘩。它们只只肥硕，也不知在这样的荒郊野外怎么把自己喂得这么胖。

我们用铁锹打，用脚踩，用脱下来的外套猛抽它们，一会儿它们的尸体就堆成了小山，可是每死一只，更多的蹿出来。它们不光抢我们的食物，还爬到我们的腿上、身上。它们那可恶的光溜溜的尾巴从我的脖子上和脸上扫过，我边跳动边用衣服打身上的老鼠。我的动作如果稍微慢一点，它们一定会把我活生生吃掉的。

大概知道打不过我们了，它们突然撤退了。我用鞋子死死踩着一只来不及逃走的家伙。它拼命挣扎，发出尖厉的叫声，好一会儿才没动静了。大概是用力过度，当我想把脚抬起来的时候，整条腿直挺挺地僵在那里，好像是跟我无关的一根木头。我搓揉了好一阵，脚才活络起来。

光是我们这个班就打死了至少一百只老鼠。虽然我们累得手脚抽筋，还是在战壕外靠铁丝网的地方挖了个大坑，把老鼠埋了，但是往回走的路上，二马不停回头看，好像担心老鼠起死回生，爬出泥坑来追逐我们。他说他天不怕地不怕，就是怕老鼠。有个算命的说他前世跟老鼠结了仇，这一世想方设法得避开它们。

这一夜，我们睡在战壕里，把沙袋和木板垫在地上当床。有人靠着墙一坐下来就睡着了，身子歪在一边，头像断了一样垂下来。大部分人睡在背墙里凹进去的掩体里，有些宽敞到足够睡七八人。二马怕里面有老鼠，让我陪他在外面睡。还好，天气不算太冷，身上穿着棉衣，还有条毯子，应该够了。

也不知睡了多久，我被冻醒了。睁开眼睛，漫天的雪花纷纷扬扬，衬着灰黑色的夜空，像是舞动的蝴蝶。

恍惚间，我觉得自己回到了童年。在初冬的清晨，我和弟妹们笑闹着来到花园。叶子落尽的梧桐树的枝干上挂着雪，石拱桥上铺着雪，假山上堆着雪。花盆里的蜡梅倒是开得正盛，红色的、黄色的，颜色鲜艳得让人诧异，闻着还有股清香。我们开始打雪仗了。冻得红红的小手捧起地上一把细密如沙的新雪，迅速把它挤压成一个球，然后把它掷向自己的目标。有时心太急,雪压得不实,还没击中目标就散了。被打着的人当然不会善罢甘休,即刻回一个雪球。

玩累了,我们推开后花园厚重的木门,溜达到街上。摆摊的人早已忙活起来了,高高低低的叫卖声回荡到我们耳朵里。我们停留最长时间的地方当然是卖玩具和甜食的摊子:风筝、弹弓、陀螺、木刀木剑、鸡毛毽子、红红绿绿的纸风车、诱人的糖葫芦和糖人,还有些我们没有见识过的新奇玩意儿。我们把兜里的铜板都拿出来,一半商量一半争吵了好一会儿,才决定该买什么。回家的路上,我们唱着儿歌,蹦蹦跳跳,汗津津的脸在太阳的照耀下闪着光。

我伸出舌头,接住一片雪花,凉丝丝的,好像还有点甜味。

二马坐起来:"这鬼天气,要把人冻死吗?"看我睁着眼睛,他说,"哥,你笑个啥?"

"我在笑吗?"说完,我咧开嘴巴笑出声。

他拼命揉眼睛,一副困得不行的样子,说:"俺们找个有遮盖的地方去睡,被老鼠咬总比冻死好。"

背墙里有不少凹进去的掩体,我们很快找到一个还不算太湿的地方,里面居然有薄薄一层稻草,头上还有木板挡着。

我睡得很安稳,没准脸上一直都带着笑呢。

第16章

接下来的三天，每天雨雪交加，战壕里泥泞不堪，有时一脚踩进去，再抬脚时，脚出来了鞋子留在泥里。

我们没有停工，依旧每天从天一放亮工作到断黑。身上虽然穿着雨衣，但全身上下都湿透了，很多人的手背和脚上开始长冻疮，紫红色的一片，又痒又痛，脚肿胀起来穿鞋子都费力。随队的军医一点办法都没有，大家只好用各种各样的土方法自己治疗，用雪擦、用口水擦、用草根擦。

有时伤口破了，脓水流出来，里面露出鲜红的肉，不小心挨到什么地方，人就痛得龇牙咧嘴。有的人脚冻坏了，看上去像个青紫色的萝卜，他的同伴把他的脚放在胸口一点点捂热。

老栓让我们班里的人每过几个小时就把鞋子脱着，给脚底按摩，防止长冻疮。我们也不断搓手、搓身子，让血液循环顺畅。到了睡觉的时候，我们脱光衣服，在老栓的指挥下做健身操，之后才躺进稻草铺的床，盖上虽然冰冷但毕竟没有湿的毯子。

我们带来的东西很快吃光了。补给送到了：是冻得像石头一样的黑面包和马肉罐头。肉又硬又酸，不是饿坏了的话，真进不了口。

"作孽呀，"大壮说，"马咋能吃？马和龙、凤凰是一家，都有神灵保佑，吃了要倒运的。"周围很多人附和他，不过最后他们都忍不住饥饿，还是皱着眉头吃下去了。

很多人开始咳嗽，还有人发烧，睡觉的时候很多人说胡话，还有人发出恐怖的喊叫。阴冷的天气，泥水横流的战壕，湿漉漉散发着臭气的衣服，既不耐寒也不耐湿的帆布鞋，还有身上起的水疱、疹子和冻疮都让我们不堪其苦，让我们想念家乡。

我们不再那么卖力了，更确切地说是我们干不动了。有人想坐在沙袋歇一下，一坐下去腿就软到站不起来，有人一铲子铲下去可是挖起来的泥土只有一小撮，更多人则是放慢了节奏，小跑变成了走路，走路也拖拖拉拉起来。近中午的时候，我们才干了昨天五分之一的工作量。

隔壁班的一个叫拉里的英国工头用皮鞭抽打一个坐在沙袋上的人，说他偷懒。一皮鞭下去，那人抱着头倒在地上。另一个英国工头叉着手，站在一边看热闹。这个班是以管教严厉出名的，经常体罚劳工。同一班的其他人停下手头的活，看着地上的同伴，却没有人动弹。

我和二马交换了眼神后，一起跑上前扶起地上的人。老栓、大壮、蔡老板还有我们班其他人也跟上来了，指责拉里。乔治在我们身后连声叫道："管什么屁闲事！"爱德华虽然不敢得罪拉里，脸上却是一副赞叹我们的表情。

没料到自己会被围攻，拉里后退了几步，然后转身逃走了，嘴里还用不通顺的中文嚷嚷："改造营，你们！"

就像他们的长官一样，这些英国工头大部分只能说一些简单的中文。他们不屑于学习在他们看来是苦力的人用的语言，但他们都知道用中文说"干活"和"改造营"，大约他们觉得这两个词对付中国人就足足够够了，其他的交流可以用皮鞭和子弹来代替。

我们班没人进过"改造营"，但都听说了那里的可怕。听说到了那里，每天要被吊起来打，还会遭受铁丝梳在身上刮的惩罚。

汤姆赶过来了，问清楚了情况。他一脸同情，但除此之外他能做什么呢？他只是个翻译。虽然我们到法国还不到两个星期，但已经从先到的同胞那里得知英国军官们对惩罚劳工的工头不但不指责，还鼓励他们采取铁腕政策，就像父亲管教脾性顽劣的孩子一样对待我们。

"对不起。"汤姆对我说，天蓝色的眼睛有痛苦也有愧疚。我们出发到阿拉斯之前，汤姆从乔治那里得知我会说点英文和法文后，找我聊过一次天。我们天南海北扯了一通，还谈到了各自喜欢的几部文学作品。自此之后，他就把我当朋友了。

对我说完后，他又对被打伤的人还有其他中国人逐个说"对不起"。

我默默地看着他，知道他是代表傲慢的白人在向我们道歉。

最后，他轻声说："拉里的妻子和孩子去年在空袭中被炸死了，所以他脾气很坏。"

对这句话我不知该如何作答，说什么仿佛都不对。

午后，木头人把工头们找去训话。我们在战壕里隔着老远也能听到他的大声叫嚷，但他不是指责他们对我们太粗暴，而是指责工作进度太慢。

第二天的上午，天总算放晴了，还居然出了大太阳。暖和的阳光晒在身上，让人真想好好打个盹。我们把衣裤脱下来挂在铁丝和战壕外的灌木丛上晒，有人甚至脱个精光。在这个没有女人的地方，大家都不在意光屁股的人。我也脱去了上衣，但仍穿着裤子，心里嘲笑自己的迂腐。

为了鼓励士气，更多的工头跟劳工一起干活，就连乔治也像模像样地挖了几个坑。大概木头人警告他们，说完不成任务，不但大家都回不了营地休息，他们还会被扣钱。我们一天拿一法郎，他们一天可是拿十法郎。

我们加快了进度，还想出了一些省力的点子，譬如说用刨得很光滑的木板搭出一条运送带，用来连接壕沟外的沙包堆和壕沟，这样我们就不用扛沙袋了。

木头人中午来视察的时候，脸上露出了满意的微笑。

五点钟我们居然喝上了茶。虽然说白了就是带点茶叶味的热开水，但有热东西下肚，我们还是很高兴。这时远处跟我们来的方向一致的地方出现了一群人。木头人应当知道他们要来，因为他们还没出现的时候，他就一直朝那里张望。

这群人走近了，大约两百人。这是我第一次看到行军的英国士兵。他们脸色晦暗，毫无生气，走起路来由于身上背了太多的东西而像酒鬼一样跌跌撞撞。除了步枪、水壶、背包，他们有些还带了做饭的锅子，甚至铲子和锄头。他们身上穿着的长及小腿肚的大衣由于沾满了泥浆，也许还经受了日晒雨淋的洗礼，已经看不出原来的颜色。头上的帽子千奇百怪，有钢盔、有军帽、有可以盖住耳朵的棉帽、有用动物毛皮做的帽子，还有人把布一圈圈扎在额头上，没有戴帽子的人则一律头发蓬乱。他们穿的鞋子也并不统一，但大部分是靴子，比我们脚上的帆布鞋肯定耐寒。

五辆装满了东西的马车夹杂在这支队伍中间，走起来也是摇摇晃晃。可怜的马儿已经累得快趴下了，低着头，呼哧呼哧喘着粗气，其中一匹胸脯上有白毛的棕色马大约预感到很快可以休息了，突然昂起头嘶鸣了一声。

这些英国兵好奇地看着我们，我们也好奇地看着他们。两边的人群都肮脏不堪，身上散发着臭味。

黄昏的落日慷慨地洒在我们身上，也给周围被战壕和弹坑弄得丑陋不堪的土地披上了淡橙色的晚装，让这个被战争摧残的世界看上去多了点人情味。

一个士兵脱下了大衣外装满了东西的背心，扑通一声像个秤砣一样坐在地上。短暂的安静被打破了。其他士兵纷纷效仿，把各种装备扔在地上，坐下后又从背心里拿出罐头、书、面包、饼干、小本子、扑克牌、金属饭盒，不知装了什么东西的玻璃瓶，还有其他乱七八糟的东西。有人在喝水吃东西，有人在清洁自己的步枪还有沾了泥污的子弹，有人在读信件，有人在写东西，有人在抓虱子，有人干脆躺在地上睡觉，但更多的人在聊天、在打牌。

他们中没有人和我们打招呼，就像我们突然不存在了。

木头人和新到的军官说了一阵后，让我们继续开工，还通过汤姆告诉我们，今天晚饭后可以回营地，有另外一批人会来替补我们。尽管他尽力摆出一副威严的冷面孔，但看得出来，他很高兴离开这个鬼地方。

几个士兵这时跳进了我们今天早上才修复的战壕，这里摸摸，那里看看，其中一个长着红鼻头和厚嘴巴的小伙子扭头咧开嘴对我们笑了一下，伸出了大拇指。他看上去和我一般年纪。

有几个英国士兵在战壕外唱歌，歌声里夹杂着带着醉意的叫嚷声。好些人在打扑克牌，嘴里还叼着点燃的烟。

"大概快要打仗了。"干活的时候二马对我说。

老栓用大铁锤把一根木桩打进地里。"别看他们现在活蹦乱跳，打完这场仗有一半人能活着回去就不错了。士兵的生活呀，就是要及时行乐，谁知道下一分钟会咋样？我当兵那阵，最大的享受就是睡觉，甭管在什么地方，就是老鼠窝边茅坑边上都行，只要那晚没有被枪炮声或是警报声吵醒，我就满足了。"

我想到口袋里的那张只有一半的照片还有刚才冲我们笑的红鼻头的士兵，说："我们把战壕做得更结实些，没准能帮助他们打胜仗。"

大壮凑过来："乔治说德国人的战壕气派到里面可以开

坦克呢！"

"这家伙！德国人来了，他肯定第一个投降。"二马说完往地上啐了口痰，"有俺们来修战壕，英国人不会输的。俺担保！"

大壮翻了个白眼："信球！你的担保算个屁！"

老栓说："就是道格拉斯·黑格也不敢担保呀。"

二马问："这人是谁？"

"英国的指挥官！人称'索姆河的屠夫'。"老栓对时事特别关心，在营地里到处打探战争的消息，知道的事很多。可能当过士兵的人，一辈子对战争都有莫名其妙的兴趣吧。

"为啥叫他屠夫？"

"但凡他指挥的战斗，总要死很多人。知道去年的索姆河战役死了多少英国兵吗？第一天死伤人数就差不多六万！"

大壮惊叹道："德国人这么厉害！"

二马不说话了，低头铲土。

我注意到蔡老板几次把目光投向战壕外的士兵，那样子仿佛希望自己能加入到他们当中。

二马用胳膊肘碰了碰我的手臂。我顺着他的眼光看到爱德华猫在一个掩体下抽烟。黑乎乎的一个影子，只有烟头发着亮光。

我们吃完晚饭——照例是黑面包和马肉罐头——就上路了。有些人因为脚冻伤了走不快，其他人就搀扶他们走，或是轮流把他们背在身上。

走了差不多半个小时，我们看到刚才挖战壕方向的天空出现了一颗照明弹，因为离我们太远了，看上去像是燃烧的木头上迸出的火星。

"他们在放烟花玩？"大壮问。

"德国人来了！"蔡老板回答道，每个字好像子弹一样从他的牙缝里射出来。

第17章

中午时分,戴维坐火车到了阿拉斯,然后从火车站走到老城区。这里到处是餐厅和酒吧,还有特色各异的小旅馆。各色鲜花点缀大街小巷,让十月的晚风变得芳香宜人。

午饭后,他找到一家旅馆,稍稍睡了一下就坐旅游车去郊外参观沃邦城堡。回到城区,他在英雄广场连绵的骑楼下的一个纪念品商店买了一个开瓶器,打算回去送给爱喝葡萄酒的王先生,还给皮埃尔和孙子孙女们各选了一样礼物:皮埃尔的是一套本地地标建筑明信片,而孩子的是钥匙串和迷你雪花玻璃球。给女儿的礼物嘛,是条有石头吊坠的项链。就首饰而言,女儿和玛格丽特非常相似,两人都喜欢简单的风格。两天没有给安妮打电话了,今晚是不是要再向她报个平安？

这是他第五次来这里。第一次和第二次是他当劳工的时候，后面两次吗，他作为米卢斯机械厂的技工，来这儿参与重建工作。老城区的那些巴洛克风格的房子的修缮有他的一份贡献。

戴维走进一个街心公园，在一张木头长椅上坐下来。从这里他看得见来来往往的路人，还有一个在表演的街头艺术家。对面的一座米黄色的两层公寓的阳台上一对情侣在拥吻。眼前的一切多么平静祥和，没有炮火下的残垣断壁，没有被烧焦的动物，没有陷入绝境的人们。

他闭上眼睛想打了个盹，这时视野中出现了一只从炮弹坑里伸出来的沾满了血和泥土的手，个个手指分开，指节弯曲。它痉挛地抖动着，挣扎着向地面上的人求救。一具被坦克碾成肉泥的尸体躺在一边，上面爬满了苍蝇，而无所不在的肥胖的老鼠们龇着牙，贪婪地盯着他。

"它们要吃掉我！救救我！"无数次他在梦里这么喊道。无数次，玛格丽特用睡衣的一角擦去他额头上的冷汗，像哄孩子一样对他说："别怕，我在这儿呢。"

他猛地睁开眼睛，感觉到太阳强烈的光芒。街头艺术家正把脚下的银圈蹬得飞快。那对情侣依然在接吻。几个孩子在公园外的街道上笑闹着。究竟什么是他真实的生活？是过去发生的栩栩如生的事件还是现在眼前的景象?他问自己。

这时身后传来大声嚷嚷:"小心!别乱跑!"说的是带京腔的普通话。他扭头看,见到一个六十出头的老人正在试图抓住一个四处乱跑的小孩子。一定是爷孙俩。

小孩子在花丛和树丛中绕来绕去,看到爷爷追不上他,他躲在一棵大树后,咯咯咯笑到全身都颤抖起来。等他爷爷跑到大树前,他像小鹿一样撒腿跑向玫瑰花丛。

"小心!别给花刺到了!"老人叫道。话音未落,小孩子就捂着手大声哭起来。老人虽然腿脚不利落,但以最快的速度到了孙子面前,把他抱在怀里,检查他被玫瑰花刺过的地方,然后在他的小手上使劲亲了几下。

戴维想起了自己的孙子和孙女,心里一阵内疚。

那位老人也看到了戴维,惊喜地用法语问:"说中文?"见到戴维点头,他马上换成普通话,介绍说自己姓赵,是个退休的工程师,两个月前从北京来探亲,同时照顾孙子。"就叫我老赵吧,"他笑着说,"听起来亲切。这里没几个中国人,我都憋慌了。"

戴维简单介绍了一下自己,说来这里旅游的。

老赵伸出大拇指。"您老体格够棒,胆子够大!"接着他快言快语抱怨起来,"我想回中国却舍不得米格尔,不回去吧,在这儿跟坐牢一样,话听不懂,路牌看不懂,又不会开车,还不敢花钱。"老赵摸着孙子的头说,"儿子儿媳开了家饭店,早上五点就出门,晚上十点多才回家。我劝他们回中国吧。可是他们不听,说要发财,要当大老板。我说,就是当了大老板又怎样?你们只要待在这里,就算一直待下去,还是中国人,在法国人眼里还是外国人。"

听到老赵最后的话,戴维心里沉了一下,感觉到一阵寒风吹到脸上。老赵说得没错,他心想。

老赵把孙子放下来,让他玩地上的树叶。他接着说:"咱们中国是比法国穷,比法国落后,可是中国这五千年来战乱不断,直到这七八年来才安稳些。远的不说,就说过去的一百多年吧。先是两次鸦片战争,然后八国联军侵华。咱们一战倒是没打,不过日本人来了,咱们卷入了二战,其中还有几十年的国共战争。我十五岁就参军了,先是跟日本人打仗,打完后接着跟国民党打,然后老毛上台了,共产党得天下了。我以为终于能过上太平生活了,可是政治斗争一个接一个。反右时我因为说了真话坐了几年牢,从牢里出来没几年,'文革'开始了。我吧,这回不敢多说话了,夹起尾巴做人,可还是被打成右派,下放到江西的一个劳改农场,十年后才恢复原职,和家人团聚。"他冲戴维呵呵一笑,"你'文革'那时如果在中国,就凭你在法国住过的这段历史,就能被打成敌特分子,弄不好命都没了。"

老赵提到的历史事件,戴维在书里报纸上都读到过,从他的中国朋友那里也听说了不少。在巴黎不容易买到中国书,但王先生每半年都要托人从中国给他寄一大箱子的书过来,说他的胃在吃奶酪喝葡萄酒的同时,一定要有"精神食粮"的辅助才能正常运转。隔三岔五,戴维就向王先生借书。

戴维沉默了一阵才开口:"你刚才说中国没参加一战,那是不对的。中国参战了。"

老赵是个历史迷,一听来劲了:"是吗?说来听听。中国在1917年的时候是对德国宣战了,可那只是空头支票。政府可没派人去欧洲帮忙。如果中国真的帮了忙,那协约国的首领还能在凡尔赛会议上羞辱中国人,将山东的主权从德国人手里拿过来去给日本人?"

有些事情是说不清楚的,还是让它们深藏在被人遗忘的角落里吧,戴维想。

公园里很安静,听得到高亢婉转的鸟鸣。米格尔抬起头,冲着不远处一棵橡树的树枝上站的几只鸟飞奔而去。老赵冲着孙子叫:"小心,别摔了!"

戴维说:"你接着和孙子玩吧。我要上路了。"

"那好,一路平安。"老赵一脸遗憾,"有空回家看看吧,变化可大呢。"

戴维说好,转身离开的时候眼里突然充满了泪水。家,这个字就是系在心上的一根绳子,随便拽一拽,都让人隐隐作痛。他毁了中国的家,也让玛格丽特失去了里昂的家。

"德伦,为什么要搬去巴黎呀?为什么呀?"他的耳边响起了玛格丽特的问话。她的眼睛里带着谴责和哀求。

他疾步离开公园。老赵纳闷地望着他远去的背影,这个独自旅行的老人究竟要去什么地方呢?

第18章

在营地休整了两天后,我们12营和另外五个营坐上火车,到北部一个叫敦刻尔克的地方维修铁路和装运弹药。敦刻尔克受灾不算太严重。虽然有些地方遭受了炮灰的侵袭,但也有不少保存完好的楼房。先我们而到的从安南和印度来的劳工在废墟上新建起了几座临时工厂,街道上还跑着有轨电车和运送物资的军用卡车。

比起挖战壕,我们现在的工作算是轻松,而且每餐热菜热饭,还有汤喝。菜很简单,主要是掺杂着很少几片肉的土豆菜叶稀糊,至于汤嘛,和刷锅水差不多,但至少冒热气。

我们经常肚子饿得咕咕叫。工作时,我们尽力不去想和食物相关的事,而是机械地挥动铁锹、榔头,扛各种各样的重物。虽然天气转暖了,我们无须穿棉袄,但因为体内缺乏热量,我们有时不由自主浑身发抖。

我们的营地靠近一个名叫塞尔雅的村子。就像骆耶耳村的营地一样,这里四周也围上了铁丝网,不是一层,而是两层,最外的那层足有两人高,有士兵把守。营地分不同区域,设有住宿区、食堂、厕所、厨房、医院,甚至还有监狱。监狱被几排树木和其他建筑隔开,敢于违反命令或是有偷盗和其他犯罪行为的人就会被送到那里。我们一来就听说里面关了十来个人,其中几个人是因为逃跑失败而被关在那里的,还有一个据说是杀人犯——赌博时发生口角,他就用皮带把对方勒死了。

虽然说英国人禁止中国人在营地赌博,但营地生活枯燥,劳工们又不准私自外出,所以赌博很盛行,如果不出大事,英国人并不管。

修了一个星期的铁路后,一天早上六点半,我们排队从营地走到奥什军工厂。隔得很远,我们就看到突兀而起的几排巨大的厂房。

一长列盖着棕色帆布的军车从我们身边开过,车上装满了一箱箱弹药。

二马在我身边羡慕地咂咂嘴,小声说:"看到了吗?开车的都是女人。"

"可不吗？"走在他后面的大壮说，"男人都去打仗了呀。"

"俺啥时候才能开上车呀？"

我开玩笑说："跟她们套个近乎，指不定她们会让你摸摸方向盘。"

"哥，你那宝贝书都快翻烂了吧？教我几句法语吧。"

每天不管多么累，我都把法文字典拿出来翻一翻，哪怕就是学两三个新词都好。只有这样，我才觉得自己不完全是干体力活的机器。汤姆有时会教我一些法语。他说他准备给劳工们开法文课，问我愿不愿意当他的助手。我自然一口答应。

"Bonjour。"我对二马说。

他跟着说。

大壮笑起来。"听上去像是说'绑猪'。"

"'姑娘，你真厉害'这句话怎么说？"二马问。

"还不认识人家，就开始拍马屁了！"老栓说。

我告诉二马怎么说。

会了这两句，二马果真对开到身边来的一辆军车上的女司机轻声喊道："绑猪！"在喊叫之前，他已经观察了周围的情况，看到本来在我们边上的英国士兵不知有什么事要通报带队军官现在走到最前面去了。他这人,按老栓的说法是胆大脸皮厚,按大壮的说法是死猪不怕开水烫。蔡老板倒是挺喜欢他的,教他认字。如果是我教他,他肯定东张西望,没耐心学,但在蔡老板面前,他乖得很,所以还真学到点东西。

女司机看了他一眼,没理他。

又过来一辆车,二马转头对着女司机伸出了大拇指,然后喊出我刚教给他的那句"你真厉害"的话。他说得完全跑调,但女司机居然笑了,也伸出大拇指。

这下二马兴奋了:"瞧,她听明白了!"

在修铁路的时候,我们也碰到不少法国女工,有些很年轻,她们跟我们一样挖渣土、铺枕木,但她们和我们工作的地方隔着一段距离,中间还有士兵把守。她们不时停下来,朝我们这里张望,还发出响亮的笑声。她们的笑声让我们不但忘记了饥饿和疲劳,心里还被撩拨得像有个不安分的小兔子在乱窜。我们只有通过拼命干活才能压抑住年轻男性的本能冲动。

此刻我想起了林雨梅,她的娇嫩而富有弹性的皮肤。她笑起来,不像我的妹妹们那样用手掩住嘴巴,而是咧开嘴笑,露出嘴里的一个大虎牙。一天放学后,我找借口离开一帮朋友,而她也骗父母说有事到女同学家去玩。我们在离校园几里路外的一个小树林里碰面。青草地上点缀着白色的野花，淙淙的小溪在杨树和桉树的俯视下欢快地流淌，微风吹动我们的发梢。我问她将来要做什么。她说，要办个女子学堂，在那里学生们可以学理工、学医学，学男学生们能学的一切。她问我要做什么，我说我要跟她一起办学校。

经过好一阵心理较量后，我拉住了她的手。我们害羞到不敢看对方的脸，而是默默地看着水面上漂荡的落叶，心却快乐得恨不得和天空的云雀为伍。

而短短两个星期后，她就变心了。那天，一部黑色的轿车开到学校来接她，她矜持地上了车，坐好后摇下车窗。看到我呆呆地站在一棵大树边看着她，她急忙把窗户关上。第二天，她来学校的时候，手指上多了一个钻戒，耳朵上也吊了金坠子。几天后，她退学了。同学说，一个军阀看上了她，要娶她做姨太太。

我也想到陆小姐，但她的影像一闪而过。我内疚吗？肯定有一些，但我宁愿把她从脑海里完全抹去，就像春天最后一场雪被太阳融化殆尽。

"哥，你有过女人吗？"我的遐想被二马打断了。

我摇摇头。我想他问的是我有没有和女人上过床。

"德伦可不会去那种地方找乐子。"大壮说。

"那地方有啥不好？她们身上脂粉的香味能把你的骨头

都弄酥了。你可别说你没上过窑子。"

"俺赚的是血汗钱,咋能浪费在这种女人身上?还是留着钱讨个正经婆娘,将来留个后。"

"你是没……"二马嘟嘟囔囔说,看到乔治从队伍后面走过来了,他不说了。

军工厂近在眼前了,巨大的长方形的厂房让进进出出的人看上去如同蝼蚁。经过一家工厂敞开的大门,我们看到地上密密麻麻布满了半人高的炮弹,至少有上千枚,一小群人在其中走动,好像在检查炮弹的质量。

老栓在我身后发出啧啧的赞叹声。

我们走进一家储放枪支弹药的库房,库房有五米高,近百米长,钢架结构,里面垒放着不同形状的木箱,走道上有两条供运货的板车走的车辙。我们的任务是把从另一间厂房送过来的散装枪支弹药一箱箱装好,放上即将开往前线的卡车。

一个法国主管过来指点我们该怎么做,他五十出头,身材矮胖,挺着个啤酒肚,跟我们说话的时候,眼里充满了狐疑。乔治懂点法文,帮忙做翻译。

跟我们一起装货的是一群法国女工。这是我们第一次近距离和本地人接触。每到一个新营地,英国军官还有工头们都会再三警告我们不能和本地人有接触,违者轻则罚款,重则体罚甚至鞭刑。

这些女性大部分是中年人，穿着深灰色的宽松罩衫，腰间束了腰带，胸前系着灰色的围裙。

也有几位皮肤白皙的年轻姑娘，她们梳着麻花辫或是散着头发，虽然她们也穿着难看的工作服，但脚步像跳舞一样轻快，眼睛里闪着光，耳朵后或是辫子里插着野花。我们离她们这么近，甚至可以闻到她们身上的香水味！

有几位女性抿着嘴，皱着眉看着我们，好像受不了我们身上很多天没洗澡的异味，不过其他人倒是很和气，用微笑跟我们打招呼。她们叽叽喳喳聊天，有时突然瞧着我们，爆发出一阵笑声。这让我们有些害羞，也有些惶恐，觉得是不是头上的帽子戴歪了，或是衣服穿反了，或是脸上沾了乌黑的油迹。我们检查自己的时候，她们笑得更厉害了，叽叽咕咕又说一堆，边说边笑。她们的笑带动了我们，我们也跟着笑起来，同时加紧工作，一来让她们知道我们是优秀的工人，二来让她们休息一下，多说说话，多笑一笑。

我竖起耳朵想听她们在说什么，不过她们的语速太快了，我只能这里那里逮到一些无关紧要的词，像什么"明天""奶油""工厂""苹果"，还有一些人名。再就是那些带"R"的小舌音，像是漱口时发出的声音。她们的说话声高低错落，婉转动听，像是在念诗，听上去真是一种享受。

我想她们很高兴我们来帮忙。有我们在，她们无须搬那些死沉的箱子；有我们在，她们的工作多了几分乐趣。更重要的是，有我们在，干活的速度大大加快了。

我想起了在加拿大的那个小车站冒着严寒欢迎我们的妇女。面前这些女性，她们一定有亲人在战场上，也许我们在阿加斯见到的军队中就有她们的父亲、兄弟和儿子。

我们从来没有见过这么多的枪，这么多的子弹，这么多的手榴弹和炮弹。它们摸在手里凉凉的，带着金属的冷酷。

老栓跟我一起推装得满满的板车。他感叹地说："我当兵那会儿用的枪跟这些没法比。这些机枪扫射起来，该死多少人呀！当士兵呀，这一仗活下来，下一仗没准就死了。子弹不长眼睛，会不会死全靠运气。"他叹了口气，"真的，全靠运气。"

我心想，今天不知又有多少女性变成寡妇或是失去儿子和兄弟。

第19章

吃晚饭的时候,二马心情特别好,喝土豆汤的时候脸上都是笑容,好像他在吃红烧肉。原因吗,是他今天在厂房干活时和一个黑发灰眼睛的法国姑娘套上了近乎。他也真能耐,一边和那姑娘打手势,把她逗弄得咯咯直笑,一边干活还没耽误,速度快得惊人,好像他一下长出了三头六臂。

"你跟那位姑娘都说了什么?"我问。

"多着呢!"他一脸得意扬扬。这当然是吹牛,因为他和那个姑娘没套上几分钟的近乎,乔治就找了个借口把他派到另一个班去帮忙了。

除了我们班的人,其他班的一些人也聚到二马身边。我们的营房是废弃的鞋厂，水泥地上铺张毯子就是床了。窗玻璃很多都破了，虽然四月中了，空气里还是寒气逼人。为了御寒，我们把破破烂烂的衣物和棉絮垫在身体下面。

"说来听听。"我说。

"她说她以前是老师，教很小很小的孩子。她有一个哥哥，一个姐姐。哥哥在前线打仗，姐姐嫁人了，有三个孩子。她说她家门外有很多树，还有很多花，有棵树大到要四个人合抱才能围住树干。夏天的时候，他们一家人还有很多朋友喜欢在树下吃饭。饭桌上铺雪白的桌布，上面放鲜花。面包都是热热的、软软的，跟俺们刚蒸出来的糍糕差不多。菜自然是一大桌，甜的、咸的、辣的、麻的，什么味都有。那饭的香味会吸引来很多蜜蜂。她被蜜蜂叮过一次，就在嘴角那里。"他指指自己的右嘴角，"那里起了个老大的包，好长一段时间她张嘴吃东西都困难。"

大家都知道他在胡编乱造，但没人打断他，更多人围过来。

"还有呢？"有人催他继续说。

"还有呀，她喜欢唱歌，常常一个人到田里去唱歌。田里也像俺们山东一样种着玉米、高粱、小麦、大豆、棉花——"

"油菜花！"有人补了一句。

"对,还有香香甜甜的油菜花!"

人们继续补充。

"香稻!"

"小米!"

"绿豆和爬豆!"

"咋能忘了莱芜大麻呀!"

"别着急,"二马说,"这些田里都有,还有烟台苹果、金丝小枣、苍山大蒜、章丘大葱。田里种得满满当当,肥油油的土种什么长什么,庄稼水果从来不知道蝗虫长啥样。庄稼种下去,你每天背着手溜达到田里看看就好了。过些日子,丰收了。那章丘大葱呀,葱白又嫩又大——"

"俺就是种大葱的!"人群里有人喊道,"那大葱没得比呀!有点辣味,有点甜味,生吃、凉拌、炒菜、调味,和肉馅,怎么吃都好吃。"

大家都点头。

"她唱歌的时候,停在树上的鸟儿跟她一起唱。"二马吹起口哨,发出各种鸟鸣声。人群中会鸟叫的人跟他唱和,一下子我们好像置身于鸟的世界。

口哨比赛就这么开始了。

守在门外的几个英国士兵听到我们的响动，持枪闯了进来。他们的出现破坏了我们的好兴致，大家默默地散开，回到属于自己的地方。

灯熄了。

我和二马躺下后，他轻声说："明天要能再见到那个姑娘就好了。她笑起来牙齿真白。俺从来没见过牙齿这么白的人，不知道每天要用多少牙粉才能有这么白的牙齿。她的眼睛也好看。我对她说Bonjour，她就笑起来，然后我说'你真厉害'，她笑得更欢了。"

"你真是活学活用呀！"我说。

"再教我一点。'早上好''下午好''晚上好'都怎么说？"

我笑话他："'早上好''下午好'倒能用上。至于'晚上好'吗，你什么时候用得上这句？"

"甭管用不用得上，能说法文就说明俺脑袋好使呀。"

"你这脑袋是好使！有点耐心就更好了。"

"谁说俺没耐心？从明天开始，俺每天跟你学法文。"

过了一会儿，他问："哥，你说她多大？"

"十八九岁吧。"

"看她的手是做过农活的,胳膊结结实实,脸上也晒得黑乎乎的,右边嘴角那里有个芝麻大的灰痣。"

"你看得挺仔细的。"

他不好意思地嘿嘿笑了一下:"哥,用法语怎么说'你真好看'。"

"我不知道。"

他急了:"这都不知道,那学洋文有啥用?"

"我知道怎么说苹果花。你可以说她长得像苹果花。"

他跟着我念了几遍。我快睡着的时候,还听到他在练习呢。

这夜我梦到了家乡广阔的麦田,黄澄澄的一直到天边。我在麦田里走着,张开手臂划过饱满的麦穗。

第 20 章

接下来的两个星期我们都在军工厂工作,因为我们干活很努力,每天都超额完成任务,法国领班现在看到我们脸上出现了笑容,有时还拍拍我们的肩膀,让我们休息一下。比起英国人,法国人对我们算是很友好。

我的法语这段时间颇有进步,这还得多谢汤姆。他真的在劳工营开了法语学习班,每天上半个小时的课。头一天参加的人只有寥寥几个(包括我和二马),但现在已经近百人了。因为我是他的助手,他额外教我半个小时,还送给我几本法语小说,其中有司汤达的《红与黑》。除了上课,我有空就向他请教。

二马喜欢的那位姑娘却一直没有再出现。每天早上他充满期待地走进工厂,在那群法国女工里寻找她的身影,见不到她后他眼里的光芒随即消失了,然后他闷头工作。

回到营房,他不再像平常那样蹲在地上和人下五子棋或是扎进人堆里瞎聊天,甚至也不愿意跟我说话,而是独自一人坐在角落里干自己的事。蔡老板曾在战壕里找到一把半个巴掌长的折叠刀,送给了二马。二马一直视如珍品,到哪儿都随身携带,如今刀派上用场了。除了在捡来的木头碎片上雕东西,他还在子弹壳上雕刻。子弹壳很容易找到,在上工的路上,随便就能捡到十来个。

大壮和老栓逗他,说法国的黑美人嫁人了,随着夫家搬走了。二马听了,上前一个扫堂腿就把个头跟他一般高的大壮撂在地上。老栓看了,连忙说,她没嫁人,也没搬走。不过他们背后还是常常取笑二马。

从汤姆开设法文课的第一天起,二马每堂法文课必到,睡觉前也缠着我教他说法语,什么"你家养了牲畜吗?""你中饭吃了什么?""你喜欢什么颜色?"之类的。我给他找发音相似的中文字作为注音,但因为他识字不多,我还得把这些中文字编成他能记住的话。很快,他能说几十句带中文腔调的法语句子,而且居然能把不同句子里的词串在一块说。

第三个星期,那个姑娘回来上班了。她的眼皮红肿,脸明显瘦了一圈，不过二马还是很快把她逗笑了。不仅是她，其他的女工也被二马的中文式法文逗得乐不可支，就连那几个总是一脸严肃的中年妇女也笑起来。乔治今天生病没有跟我们一起来，至于爱德华嘛，他一点不担心我们工作出岔子，而且似乎很高兴听到女工们的笑声。他带领我们进了厂房后，就坐在门外抽烟去了。

晚上我睡得迷迷糊糊的时候，被人推了一把。我睁眼一看，是二马。他的眼睛里闪着亮光。

"哥，她叫艾拉。"即使是用气声说话，我还是能感受到他的激动。

他憋了大半天的话喷涌而出。"俺今天上茅厕的时候在外面碰到她了。她说她爸爸最近死了。她跟我说他怎么死的，但俺听不明白。她说她有很多个弟妹。"他侧卧着把手放在腰上朝膝盖的方向如下楼梯一样走了几级，给我看她的弟妹们分别才多高。艾拉大约就是这么给他打手势告诉他的。"她家本来养了猪，但都杀了吃掉了。我今天送给她一个雕了小鸟和花的子弹壳，她很喜欢呢。"

他停顿了一下，好像在仔细听房子里的动静，周围一片鼾声。他从被子下面掏出圆圆的一个东西递给我。

我拿到手里，欢喜地差点叫出声来。是苹果！个头虽然不大，但清香扑鼻。

我使劲闻了闻苹果,已经半年多没吃上苹果了。

"艾拉给的。"他自豪地说,"她说明天再给我两个。这个俺们吃,明天的苹果分给班里其他人吃。"

我把苹果递给他:"你先咬一口。"

他咬了一口,传给我。我也咬了一口,把苹果含在嘴里一会儿后才开始咀嚼,那股酸甜味仿佛进入了我身上每一个细胞。如果一个星期能吃上一次苹果,哪怕我天天挖战壕,我也愿意。

"哥,你说女人家都喜欢什么?"

"喜欢好看好闻的东西。发卡呀,丝巾呀,香水,首饰之类的。"

他叹了口气:"俺可没这些东西。"

外面突然传来一阵恐怖的尖叫声。没等我们反应过来,房子外就发出一阵巨响,然后火光冲天而起。天花板上垂钓下来的电灯像秋千一样晃来晃去,灰尘附着物纷纷落下。

"是炮弹!"老栓一翻身爬起来,"快逃出去!"

房子里乱成一团,所有人都朝唯一的大门涌去。二马紧紧拽着我的手臂,担心我们会被冲散,老栓、大壮和蔡老板紧紧跟在我们身后。出到门外,一架飞机正呼啸着掠过我们的房顶。

有人没见过飞机，傻傻地站在那里看，直到边上的人拖着他们往前跑。

可是能躲到哪里？几枚炸弹又投下来，发出的巨响足以让人失去听力。我们的前方，也就是监狱的方向刹那间成了火海，小树林像火炬一样燃烧起来。

到处都是叫喊声，到处都是滚滚浓烟，到处都有被炸死或炸伤的人。

有人跪在地上，不断磕头，好像在祈求老天爷的宽恕。有人试图翻过铁丝网，但手脚被吓到不听话，爬到一半就摔下来。

更多的人像无头苍蝇一样四散奔逃，其中包括英国人和中国工头，木头人则不见踪影。

一枚炸弹打中了我们营房的一个角落，石头、土块飞腾而起。我回头看燃烧的房子的时候，另一枚炸弹在我们旁边七八米处的地方爆炸了。我想也没想就跳到二马身上，把他压在下面，如雨的石块和土块砸在我们身上，让我喘不过气来。过了好一会儿，我和二马才站起来。我们两人脸上身上都是泥巴，我满脑袋轰轰作响。

他摸摸自己的胳膊和腿，我也摸摸自己的胳膊和腿。他哈哈笑起来："俺们都还活着！"

我也神经质地笑起来。

"狗娘养的!"他骂了一句,"苹果呢?"

我的手里空空如也。

"真是糟蹋了,才吃了两口。"

"老栓、大壮、蔡老板他们呢?"我问。

我们四处张望,却没有看见他们。

"他们肯定从那里逃出去了。"二马指着不远处被炸开了口的铁丝网。

我们往那里跑去。刚起步,我就摔倒了。这时我才注意到我的右臀部下方五六厘米的地方血流如注。

"哥,你受伤了!"二马叫起来。

他背起我跌跌跄跄往前跑,很多人跟我们一起逃生。我们穿过了铁丝网,进入了一片荒地,除了几棵树,四面都是半人高的野草。

飞机从我们头顶上掠过,扔下几枚炸弹,所幸都打偏了,没有伤及人命,不过一棵树和周围的荒草在离我们不远的地方燃烧起来。

跑了一阵后,我们来到了一片荒废的田野,上面零零星星种了些东西。虽然我们还听得见炮声,但这时已经看不到飞机了。我的裤子都被血浸透了。离开营地的时候我没有感觉到疼痛，但现在钻心的痛一阵阵袭来。

二马小心翼翼让我肚皮贴地躺下来，然后脱下自己的单衣，给我包扎伤口，但衣服即刻就被染红了。

旁边的十几个人都凑过来，帮着出主意，有说用泥巴可以止血，有说把草叶放在嘴里嚼烂了敷在伤口上，有说还是求老天爷保佑比较靠得住。

已经有一阵听不到炮弹声了，想必德国人的飞机已经撤退了，但现在回去是不可能的。我们不知道营地的医院是不是被炸了，就算医院还在，那里一定挤满了受伤的人。

"得送俺哥去医院！都是俺的错。"二马泣不成声。

我想安慰他，让他别哭。找医院的想法多么荒唐！这里远离城区，哪儿来的医院？就算有医院，那里的医生会给一个中国劳工疗伤吗？何况现在还是凌晨。

没等我反应过来，二马又把我背起来。这回他的力气突然大了很多，脚步稳稳的。他顺着田埂奔跑起来，呼呼的风声从我耳边刮过。他用法语大声叫唤："求救！""求救！"其他人也跟在他身后跑，嘴里也这么大声叫，希望周围农舍里的人能听到他们的呼救。

他们的声音在空旷的夜空中显得那么微不足道，好像是能用手指尖碾死的蚂蚁。

我痛昏了过去。

第21章

等我醒过来,发现自己躺在一栋斜屋顶的白色石头农舍前,里面亮着灯。一位长着络腮胡的老人站在门口,手里的猎枪对着跪在地上的二马。其他的人已不见人影。

房门里走出来一位瘦高个的年轻妇女,她穿着白色的睡袍,外面罩了黑色披肩,头发在脑后绾成一个发髻。她把手搭在老人的肩上,说:"爷爷,别担心,他们不是坏人。如果安德烈在,他一定会帮助他们的。我进去准备一下吧。"

老人不说话,看样子他是不乐意的,但最后他还是点了点头。女人进屋后,老人提着枪上前查看我的伤口,然后指着敞开的门,让二马把我背进去。

也许是回光返照，也许是看到了希望，我出奇地清醒。受伤的腿部似乎麻痹了，我觉得没有刚才那么痛。客厅暖洋洋的，里面有几件厚实的木制家具，包括一个装满了书的大书架，一盏古香古色的台灯发出柔和的光芒，屋里有股很好闻的淡淡的香味，好像是薄荷草的味道。墙上挂满了艺术品和照片。

我已经很久没有置身于一个能称为家的地方，这里的一切都那么整齐干净，好像是世外桃源。如果我能走动的话，我真想走到书架前，从上面抽下几本书来翻看。

老人示意二马把我放在隔壁房间里的铺了蓝色桌布的长条桌上。桌子边上有两个木盆，大的那个里面盛满了水。

"你们按住他。"她对老人和二马说，怕二马听不懂，又做了个手势。二马和老人一人抱住我的上身一人按住了我的腿，防止我突然动弹。年轻女人解开二马包扎在我腿上的衣服，用剪刀剪掉臀部以下的血淋淋的裤腿，扔进盆子里。一些血点溅到她的睡衣上，不过她毫不介意。看她那副镇静的样子，她似乎有过治疗伤员的经验。

我这时又昏了过去。

当年轻女人用湿毛巾清理我的伤口的时候，我疼得苏醒过来，叫唤了一声后就意识到自己在什么地方。我顺从地把头侧躺着，一只手抓紧了身边二马的手，另一只手伸到桌面下抓住了桌腿。

年轻女人拿起金属镊子,用酒消毒后,用温和的目光看着我说:"会有点痛。"

我嚅动了一下嘴唇,闭上眼睛,说:"我不会动的。"

女人把镊子伸进我的伤口时,我的心狂跳起来,同时感觉到自己抓住二马的那只手加大了力度。我敢说,我再使劲点能把他的骨头碾碎。我大声地喘气,脸上的汗珠往下掉,老人死死按住了我的脚。

一个世纪怕也没有这么长久。我睁开眼睛,看到女人身边的碗里有几块大拇指般大小的黑色碎片,还有一些较小的碎片。女人对老人说了几句话,老人点点头。

女人开始用消过毒的缝衣针缝线了。我把牙齿咬得咯嘣咯嘣作响。

缝完线后,女人弯腰对我笑了笑,没有说话。她再一次用毛巾清洗伤口周围,然后用纱布包好伤口。

我想说声谢谢,但连这个气力都没有。我很快睡过去了。

我醒来后发现自己睡在一张极其舒服的床上,身上是带着清香的被子,脸靠在松软的枕头上。二马坐在床尾,靠着墙打盹。我动了一下,他睁开了眼睛。

"哥,你终于醒了!"他兴奋地说,"你睡了整一天。"他穿着这家人给他的格子衬衣还有黑色西裤，它们居然很合身。

"你早上有点发烧，"他说，"那个法国女人给你喂了点汤。她下午和傍晚的时候还过来了几次，给你换了绷带。"

我完全不记得自己醒来过，更不记得还喝过汤。

桌上放着一个盘子，里面有土豆泥、果酱，还有几片面包。二马说他已经吃过了，这些是给我的。我醒来的时候并不饿，现在看到食物肚子咕咕叫起来。二马扶我坐起来，看着我开始吃东西后放心地松了一口气。在他看来，能吃饭就说明没大碍了。他跟我聊了几句，然后躺在地毯上很快睡着了。

我身边的窗户被厚重的深褐色布窗帘盖住了。我很想掀开窗帘，看看外面的月光，但却没有勇气去撩动那层窗帘。古人说，今夜月明人尽望，不知秋思落谁家。再过几个月就入秋了，那时我会在哪儿？那时我还活着吗？

我的书房现在是不是布满了灰尘？花园里的竹林是不是比以前更密实了？弟妹们肯定长高了不少，弟弟也许已经在帮着父亲管理店铺了。母亲自然是最想念我的，她此刻在做什么？

二马睡得很不安稳，不时发出低低的如哭诉般的声音。他难道在做噩梦？

我想起了那个年轻女人昨晚对她爷爷说的话。安德烈……谁是安德烈？她的丈夫吗？

安德烈在哪儿？这个女人为什么和她爷爷住在一起？她的父母呢？

那个女人在给我取弹片的时候，我看到墙上的一张结婚照。照片上这个女人穿着白色婚纱依偎在一个穿着军装的男人身边。她的脸比现在丰满很多，眼睛里带着笑。

那个男人是安德烈吗？

第二天早上，年轻女人给我换过绷带后，我们就离开了。这次她用床单剪的布条来包扎伤口，说她已经用完了纱布。她给了我们一袋土豆和五个煮熟了的鸡蛋，还送给我们一包衣服。她和她爷爷站在门口看着我们，直到我们远去才回到房子里。我居然忘了问他们叫什么名字。

第22章

对于想逃走的人来说,这是天赐良机,可我们能往哪里逃呢?

回到营房,我们看到医院、住宅区和监狱还在冒黑烟,而平时训练的操场则成了临时医院和停尸间,二十几具尸体并排摆放在地上,上面盖了黑色的塑料布。不远处,希尔医生还有他的临时帮手们在治疗哀号的伤员们。汤姆四处走动,询问伤员的情况。威尔逊中校和一些工头则在指挥没有受伤的劳工清扫废墟。

乔治看见我们就迎上来。"我还以为你们逃跑了呢。来,快干活!"他注意到了我的腿伤,说,"你真受伤了?还是想偷懒?"

我没好气地瞪了他一眼。一路上我忍住疼痛,一声没吭,但现在我全身直打哆嗦,搭在二马肩膀上的手臂软弱无力,如果不是他抱住我的腰,我一定会瘫倒在地。

找希尔医生帮忙现在是不可能的。他正在给一个伤员做手臂切除手术,麻醉药肯定没有上够甚至根本就没有麻醉药,因为那个人发出的号叫让人毛骨悚然。

几个受了轻伤的劳工坐在地上休息。二马把我安顿在他们身边,还找到一壶水给我喝。喝完水后,我让他去找大壮、老栓,还有蔡老板。

乔治说:"大壮挨了枪子,伤得不轻。"说完他指着希尔医生身后的一块地方,那里坐着躺着有不少伤员,还有照顾他们的人。二马让我在这里等着,随即他朝乔治指的方向飞奔而去。

"你得去干活!"乔治气急败坏地叫道,但二马没理他。

我挣扎着站起来,请身旁的两个人扶着我去找大壮。

这两百多米的路途似乎耗费了我所有的精力,当那两人把我放下后,我侧躺在大壮身边只有喘气的分。

"兄弟,敢情……你……你也……中大彩了。"大壮歪着头看着我。他脸色灰暗,虚弱不堪。他的头枕在老栓的腿上,额头和肚子上都用衣服布条裹上了。蔡老板坐在一旁默不作声，眼里是哀伤和无奈。二马蹲在蔡老板身后，两手抱头在抽泣。

"二马，没事的。俺很好，老栓一直在给俺说笑话呢。"大壮宽慰二马。

我挤出一个笑容，对大壮说："你一定会好起来的。"在心里我真想大哭一场。

"蔡老板说会给俺爹娘写封信，"大壮对我说，"俺好一阵没给他们写信了。俺村算命的吴半仙会给他们念俺的信。"

他的脸转向蔡老板。

"信里你想写什么？"蔡老板问。

"说俺日子过得香甜着呢，每天有饭有肉吃，说俺交了好些个朋友，认识些字了，还学会了几句洋文。再问问他们田里收成咋样，还闹不闹旱灾虫灾。"

他两个月前让我写的信就是同样的内容。

"我今晚就写。"蔡老板说。

大壮又把头转向我："俺不想死。俺还没讨媳妇呢。"

"你想找怎样的姑娘？"我问。

"她的头发黑油油的，又长又亮，一直拖到屁股蛋。她的屁股比俺的还要大。"他停下来，喘了几口气，眼睛里闪现一点亮光，脸上的神情似乎有点不好意思。"俺喜欢胖姑娘。"他补充道，"她的奶子也大，跟个小西瓜似的，摸在手里软乎乎的。"他咳了几下，接着说，"晚上，俺……俺种田……种田回家后……俺就……"他又咳嗽起来。

"你伤好了再说。回到村里，你马上就能找到这样的胖姑娘。"老栓说，"我们都会去闹洞房。二马、德伦、蔡老板和我都会去。"

"你不是总想吃德州扒鸡吗？"我说，"我给你带几只去，皮烤得脆脆的、香香的，到处都油光光的。"

"别骗俺。"他脸上浮现出一丝微笑。

二马这时不哭了，凑过来说："大壮哥，你不是想买头牛吗？再过几个月说不定仗就打完了，俺们都能回家了。你那时不要说一头牛，三头牛也买得起。俺们几个再送头牛给你。"

"这么……多牛，那俺……就舒坦了。"大壮怔怔地看着天空，"俺从没看过这么好看的云朵朵。"

他对老栓说："再说……说个……笑话……"

老栓开始说笑话，说到一半，他哽咽起来，用手掌盖住了脸。

大壮的嘴角咧了一下，算是笑。

近中午的时候，大壮死了。

当晚,二马和老栓用碎木片做了一艘船,上面的风帆是用从大壮的衣服上剪下来的布缝制的。

第二天一大早,我们班还有另外一些劳工由工头带领着在离营地一里左右的地方埋葬了大壮和另外二十五个劳工的遗体。墓地在一棵枝繁叶茂的大橡树附近。这棵橡树枝干粗壮并向四面延伸,仿佛是抚慰亡灵的手指。

在二马的搀扶下,我把帆船放进了墓坑,确保船头向东方。

第23章

"买一张去塞尔雅村的车票。"戴维尽力站得笔直,让自己看上去年轻一些。他从钱包里拿出一张纸钞递给柜台后面的系了条花丝巾的中年女人。

他昨天上午从阿拉斯出发,坐了差不多两个小时的汽车到了敦刻尔克,晚上过夜的小酒店房间设备简陋,不过床垫倒是特别舒服。他泡了个热水澡后就睡了,中间虽然醒来了几次,但总体来说还算睡了个好觉。

售票员接了钱,一脸狐疑地问:"您去那里骑马吗?"

"骑马?"

"是呀,那里的骑马场挺不错的,我儿子每周都去那里上马术课。"

"村庄还在吗?"

"附近是有个小村庄。"

戴维松了一口气:"那就是我要去的地方。"

他和一群叽叽喳喳的高中生一起上了车。这群学生一路上笑闹着,将他的脑子搅得一团糟。他努力把注意力集中在路两边的景色上。树林、平坦的原野、起伏的丘陵、悠闲的牛羊、稀疏的农舍、收割过的农田……和他记忆中的一样。怎么可能呢?这条在阳光下明晃晃的柏油路难道会是以前那条狭窄的土路吗?

……一行敞篷的灰色大卡车在土路上摇摇晃晃地开着,身后掀起一阵阵尘雾。两边的树叶因为长期被尘土包围而变成灰白色。车上挤满了人,他们的脸由于尘土、营养不良还有晕车而变得黯淡无光。有些人吐到全身无力,坐在地上,头靠着冰凉的铁板。

……他晕晕乎乎,挤到人群的边缘,大口喘气。身边有人用他听不懂的方言咒骂着,是骂他还是这趟折磨人的旅行,他不得而知。他所在的这辆卡车是车队里最后一辆。感觉好点后他张望四周,惊讶地看到一片绿色的田野在眼前铺开,绿得那么生机勃勃,让他情不自禁伸出手想去抚摸它。如果不闹旱灾,五平镇周围的农田在春季也是绿油油的。他和弟妹在田埂上放风筝，从一片绿色跑到另一片绿色。父亲站在不远处，手里拿着个烟斗，笑着对母亲说，今年收成一定好！他身子前倾，向那片绿色伸出了手。这时卡车因为前轮陷到一个大坑里而剧烈抖动了一下，他险些被震出了车外。身后有人眼疾手快一把抓住了他的衣服。

"就快到跑马场了！"司机大嗓门吼了一声。

戴维回过神来。右前方的小山坡上有一棵枝干朝四面延伸的大橡树。一些粗壮的树干挨到了地面，好像章鱼的触须一样向前延伸。

他一眼认出了这棵树。七十年对于一个人来说可能是一生的时间，而对橡树来说，也许只是它五分之一甚至十分之一的时光。他请司机在大树那里让他下车。

司机开玩笑说，看不出他这把年纪还喜欢爬树，然后告诉他顺着大路走十分钟就是跑马场，还告诉他怎么进村。

下了车，他顺着缓坡上了山。走到大树跟前，他抚摸那些延伸到地上的褐色枝干。大壮还有另外二十五名长眠于此的同伴是不是已经魂归故里？这棵橡树如此粗壮结实是否因为这些异国劳工的血肉的滋养？

他跪在大树前，以水当酒，祭拜了亡魂。

在大树下歇息了一阵后，他走到了跑马场。

碧空之下，白色的矮栅栏把跑马训练地切割成大小不一的五个方块，里面有几个人在骑马，其中一人在做障碍练习。戴着黑色头盔的小个子骑手驾驭着一匹身材高大的棕色马。他身子前倾，臀部抬起，看上去神情专注。到了X形交叉的障碍栏杆之前，马儿抬起前蹄，轻松一越就跳过去了。

和他同车的高中生模样的人在观看障碍练习，旁边还有教练在进行解说。跑马训练地的周围是一格格马厩。

戴维闭上眼睛，脑海里出现了营地的热闹场面：拉二胡的、唱大戏的、说评书的、赌博的，到处人声沸腾。能不热闹吗？五百多个年轻人像囚犯一样被关在这里，放工之后哪儿也去不了。

那些弹坑呢？当然早已被填平了。在这里，战争的痕迹如墙角的蜘蛛网一样被扫帚一下就扫没了。

他按照司机指示的方向朝村庄走去。

那天晚上二马背着他好像走了很久才到了村庄，但今天走了不到一刻钟他就看到了大片的农田和夹杂于其中的农舍。视野空旷，远处有起伏的山丘还有树林。路的两旁鲜花点缀，让他觉得自己仿佛走进了一张明信片。

他和玛格丽特曾希望在巴黎郊外的农村买一间小小的农舍，在周围的地里种上水果蔬菜，再养些鸡鸭。不过当玛格丽特被检查出有乳腺癌后，他们为了就医方便不得不打消这个计划。

"每天在菜园和果园里转转，画上几张画……哎，不说了。"戴维想起了玛格丽特的叹气声。

玛格丽特生病期间，他经常开车带她到乡间去。"这间农舍你喜欢吗？还是早先看到的那个有苹果园的地方更好？"他这么问她。医生说她最多只能活两年。他不信。他翻了一堆中医书籍，又去请教住在巴黎的一位老中医。每天他炖草药汤让她喝，教她练气功。在他看来，要治愈癌症，光靠医生不行，最重要是要心态平和，要养生，还要养心。虽然玛格丽特笑话他，但她乖乖地喝草药汤、练气功。有时看到他在炖汤药之前用一杆小秤认真地给不同的药剂称重时，她调侃地说，他该改行当药剂师。

两年、三年、四年、五年过去了，但最后玛格丽特还是死了。"德伦，多亏了你的药和气功。"她死的前几天笑着对戴维说。可他此刻多么憎恨那个老中医呀！那个人不是信誓旦旦地说玛格丽特一定会痊愈吗？

在她的要求下，一个月前医院已经停止了治疗——医生认为医疗干预已经没有任何作用了。护士定时给她注射吗啡来缓解她的疼痛。她每天都很疲倦，经常昏睡。戴维和安妮轮班守护着她，困了就在她身边的床上睡一会儿。离世的那天，她仿佛有预感，用不知从何而来的力气抓住戴维和安妮的手,长久地看着他们的脸。放开他们的手后,她精疲力竭,脸上却带着笑容,期待地看着戴维,随后闭上眼睛,呼吸开始变得浅而无力。戴维知道这一刻终于来到了,他把脸靠在玛格丽特的脸上,手臂搂着她,含着泪用中文小声念起来:

> 死生契阔,与子成说。
> 执子之手,与子偕老。
> 于嗟阔兮,不我活兮。
> 于嗟洵兮,不我信兮。

他一念完,玛格丽特就长长地呼出最后一口气。

如梦游般,戴维在一栋白色的石头房子的篱笆外停下来。记忆多么奇妙呀,有时你忘了几分钟前发生的事,有时你记得住半个多世纪前去过的某个地方。

房子的两边种满了花草,右侧的大树上垂下来一个绳子秋千,树上还有个很可爱的粉色木头树屋。

前院的改观很大,但他知道找对了地方。此刻他意识到自己的唐突。时过境迁,他的救命恩人当然早已不住在这里了。他想起她给自己取弹片的时候脸上的专注和镇静。当他谢谢她送给他和二马的衣物和宝贵的食物时,她淡淡地说:

"希望我们都能活到没有战争的那一天。"在以后的日子里,这句话曾无数次地激励他,让他在牢狱般的生活中看到人心的善良。

他对着房子深深地鞠了一个躬。他转身打算离开时,房门打开了,里面走出来一位穿着蓝色牛仔短装梳着马尾辫的年轻女性。她好奇地看着他:"请问,您找谁?"

她长得和那位女性太像了!戴维在心里惊叹道。他试探地问:"你的家人1917年的时候住在这里吗?"

"1917年?"女孩皱起眉头,好像那是远古时代。"六十八年前……是的,我的外婆和外公住在这里。"

"你的外公可是叫安德烈?"

"你怎么知道我外公的名字?"

"请问怎么称呼你的外婆?"

"她叫海琳娜。"

"你的外婆……她,她还好吗?"

"她的身体很不错,每天读书看报,还喜欢玩字谜游戏和种花。她现在和我外公出去散步了。"

戴维欢喜得几乎要流眼泪了。"你的外公还健在!"

"当然。他们在这里住了很多年了。我爸妈想接他们到城里住，但他们不愿意。我每个月都过来看他们。我姐姐、我哥哥和他们的孩子们也常过来。"女孩看了看手表，"他们大概半个小时后回家。您可以进来先坐会儿。"

"啊，不用了。我得坐汽车回旅馆。"也许他应该等他们回来，戴维心想。但他觉得如果见了面，他反而不知道该说些什么。知道他们身体健康，儿孙满堂，这就足够了。他加上一句："请告诉你的外婆，说她在1917年帮助过的一个中国人前来感谢她。"

"能问一下她那时怎样帮助您的吗？"

戴维笑了："我想你还是等她来告诉你吧。"

女孩惋惜地叹了口气，觉得失去了一个听好故事的机会。"那好吧。不过您真的不要等他们回来吗？"

戴维说不用了，然后向女孩告辞。他心情愉快，脚步迈得很大。

第24章

两个星期后,新的住宿区盖好了,还修了个新监狱。新监狱比以前大一倍,一半用来关犯了罪或不服管教的人,另一半用来关精神出了问题的人。营地还多出来一些英国士兵,他们在周围架起了可以打飞机的高射炮。

就是隔着加高了的砖墙,我们还是能听到从监狱那里传来的声音:哀号、唱歌、歇斯底里的大笑,还有人学飞机轰炸的声音。

营房里的气氛一度变得很低沉。本来吃饭的时候是大家聊天、开玩笑、表演个人绝活的时间,可现在我们闷头吃饭,就是聊天话也不多,爱说荤段子的人这段时间都缄口了。吃完饭后如果有时间大家就坐下来晒太阳或是抓身上的虱子。明媚的阳光不是什么时候都有的，但是虱子可是永远抓不完的。它们就像空气一样无所不在。

好几次，我看到背影长得像大壮的人，脱口而出喊一声："大壮！"那人回头，我的心就沉下去了。

大壮死后的几个星期，老栓都没有再打快板和说书，他变得像石头一样沉默。我们一起干活时，他回避我的目光。我跟他说话，他只是嗯一下表示听到了。很多时候，他躲着我和二马，怕我们提起大壮。虽然我和他，还有二马、蔡老板都常和大壮在一起，但他和大壮的感情是最好的。

但是在这种每天要干十三四个小时强体力活的地方——除了在军工厂搬运军需用品，我们还要修复营地——人是很难长久悲哀的。悲哀需要精力，而我们一天下来都累得不想动弹了。

悲哀也需要空间，而空间在这里是个奢侈品，就连上厕所，你也很难有独处的机会。我们上厕所的地方和英国士兵及工头们的是分开的。他们的是所像样的木屋，里面一间间用矮墙隔开，而我们的是几棵大树后面的空地，那里长长的一条半米深的窄沟就是大小便的地方。有一天，一个河北来的劳工没有遵守规矩，使用了英国人和工头们用的厕所，被英国士兵绑在石柱上用皮鞭抽打。

像牛马一样干活的劳累，持续的饥饿，还有如病菌一样扩张的抑郁,让我们变得麻木了。看到同胞被工头和英国士兵无端斥责,被打耳光,被抽鞭子,我们没有像以前那样团结一致,表示抗议,而是低着头,缩在一旁,甚至还有人看热闹,用他人的痛苦来喂养心里的憎恨和阴郁。

营地终于全部修整完毕,除了新监狱,我们也盖了新医院和新伙房。由于我们现在每天只要完成军工厂的活,相比之下,手头上多了些业余时间。很快,在营地里又能听到拉二胡、吹笛子和唱戏的声音,人们又开始说笑话,说荤段子。不过,我们因为担心德国人再次空袭而时不时把目光望向天空。

营地里谣言漫天飞,都是说德国人有多厉害。有人说,德国在西线战场把法国人和英国人打得节节败退,缴获了他们的一大堆武器。有人说,德国人设计了一种特殊武器,能让被打中的人即刻染上鼠疫,随后吐血而死。还有人说,德国士兵每天吃特殊的强身健体的药,就是几天几夜不睡觉打起仗来还是如猛虎下山。

我从汤姆那里得知段祺瑞政府8月14日对德奥宣战了,但没有派兵参战,而是运送了更多的劳工到欧洲和俄国。

一天,吃完晚饭后,我找蔡老板聊天。我们坐在远离人群的一块大石头上。二马在和人下五子棋赌博。他平时并不赌,但他现在着急要赚点钱,好给艾拉买礼物。他手气似乎不错，隔着这么老远，我也能听到他兴奋的叫嚷声。

"汤姆说，中国参战了！"我对蔡老板说。

"我听说了。"他一脸平静，"中国这么做，多半是认为英法能赢，借此收回德国在山东的租界，同时在国际上有一席之地。但中国现在太弱了，就算派兵，西方那些国家也未必有兴趣。中国对他们来说，是块大肥肉，什么时候想割就割。日本在山东已经把德国人打败了，他们野心勃勃，下一步肯定是东三省、华北，进而是整个中国。"

我说："中国参战了，算是英法美的盟友，他们难道不会帮中国人对付日本人？"在青岛上学的时候，我和同学们参加过多次抵制日货的运动。虽然我对北洋政府的腐败和软弱深恶痛绝，但听到中国宣战的消息还有很激动，觉得中国政府总算有点骨气。

"帮中国人？"他叹了口气，"他们为什么要这么做？他们所有的考虑都是自身利益驱使。半个多世纪前，英法已经打败了清政府，可是还是一把火烧了圆明园，那不就是为了给清朝皇帝一个下马威？说，瞧瞧，我们把你们皇帝最钟爱的花园给烧了，把里面的珍奇宝贝都拿走了，你们敢怎么样？你们是我们的手下败将，只能听从我们的吩咐。西方人对我们没有友好和同情，只有利用和掠夺。日本明治维新后国力蒸蒸日上，对中国还有东南亚很多国家虎视眈眈。西方的国家现在卷入这么伤亡惨重的战争，自身难保，当然不愿和日本做对。"

"您说德国人会赢，还是英法会赢？"

"说不准。不管谁赢，结果都很可悲，人像蝼蚁一样死去，壮观的历史建筑一座座变成废墟。为的是什么？少数人的贪婪和私欲，不过如此。我像你这个年纪的时候曾经向往过西方文明，觉得欧洲不但物质发达，科学进步，还有不朽的文明。可我早已不再这么看了。西方列强用枪炮打开中国国门的时候，也粉碎了我对欧洲文明的向往；而中国政府和日本签订丧权辱国的条约的时候，我对中国的希望也泯灭了。"

我瞪大眼睛看着他："那您为什么来欧洲？"

他微微一笑："请不要介意我说的这些悲观的话。我今年四十七岁，虽不算老态龙钟，但经历过的事却足以让我成为一个古董。你呢，还年轻着呢，应该好好活着。没准等你活到我这个年龄的时候，世界会很太平，当政者贤明，老百姓富足。可我却不指望活到那个时候了。"

"我还是不明白您为什么来欧洲？"我说。我决定告诉他我为什么来法国。他跟我父亲同样年纪，虽然我父亲远不如他体魄强壮，但他们长相有些相似，跟他在一起，让我有一种亲切的感觉。如果他明白我的处境，说些安慰的话，也许父亲将来也会这么做。

我压抑在心里的话喷涌而出，我甚至提到我如何摔倒在乱石坑里，如何看到呼啸而去的火车，如何将怀表当了来买衣服和食物。说完了，我长舒了一口气。"我辜负了我父母，辜负了陆小姐，可是我当时别无选择。"

他点点头："如果你留下来完婚，会痛苦一辈子的。你在法国做几年苦工倒也不是坏事。中国的读书人多半闷在书房里读死书，对外面的世界懵然无知，成日只知吟诗作画，玩弄文字游戏，全然没有强健的身体和心智。这些人张口闭口说孔子，却不学他周游列国的治学，让这些人来治理国家，管理民生，乃是中国的悲哀。"

我说："我听说您在大学里教过书，还开过武馆。虽然世道不好，但您要谋生还是无须发愁的。为什么您要到欧洲来吃这份苦？"

他看向远方，沉默了一阵，然后说："我到欧洲是来报仇的。"

我想到他提到德国人时眼睛里闪现出的异样的火花。我没有开声，等着他说下去。

他接着说："我曾经是个知足的人，是个我刚才提到的闷在书屋里之乎者也的读书人。我跟一个我很爱的女子结了婚。后来我们有了女儿，我给她取名宝珠。名字是有些俗气，但我爱她爱到不知道用什么名字才配得上我对她的珍爱。从她两三岁起,我就教她识字画画。我在我的书房外开辟了一片供她玩耍的地方,那里放了很多玩具,这样我可以边读书边看到她。她聪明伶俐,还特别善解人意。我累了,她给我捶背,小手咚咚咚在我肩上敲打,还问,父亲,舒服么?"

他的声音颤抖起来,眼睛也湿润了,但他继续说:"每天我教完书就匆匆赶回家。她么,已经算好了我回家的时间,站在大门口等我。远远看着我,她朝我飞奔过来,头顶上的两个小辫子跳得可欢呢。我扔下手里的讲义,她就一下扑到我的怀里。我把她举到空中,她咯咯咯笑,说,爸爸,快转圈,转好快好快,我要飞起来!我就使劲地转呀转呀,"他含着眼泪笑起来,"转到我晕了头,抱着她跌坐在地上,于是我们一起大笑起来。我夫人站在旁边看着我们,说我们是一大一小两个疯子。"

"宝珠爱跟我念古诗,但老是挑毛病。我教她'床前明月光,疑是地上霜'。她说,父亲,这个古人看走眼了,瞧,这照在院子里的月光分明像是白色的沙子。我教她《诗经》,说'窈窕淑女,君子好逑'。她摇摇头,说,父亲,这个君子不是真的君子。他看到漂亮的女孩才喜欢,真正的君子看重的不是外表,而是美德。说这话的时候,她才五岁呢!"蔡老板呵呵笑起来。"你说说,她是不是个小人精?"

"西方联军打进北京城的时候,我带着家人逃到了保定。"他说,"那时的北京是可怕的地狱,很多房子被烧了,困在里面的人一家家被活活烧死。有些洋人士兵碰上中国人,像玩游戏一样,把他们逼进死胡同,然后用枪扫射,不留一个活口。我们逃出城的时候,一路上遍地是死人,没有人掩埋他们,任凭野狗啃食。可怜的宝珠。"说到这里,豆大的眼泪从他脸上一行行落下来。

我低下头,不忍心看他。

过了一会儿,他说:"宝珠,我的爱笑爱闹的宝珠,一路上只是哭,一句话都不肯说。到了保定,她好容易安静下来,第一句话是:'父亲,他们要是来了,你就把我扔到河里去吧。'看到我哭了,她用手掌抹我的眼泪,说:'不要担心,龙王爷会救我的。'

"逃到保定后,我们以为躲过了大难。谁料没多久德国人打到了保定。一天我母亲生病了,我带她去看郎中,回到家里……"

他停住了。我抬头看他,见他眼睛空洞无神,人如游魂。他说:"如果不是要照顾母亲,我早就随我夫人和宝珠一起去了。去年底,母亲走了,我就来这里了。"

说完,他很感激地看了我一眼,好像是谢谢我和他分享了他和女儿在一起的快乐时光。他利索地擦干眼泪,站起身来,大步朝营房走去。

我在大石头上坐了好一阵，看着天边的落日由橙色变成血灿灿的红色。我一直坐到赢了钱的二马欢天喜地地跑来找我，才跟着他一起去听人唱戏。

第25章

对于大壮的死,二马一开始也很难过,但他因为有时能见到艾拉,心情很快恢复过来了,何况他天性乐观。

我们本以为在这里待上几个星期就会离开,但这次我们待了三个月了还没有要走的迹象。除了军工厂的活,我们有时被送去挖煤,修复被炸的桥梁和道路,还去过火车站和码头搬运货物。有些比较友好的法国工人看到我们对他们操作的机器感兴趣就教我们该怎么做。我们中的一些人试了几次后,就上手了,比如说我和二马都学会了开机床。

艾拉开始到营地来找二马。当然,她进不来,但她隔着铁丝网能影影绰绰地瞥见二马,还能在警卫把她赶走之前和他说上一会儿。每次她来了,二马就拉我给她当翻译。我们都得大声吼才能听到对方说什么。艾拉嗓门很大，说话总是用最简单的词，句子很短，而且说得特别慢，所以我翻译起来没什么困难。

有一天晚饭前艾拉来了。因为她在工厂的时候提前通知了二马，所以他一回到营房，就魂不守舍地在铁丝网附近徘徊。从里隔着铁丝网往外看，能看到艾拉的身形和衣服的颜色，但看不到她脸上的表情。

艾拉说："昨天晚上我做了炸土豆饼。家里的糖用完了。"

"我过几天给你点糖。"二马让我转告。

"你到哪儿弄糖？"我在翻译给艾拉之前问他。

他诡异地一笑："我自有办法。"

艾拉说："我给你织了两双袜子。红色的。把我的旧毛衣拆了。"

英国人发给我们的袜子早就破得不成样子了。乔治说要发新袜子和新鞋子，但迟迟没有动静。我拍了一下二马的肩膀，说："你真好运！"

二马咧嘴笑了："哥，给你一双。"

"我喜欢你雕的小鸟。"艾拉说。

"我在给你做另外一样东西。"

"什么东西?"

"现在不告诉你!"

这个二马,还挺会讨女人喜欢。

"你会在这儿再住多久?"艾拉问。

"不知道。但无论到哪里,我都会去看你的。"

"真的吗?"艾拉的声音充满了期望。

两个背着枪的士兵这时懒洋洋地踱着步子从岗哨亭出来,朝艾拉走过去。我不知道他们听不听得懂法文,但就算听不懂,十有八九也猜到是怎么回事了。他们之所以没有马上阻止艾拉多半是因为他们在岗哨亭里无聊透顶,想看看热闹。

我和二马急忙冲艾拉喊:"士兵来了!"二马用中文喊,我用法文喊。聚集在我们周围的人也都喊起来,恨不得我们的声音汇成一股飓风,将艾拉一下带到安全的地方。每个人都喜欢艾拉,都嫉妒二马的好运,都奇怪他们怎么爱上了对方,也都知道他们成不了。我听过有人叽咕,说一个中国的拉车夫和一个白人女人在一起,那就好比河里的鱼想和地上的走兽配对,根本就不可能,何况他们言语不通呢!然而,艾拉的出现不光给二马带来了希望,也给其他的人带来了希望。就是每天像犯人一样做苦工,被困在铁丝网里,生活里还是可能有美好的地方。

听见我们的叫声,艾拉转身就跑走了。我听见两个士兵中的一个用英文说:"这女人是疯子!"

二马快快吃完饭就忙开了。他上个星期在码头卸货的时候捡到一根漂亮的羽毛,如获至宝地带回营房,准备给艾拉做一副耳环。

过了几天我们回军工厂工作的时候,二马果真给艾拉带去了一小袋糖,也不知这次他是拿什么跟工头们换的。

第 26 章

9月底的时候父亲终于来信了。信是放在半个手臂那么长的布包裹里寄来的。

乔治把包裹给我的时候,脸上那副傲慢的神情就好像这是他的恩赐,而我欢喜到除了结结巴巴地一再感谢他,其他的话都说不出来了。

离晚饭还有半个小时,我抱着包裹飞一般地跑到无人之处,倚着一棵大树坐下来,心怦怦直跳。

我用尖利的石片挑开包裹。除了一封信以外,里面有两套折叠得很齐整的灰色棉质内衣裤,一条黑色的羊绒围巾,一顶貂皮帽,一双厚底方口布鞋,还有一双白色的棉线袜。

我把东西放回包裹里，迫不及待打开了信。

开篇第一句是："孽子德伦。"

我停住了，头嗡地响了一声，然后接着读下去。"吾多年重资助汝求学，并费尽心思为汝谋求门当户对的姻缘。怎料汝全然不念父母多年养育之恩，洞房之夜不告而别，远赴欧洲，抛弃妻子及高堂，令弟妹手足无措，可恨可恶至极。"

信纸不过三张，但我仿佛花了几个小时才读完了。

痛斥我之后，父亲写到自从我走了以后，母亲每天郁郁寡欢，动辄以泪洗面。而他的咳嗽加剧，茶饭不思。弟弟和妹妹们少有说笑，学业退步。整个家上上下下全靠陆小姐打理。她不但照顾店铺的生意，还要负责家庭开支和用人们的管理。父亲还写道，我既然做出让家族如此蒙羞的事情，自当不该得到任何人的怜悯。他本来不愿给我寄任何衣物，不过母亲和陆小姐坚持要寄，他只好依从。那双布鞋是母亲缝制的，而棉线袜则是陆小姐亲自编织的。

他说他念在我少年气盛，不知天高地厚，暂且原谅我的不辞而别。我现在应当每天自省，改过自新，在劳工营里多吃苦头，以抹掉身上的轻狂浮躁之气。等我回国后，要好好跟陆小姐做夫妻，要加倍尽孝道，担当起张家长子的责任。

读完信后，我浑身冰冷。我慢慢折好信。在我看来，包裹里不是暖和的衣物，而是张家的宅院，是父亲的严厉斥责，母亲的眼泪，弟妹脸上的无助，还有陆小姐忙碌的身影。

合同还有两年呢，我对自己说。过了这两年再说。

一个星期后的凌晨，工头们将我们12营的人从睡梦中唤醒，让我们带上所有的家当到操场上集合。营地里其他的人则没有动静。

一个小时后，我们列队来到火车站。一路上，二马心神不定，一直回头看，好像艾拉会奇迹般地出现在什么地方。"哥，俺们会去什么地方？俺们还会回来吗？"

我真希望能给出一个让他高兴的回答。

下午两点左右，我们回到了阿拉斯。这里依旧到处是断壁残垣，但相比三个月前好多了。阳台上晾了不少衣服和被单。主街上的破石碎砖还有其他垃圾被清除了，街上行驶着为数不多的电车和运送货物的卡车。人行道上也有些人，其中一些穿戴颇为齐整，还有位女士戴了顶装饰着精美的绒花的红色宽边呢帽。一家卖食品的小店外排起了长队，排队的人大多数是老人和带着孩子的女人。小店朝街的几扇窗玻璃都碎了，上面钉上了木板，木板上用涂料画着色彩诱人的面包和香肠。

也许战争就快结束了，我心想。

一支奇怪的队伍朝我们这个方向走来。我们在街的左边，她们在街的右边。带队的是两位穿着灰色长罩衫，戴着香蕉形状的帽子的年轻妇女，她们身后是二十多个年龄不一的孩子，大的估摸有十二三岁，小的嘛可能只有四岁。孩子们的衣服都还算整洁，但很多看上去不合身，像是别人给的衣物。他们拎着箱子、布袋，最小的那个孩子穿着件长到膝盖的蓝色毛衣。她留着齐耳的金发，眼睛上是剪得很齐整但是过短的刘海。她手里紧抱着一只毛茸茸的棕色小狗。她显然抱得有些吃力，但她丝毫没有想和她的狗分家的欲望。一个八九岁的男孩手腕上挂着布袋，里面装着只芦花鸡。芦花鸡伸长脖子，发出咕咕咕的叫声。

他们看着我们，我们也看着他们。相交而过的时候，小女孩手里的狗突然挣脱了主人的拥抱，跳到地上，朝我们跑过来，正好跑到我身边。孩子们惊呼起来。我弯腰抱起小狗，感觉到它的温热和心脏的跳动。它十分友好地摇摇尾巴，还在我的脸上迅速舔了几下。

小女孩朝我跑过来，手足无措地站在我面前。我把小狗递给她，用法语说："它很可爱。"

她有点迟疑地接过小狗，眼睛瞪得溜圆看着我，好像怕我把狗抢回去。

"上帝呀！艾米丽，快回来！"带队的那个高个子女人惊慌失措地叫道，好像我们是一群怪物。

在我身边的二马从口袋里掏出一个头和脚都会动的木头猫，放在手心上递到小女孩面前。

"哇，"小女孩低声叫起来，"给我的？"

她的声音好听极了！

二马点点头。

小女孩腾出一只手抓住了小猫，转身跑了，跑出几步，她停下来，回过头，像一位很有涵养的女士一样冲我和二马庄重地笑了一下，说："谢谢。"

她回到队伍中后，一堆孩子围过来，看她手里的那个玩具。带队的女人一边憎恶地看着我们，一边维持次序。

他们走远后，二马说："他们是去火车站吧。"

我说应该是吧，心里想着不知他们是不是孤儿。

过了一会儿，他说："那个小猫本来是要给艾拉的。"

第 27 章

我们又回到了以前那个营地。这时营地扩建了不少,除了中国人,还有非洲的黑人。不同种族的人分开来住,就是操练和吃饭也在不同的地方。汤姆说他们来自阿尔及利亚、埃及、马达加斯加和南非,还拿出张地图给我们看这些国家在什么地方。

第二天一早我们12营坐上敞篷卡车出发了,工头们让我们带上了挖战壕的工具还有一捆捆的遮雨油布。今天天气好得很,阳光明媚,也不知带遮雨油布干什么。

卡车开了大约三个小时,我们经过一个没有人烟的村庄。遍地的荒草中是被炮火毁坏的房子,有的被炸到完全坍塌,砖瓦、石头、破烂家具堆在一块,有的外墙被炸了大口子，人不用弯腰就能进进出出。一堵墙两边都被炸了，只剩下和我的手臂一般粗的石柱，上面缠绕着红绿相间的爬墙虎，顶上还挂了个黑色的锅子。离石柱不远的地方散落着一架飞机的残骸，机身被烧焦了，但机翼的形状大致完整，上面印了模糊不清的字迹。半人高的野草从机翼下面伸出来，好像被灰滋养得格外有生气。

如果没有被毁坏，这所村庄本来应该是很漂亮的。我可以想象红色或是灰色屋顶的小房子被盛开的鲜花环绕，村民们在石板路上散步或是骑车。

我很庆幸没有看到人或是动物的尸体，不过也许它们已经被士兵或是村民清理掉了。

近中午的时候我们来到了被炸得满目疮痍的战壕。碧空无云，丑陋和恐怖一览无遗地呈现在我们眼前，到处都是废弃的枪炮和坦克，到处都是尸体，有些在战壕里，有些在战壕外，有些挂在铁丝网上，有些挂在树上，血将泥土染到斑斑驳驳。

我们中一些人即刻转过身去，想回避眼前的这一幕，有些还呕吐起来，但和暖的微风丝毫不怜惜我们的感官，把尸体的恶臭灌进我们的鼻子里、肺里。

我们对死亡并不陌生，但没有人看过这样的情景，即使是英国军官和士兵有一阵也没说话，他们脱下军帽和钢盔，低下头，哀悼他们倒下的弟兄。

一个头上戴着灰色软帽的年轻劳工突然发出一阵撕心裂肺的哀号，然后痴痴笑起来，嘴里吐白沫，边笑边捡起地上的一块石头砸自己的脑袋，嘴里还嘟嘟囔囔说着什么。血从他头上流下来。一个人上前抢他手里的石头，但他拳脚交加，把来人打倒在地。几个壮汉过来帮忙，把他压在地上，用绳子捆上。

吃过中饭我们就开始干活。我以为自己无论如何吃不下东西，可是我的嘴巴和胃液在这近一年中已经被训练到一见到食物就自动开始运转。谁知道下一顿是什么时候？

我们被分成不同的小组，有些负责收集枪炮，有些负责寻找和运送死尸。尽管我在心里祈求被分派去收集武器，但事与愿违，我们班被送到无人区去收集士兵的尸体。

乔治说德国人和英国人在这里已经陆陆续续打了大半年了，最后一场对抗是四天前。那场战役英军死了五百多人，德国人死了六百多人。德国人打败后就遗弃了战壕，撤退到北部的据点，而这里驻扎的英国军队昨天迁移到德国人原来占据的一个小镇。

我们扛着铲锹，带着油布，穿越被炸得到处开口的铁丝网防线朝德国人废弃的战壕走去。

二马用胳膊肘碰了碰我，努嘴让我看离我们不远处的一辆位于弹坑边的坦克。坦克的履带断裂开来，前半部被炸出一个大口，一个穿着卡其色制服的血肉模糊的身体趴在炮管上。

我们走上前，老栓用铁锹柄顶了一下尸体，它就落下来，脸朝上掉到我们摊开来的油布上。是个小伙子，脸色铁青，额头上的头发被血块凝结住了，肚子鼓胀得像个气球，里面还发出咕咕的声音。

"他没死呢。"二马说。

"是肚子里的气体在作怪，"老栓说，"再过几天，尸体就该发红了、长蛆了。"

弹坑里躺着五具尸体，其中两个是德国人。一个英国兵和那个被他的刺刀捅破肚子的德国兵并排躺在一块，胸前的血迹把衣服都染红了，看来他是在杀死德国兵后被枪打中了。另外那个德国人脑袋从中间破开，脑浆和血混在一块，黏糊糊地散落在地上。其他的两个英国兵是被炸死的，身子都在，但手脚都被炸飞了。

"看着还是个孩子呢！"老栓指着那个被枪打死的英国兵说。

"那个看着也是个孩子。"他又指着被刺刀捅破肚子的德国兵说，"可怜呀，可怜呀。这么小就被送来当炮灰了。"

我肚子里一阵疼痛，随后大口大口地呕吐，吐到上气不接下气，眼睛里都是泪水。二马扶着我坐下来，给我捶背。我肚子吐到空了后还继续吐酸水。勉强站起来后，我注意到我呕吐的地方有一只从土里伸出来的沾满了泥巴的手掌。

按照乔治的命令，我们只把英国兵的尸体放在油布上带回来，而德国人的则暂时都堆放在一个地方，等我们把英国兵的尸体都弄到卡车上后，最后挖个大坑就地把德国人都埋了。

一路走，一路都有尸体，什么姿态的都有，什么表情的也都有。有人显得很痛苦，脸上扭成一团，有人看上去很平静，估计是突然被枪炮打中即刻死亡的，还有人脸上居然带着微笑，也许在庆祝自己最终摆脱了这个丑恶的世界。

有个士兵手上拿了支没有抽完的烟。大约他负伤后，知道时间不多了，就决定进行最后的享受。也许他在抽烟的时候，眼前的炮火仍然在持续，他的战友们也在一个个倒下。

另外有个士兵侧脸躺着，一只手臂从肩膀处断开，但他的另一只手直直地伸出去，五个指头散开，仿佛竭尽全力要抓住什么东西。离他的手指不到五厘米外是一丛开着不起眼的黄色花朵的野花，在阳光的照耀下，显得生气勃勃。他的绿色的钢盔落在一边，一半插进土里，地面上的那一半上面刻着：妈妈，我爱你。

一些尸体已经腐烂了，上面满是蛆虫，我们甚至可以听见它们吃腐肉发出的沙沙沙的声音。

司空见惯的老鼠们时不时窜到我们面前,它们一点不怕人,就是看到我们的铲锹铲过来,还傻傻地看我们。我现在知道前几个月在战壕里见到的那些老鼠为什么这么肥胖了。

有些人最近才死的,脸上的肉似乎还有弹性,让我想轻轻推他们一把,把他们从睡梦中唤醒。我们两人一组,一人抬头,一人抬脚,把他们搬起来,放在油布上,每块放四五具尸体。

我们变得麻木了。我们的手上、脸上、身上都是血。我们精疲力竭,脚步跌跌撞撞,不小心就会栽倒在死人身上。

走到一个坑底有水的弹坑边上的时候,我头一阵眩晕,脚一滑,滚进了坑里,半个身体进了水。虽然我已经习惯了空气里的腐臭味,但这里的味道似乎更加强烈,让我有窒息之感。浑浊的水面上浮着两具已经开始腐烂的尸体,脸被水浸到发白肿胀,眼眶里没有眼珠,看上去非常恐怖。慌乱中我的手触到其中一个人的脸,感觉像是碰到了软绵绵的豆腐脑。我吓得叫起来,踩着水坑边上的尸体往上爬,一把抓住了前来帮忙的二马的手。

带来的那些油布很快不够用了,我们就开始往回搬尸体,四人一组,一人拎着油布的一角。前来运送尸体的卡车很快就装满了。它们开走后,又来了几辆卡车。

我们一直干到太阳落山。

第二天也是如此。

第三天……

第四天……

第28章

蔡老板死后第三天我们才得知了他的死讯。

自从蔡老板告诉我他的过去后,他变得更加沉默寡言,不再和我、二马还有老栓待在一起了。他像幽灵一样,在营地里独来独往。上工时,他闷头干活;吃饭时,他坐在远离人群的地方;上工放工途中,他走在队伍的最后面,一声不吭。有一天,他向乔治申请去培训新到的中国劳工。乔治一直有点怕蔡老板,这下乐得让他走人。新劳工住在离我们营最远的一个角落。蔡老板搬走的那天,我送了他一小段路。他让我止步,说了句保重,就大踏步远去了。

已是深秋,雨淅淅沥沥下了一个多星期,营地里到处都是泥水,到处都是霉味,就连砖头仿佛也能被捏出水来。

我们营在战场上收集死尸的时候，蔡老板所在的39营奉命在离营地不到100公里的地方和英国士兵一起挖战壕。他们准备收工的时候，不知从哪儿来的一支德国军队发动突然袭击。英兵寡不敌众，死伤数十人后，开始撤退。其他劳工跟着一起撤，不过蔡老板却加入了负责掩护撤退的英兵的行列。受到他的影响，另外十几个劳工也过来参加战斗。他们在中国当过兵，知道怎么使用枪支。过了一会儿，赶来的英国援军把德国人赶跑了，不过蔡老板此时已经死在战壕里了。这次战斗，英国人死了四十六个人，华工死了十二个。

我是在我们营完成搬运战场上尸体的任务之后，才听说这件事的。那天吃晚饭的时候，参加过这场战斗的一个人绘声绘色地讲述蔡老板的事迹。这人受了轻伤，头上包了纱布。

"我们都想着怎么逃走，他倒好，从死去的英兵手里拿过一管枪，啪啪啪就对着德国人开火了。子弹打完了，他找到另一把枪继续射击。那架势，就好像跟德国人有深仇大恨似的。没人知道他的枪法这么好！准是以前练了很多靶。"

老栓问："他杀死了多少个德国人？"

"少说也有七八个吧。"

我问："他怎么死的？"

"德国人冲到战壕里来了，个个血红的眼睛。他就拿着铲子跟他们肉搏。我都不敢看！我如果不是装死，肯定也没命了。"

"他的尸体呢?"我又问。

"我哪知道。一个炮弹过来,震天动地的,我就昏过去了,醒来的时候,就睡在担架上。周围到处都是死人。"

他继续向大家讲述战斗的细节,而我默默地走开了。

我去找乔治,请他准许我们举办一个哀悼活动,缅怀战死的华工。他说,那些人又不是我们营的,我最好不要管闲事。

当晚,我们班的人在临睡前点了蜡烛,烧了自己做的纸钱来祭奠蔡老板还有其他亡魂。在摇曳的烛光中,我吟诵南北朝沈约的诗作为告别:

> 去秋三五月,今秋还照房。
> 今春兰蕙草,来春复吐芳。
> 悲哉人道异,一谢永销亡。
> 帘屏既毁撤,帷席更施张。
> 游尘掩虚座,孤帐覆空床。
> 万事无不尽,徒令存者伤。

两个星期后,爱德华也死了,上吊自杀的。我想他大概是因为再也无法承受被人称为逃兵的屈辱而走上绝路的。

第29章

铺公路,挖隧道和战壕,修铁路、桥梁和临时飞机场,运送弹药,清理战场上的尸体……我们的日子一天天这么过去了。虽然有时我们会坐上火车或者卡车到比较远的地方工作,但大部分时间我们都住在营地。冬天过去了,春天也过去了,夏天来到的时候,我们换上了新发的衣服和鞋子,很高兴上面没有汗臭味和血腥味。穿上新衣服的第一天,我们班里的人都到理发师傅那里剪了发,还请汤姆给我们照相。相片上,我们抬头挺胸,个个看起来精神抖擞,衣服上锃亮的铜纽扣一直扣到下巴。

第二天我们才知道为什么会发新衣服,原因是中国政府派了公使到法国考察劳工营的生活状况,看看英法政府是不是遵循了合约。乔治说,公使今天下午会到我们营地来,还说下午我们不用干活。当天中午,我们居然吃到久违的面条和猪肉,而且还有蛋花汤。

我们听到中国公使要来,都欢呼雀跃,觉得祖国没有忘记我们。有人想问公使中国现在的情况,有人想控诉英国士兵对我们的粗暴和其他种种劣迹,有人想问如何提前终止合同,好和家人早日团聚——就是扣几个月的工钱都在所不惜。

吃完中饭,我们就开始排演欢迎公使的节目,有唱戏、有耍功夫、有双簧,还有踩高跷。有人不知从什么地方找来了几块红绸布,剪开来,围在腰间,将脸盆当鼓敲,扭起秧歌来了。一时间,营地里充满了欢声笑语。

我们在排练的时候,一些英国军官、士兵,还有工头们坐在观众席处的长条凳上,饶有兴致地看表演,掌声不断。踩高跷进行到一半,表演者看到几个英国士兵跃跃欲试,就请他们加入,手把手教他们如何上高跷,如何走路。当然,他们一开始都即刻从高跷上掉下来,惹得大家哄堂大笑。但练习一阵后,他们渐渐摸着门道了,跟在我们的表演者身后走得还挺像样的。这会儿,我们不计前嫌,把所有的绝活都拿出来了,而他们也暂时忘记了他们平时对我们的严厉管教。大家今天就是要热闹一下,高兴一下。

我们一直等到天黑,也没见到公使的面。后来乔治说公使只和几位英国的高级军官在他下榻的旅馆见了面就走了。公使去哪儿了，他也不知道。

睡觉前我们议论纷纷，觉得祖国派来的这位公使是个窝囊废。老栓更是义愤填膺，说："我们在这里拼死拼活地干，好歹他也该来问候一下。中国去年就参战了，跟英法一条心。他们没派兵过来，可是把我们派过来了。"他眼睛里满是怒火，"我们虽然不拿枪，不上战场，但没有我们挖战壕、修铁路和在后方干那么多其他的力气活，法国兵和英国兵能专心打仗吗？"

"说得在理，"有人接过话茬儿，"这个狗屁公使就是装装样子而已，说不定他还胡编乱造说我们在这里每天大鱼大肉，日子过得美滋滋呢。"

"美滋滋个屁！想回家回不了呀。"我们班里的一个人说，"俺儿子都一岁了，俺还没见过他的面呢！"

"当初没人逼你来，是你自己报名的。"有人提醒他。

"报名时咋知道这一趟可能会搭上命？俺不识字，可是他们把合同念给俺听的时候，说的是只在不打仗的地方干活，没说要在前线挖战壕，要埋死人，要挨炮弹枪子。"

大家七嘴八舌表示同意。

有人说："合同上还说包吃包住。骗俺们的呀！吃饭要扣钱，衣服要扣钱，进到兜里的钱只有一半！"

还有人说公使搞不好是因为怕洋人，才不敢到劳工营来视察。

"如果德国人把英法人打败了，我们咋办？"有人提出另外的话题。

"他们不会被打败的吧？"有人小心翼翼这么假设。

"这可难说。瞧瞧德国人的坦克，看上去多气派！还有他们的机枪，忒厉害，打起来嗒嗒嗒一梭子一梭子的。有这么一管枪在手里，一个人对付一个排都可以。"

"德国人要是打赢了，我们都得当战俘。"

"可是俺们不是士兵，咋能当战俘？"

"他们才不管呢，只知道咱们是来帮助英国人和法国人的。如果你和隔壁王老五打架，王老五的亲戚给他送来一根棍子做兵器，你如果打赢了王老五，肯定也会把他的亲戚痛打一顿。是不是这个理？"

"这么说，如果德国人打赢了，俺们都回不了家了。"

"我听说，德国人抓到战俘，有时嫌他们要吃要喝，拖后腿，把他们就地都杀了。"

"我还听说，他们把孩子放在火堆上烤了吃。"

老栓插话："这种谣言能信吗？你们看见那些死在战场上的德国兵了吧，很多还是没长胡子的孩子！"

不过他的话即刻被七嘴八舌骂德国人的话给淹没了。在很多人看来，我们离开中国后经受的苦难都是德国人造成的。有人突然愤愤地说："德国人要是快赢了，咱们跟他们拼了！就像蔡老板一样。"

"咋拼呀？俺们连枪都没有。人家的坦克一开过来，俺们都成肉泥了。"

"英法人赢了，俺们也未必有好日子。中国公使远道而来，都到门口了，可是都不过来问候俺们一下。甭管他是看不上俺们，还是害怕洋鬼子，总之，俺们的命在他眼里就是一个字：贱。你们说说，仗打完了，俺们回国了，官老爷们能给俺们好果子吃吗？没准觉得俺们在法国待了几年，身上有洋味，就把对洋鬼子的气撒在俺们身上。"

"你是说，他们会把俺们关起来？"

"这还真说不准。"

有人叹了口气，说："当初不出来就好了。"

"就是断胳膊断腿，只要还有口气，就要回家，死也要死在俺家乡。"

"不死在家乡，那将来魂都找不到家哟！"

门外传来哨兵巡逻的脚步声，大家一脸阴郁地钻进被窝。

第30章

二马一拿到汤姆给我们照的相片,就请我写了封信给艾拉,附上照片,最后签上他最近给自己起的法文名菲利普。有一天,他捡到张报纸,上面登了一张路易·菲利普一世的画像,他就给自己起了这个名字,说听上去有气派。("俺见到艾拉的家人,总不能说俺的名字是两匹马吧?")

他每个月都能收到艾拉的来信,上面写她最近做了什么事,还有家里的一些鸡毛蒜皮。

我给他读完信后,他把信拿在手里反复看,手指顺着字一个个摸过去,好像它们是有生命的小动物。他在内衣里侧的胸前缝了个口袋,把所有的信都放在那里,还用不知哪儿捡来的油布把它们包好,怕汗水把它们弄湿了。

汤姆也给了我一张照片。我原本想把照片夹在信里寄给父母，但最后没有这么做——他们看到我穿着这样的粗布衣服，只会觉得我羞辱了张家的祖宗。在信里，我没有对父亲的责骂做出任何反驳，也没有自我辩解，只是询问父母的健康，弟妹的学业，并告知我在这里的情况。当然我大大地美化了自己的生活，说我在不同的工厂工作，全然不提修战壕和在战场上收集死尸的事。

我给陆小姐单独写了一封很简短的信，感谢她为张家的付出，并再次对我的不辞而别表示歉意。

营地里传闻说保加利亚和英法签订了停战条约，还说奥匈帝国国内发生内战。有一天，汤姆告诉我，说英国人刚刚突破了德国人的兴登堡防线。

九月底的一个清晨，我被一阵痛苦的咳嗽声吵醒，睁开眼睛一看，是同营不同班的一个叫王五保的人在咳嗽，他脸上煞白，浑身发抖。在我们营里，他年纪偏大，有近三十了。他边上的人扶着他，给他捶背。看到我起身了，那人对我说："他发高烧、头痛，还咳血。"

我跑到门外，跟站岗的士兵说有人生病了，请他让乔治去找军医。

半个小时后，乔治骂骂咧咧走进屋子里，对王五保说："想偷懒，不上工，是不是？"但他一看清楚王五保的样子，就愣住了，然后转身便走。

过了一会儿，两个戴着白色口罩的士兵走进来，把王五保放在担架上，还带来一个大塑料袋，让我们把他的衣物被褥和其他个人用品都放在里面，搁在担架上。他们离开时，我们跟在身后涌到门外，看到希尔医生——他也戴着口罩——急匆匆走来，让士兵把王五保带到医院边上前几天才架设起来的几顶帆布帐篷中最靠边的一个。我们初次见到这些帐篷的时候，以为它们是给即将到来的劳工准备的。帐篷外设置了铁丝网，留有一个通道，由持枪的卫兵把守。

王五保当天下午就死了，我们后来听说他的尸体还有个人物品随即被运到野外火化。

第二天我们没有上工，而是花了一整天的时间在工头的带领下用热肥皂水清洗营地所有的门窗、墙、地板，还有家具，甚至连厨房里的炉灶和锅子都擦了一遍。他们还让我们脱光衣服，就像在青岛做体检的时候一样，给我们量体温，并让我们把衣物被褥都放在盐水里浸泡，然后在太阳下晒干。任何人如果有发烧迹象，即刻被士兵带到帆布帐篷里。

过了几天，给王五保捶背的那个人也病了，两天后死了。接着我们听说用担架抬王五保的英国士兵中的一个也得病死了。传闻说那个英国兵的症状特别邪门，说他鼻子耳朵和嘴里都淌血，死的时候皮肤变成了紫色。

各种各样的不知是真是假的消息很快传遍了整个营地，有说美国人把瘟疫带到欧洲来的，有说瘟疫是从西班牙传过来的，有说英法军队里成千上万的士兵都得了瘟疫，有说瘟疫也传到了中国，有说在美洲一些地方整个村子里的人都丧命。

还有说瘟疫是通过德国人的毒气弹传到法国的。

越来越多的劳工和英国士兵得病了。一天管理22营的一名英国军官也染上了这个怪病，被送到城里的医院去了。营地里来了两位新医生，还有一位牧师及他的随从，都是英国人。

16营的一些中国人给派去做护理、抬担架，还有火化尸体。

我们每天都看到有人躺在担架上被送到帐篷里：英国人和工头们所用的帐篷跟劳工的分开。有些病人死了，但也有不少人奇迹般在短期内恢复健康。就拿6营的一个河北人来说吧。他因为发烧和呕吐被送进了帐篷，之后昏睡了几天。希尔医生和他的助理们忙到没有时间顾及他。他既没有吃药，也没有得到任何治疗。不过，几天后他醒来了，而且即刻就能起床吃东西了。希尔医生给他做了检查后，惊讶地宣布他痊愈了。

我们问这个河北人帐篷里的情况。

"地上都是人，个个看上去像鬼魂附身，完全没有气力，"他说，脸上带着害怕的表情，"到处都是咳嗽声，有些人咳得好像要把肺都咳出来。"

我们问他有什么治病的秘方，他说他除了睡觉，啥也没干。我们还有很多问题，但他不愿多说，说如果他多嘴了，阎王爷可能不高兴，没准又把他给拉回去了。

我们这些没生病的人继续上工，但工作时间缩短了，有时干不到八个小时就回营房了。有人说对付这个瘟疫最好的方法就是吃好睡好。吃好我们没办法控制，但睡觉的时间我们现在倒很充裕。

营地里有人声称能通过按摩脚底的穴位来防御瘟疫，也有人说太极拳能治病。很多人就每天按摩脚底和打太极拳。

二马刻了一尊手里拿着柳枝的观音菩萨，每天敬拜她，求她保佑，保佑他能再见到艾拉，保佑艾拉平安无事。

营地里很多人跟他一起求观音保佑。

我不信观音，但我也向她祈福。自己的命此刻就像暴风雨中的蜘蛛网，风慢点、雨小点，网也许摇摇晃晃还能撑住；风急点、雨大些，网就破了。而风雨是大还是小，由不得我控制。

第31章

一天,我们不到五点就放工了,太阳斜斜地挂在天上,晒得人暖烘烘的。好些天没有下雨了,一跺脚就尘土飞扬。

营地里很多人在外面打扑克牌、下五子棋或是玩自制的麻将,他们不时发出争执声和哄笑声。有人在拉二胡和吹竹笛,咿咿呀呀的琴声和清脆的笛声虽然并不和谐,但还是给置身于荒野中的营地带来些生气。两个人脱光了上衣在练推手,你来我去,练得全身冒汗。一群人在踢毽子。毽子底是用英国人扔掉的破军靴上的皮做的,而上面的羽毛是这里一根那里一根到处收集来的。因为常练习,他们玩出不少花样,毽子上下翻飞,煞是好看。

老栓噼噼啪啪打快板,在讲《三国演义》,周围里三层外三层聚拢了一堆人。劳工里有几个人都会说书,但老栓讲得最好。他说书有一套,用的语言都特别直白,还时不时加上点山东方言。说话声时而高亢,时而低缓,一个个英雄侠客和奸诈小人在他的讲述中都活灵活现。说到精彩之处,下面鸦雀无声,每个人都竖起耳朵,生怕错过一个字。有时他故意卖关子,只打快板不说话,惹得下面的人急得一个劲叫他快说呀。

二马和他的几个徒弟在用他们收罗到的一堆草茎编篮子,其中一个打算回国后就靠这个手艺谋生。二马现在不但不说黄段子了,连脏话也不说了,而他对手工艺的爱好简直到了着魔的地步。他对艾拉思念成疾,唯有做手工的时候才能把这些思念化成手里的艺术品。前几天,他请汤姆给艾拉寄了一个包裹,里面有鸳鸯戏水的剪纸,木刻的一组动物,两副用罐头盒的铝片做的耳环,还有一方绣了艾拉名字的手绢。别看他手指粗大,穿针引线的时候灵活着呢!

几个背着枪的英国士兵在不远处的地方站着聊天,不时向我们这里张望。他们并不担心我们打群架或是逃跑,而是好奇我们在干什么。虽然我们放工后被困在营地,哪儿也去不了。但他们得看着我们,也没有自由。比起我们,他们的生活也许更乏味。

我背靠一棵大树在读汤姆借给我的法文书。我的法文现在已经达到了可以靠字典读大部头的程度。

看了十几页后,我有点头痛,就回宿舍躺下来。再过半个小时就要吃晚饭了,可是我食欲全无。我摸摸额头,烫得很。这时二马进来找我去吃饭,我让他去报告乔治,说我可能得了瘟疫。

"不可能!你刚才还好端端的。"他叫起来,说着要走到我身边来。

我挣扎着坐起来,伸出手掌,示意他不要靠近,同时剧烈地咳嗽起来。

我的咳嗽让他停住了脚步。在过去的两个星期里,我们营因为瘟疫已经死了十几个人了,其他生病的人还在帐篷里,生死未卜。

房间里有一群人在角落里打牌,他们听到我的咳嗽声,慌慌张张夺门而出。

"去!"我挥手让二马走。

"哥,你等着。我马上回来。"他一阵风似的跑了。

门外的二胡停了几秒,接着又咿咿呀呀地响起来。大家这段时间对生病的人司空见惯了,就是想帮忙,又能做些什么呢?人的生死本来就是命中注定的,时间到了,想逃也逃不走;时间未到,就是到阎王爷跟前了,还会被阳间的一根绳子拽回去。

不一会儿，二马领着两个戴着口罩，抬着担架的劳工进来了。那两个人把我放在担架上的时候，我觉得一阵钻心的疼痛顺着身上每根血管蔓延到全身，鼻子和嘴巴里呼进呼出的气都有股臭味，好像我整个人已经开始腐烂了。我无力地闭上眼睛，朦胧中听见抬担架的两个人的对话：

"今天这是第13个了。"

"英国人说13不吉利。"

"看来他要死定了。"

我还听见二马、老栓，还有其他人的声音。"德伦，你得挺住！""你一定会好的""哥，俺会去看你"……这些声音混合成一阵阵波浪，拍打着我的痛得要开裂的头颅，然后波浪声越来越小，我觉得自己像棉花一样轻，要飞起来。

我飞起来了，手能摸着天，脚能踏到白云。我看到了五平镇成片的屋顶，有红色的，有灰色的，还有茅草屋顶。太阳把石板地晒得暖暖的，就像母亲每年春节时给我和弟妹们做的刚出笼的糯米糍糕。孩子们清脆的脚步声从远处传来，他们唱着歌谣：

红花开，
白花开，

红花白花朵朵开。

这分明是我和我的弟妹们在唱歌！

我看到了家门口的大石狮，看到了一个仆人拿着把长竹柄的扫帚在打扫前院，随着扫帚有节奏地移动，地上干枯的落叶纷纷扬起。

绾着发髻的母亲把烟雾袅袅的香一根根插在前院的铜香炉里，然后虔诚地许愿。她身后跟着我的妹妹们。妹妹们想戏耍，却又不敢，只好做鬼脸，竭力压住笑声。

父亲坐在他的书房里，脸上表情严肃却掩不住慈爱。弟弟捧着本书假装听父亲念书，眼睛却瞄向窗外一群觅食的小鸟。父亲念到得意处，开始来回踱步，眼睛半闭着，沉醉在古人的诗词里。

我么，我穿着一身灰色的丝绸长衫，站在竹林边的石桥上看下面的游鱼。

灵魂出窍了，我听见一个声音这么说，分明是我自己的声音。

不能，还不到时候！我听见另外一个声音回答道——仍然是我的声音。

一只冰凉的手狠狠推了我一把。我一下睁开眼睛，大口大口地喘气。早先还好好的肺部现在突然仿佛破了无数的洞，任我怎么使劲抢夺空气中的氧气，我还是有窒息的感觉。

我进了一顶白帐篷，里面正如我的呼吸一样散发着腐烂的味道，还有人的排泄物的恶臭。一排排行军床上躺满了人，咳嗽声、哀号声、哭泣声，不绝于耳。我看到一个穿着白大褂的军医，是新来的医生。跟在他身后有七八个戴着口罩的士兵和劳工，他们是经过短期培训的临时护士。但他们并没有给谁吃药或是在某一张床边停留一阵和病人说话。他们只是走来走去，好像在检查是不是有人刚死去。

我被放在一个相对安静的角落里，那里没有床，只有草席。后来我才知道放在这里的病人都是抬担架的人觉得一两天内就会死的人。那个军医和临时护士都避开这里。在他们眼里，也许这个角落里的人和死尸无异。

我的呼吸稍稍平缓些。我闭上眼睛，极力去想记忆中美好的事，借此来抵御疼痛和对死亡的害怕，但我的身体对氧气的渴望让我无法集中精力，脑子里只有一个个不连贯的跳动的画面。

沁凉的小溪，带着露珠的金黄的雏菊，母亲在轻声说话，一只蚂蚁嘴里叼着一片绿叶，满天星斗的天空，林雨梅扬起头咯咯地笑，父亲的象牙烟斗上的火星……

一片红色在眼前弥漫开来。红灯笼、红鞋子、红面纱、红绸子……

如果我没有离开五平镇,现在我会在做什么?这个想法让我觉得自己又可笑又可怜。五平镇只是一个虚幻的梦,我再也无法回去了。可就这样死去,死在这个肮脏晦气的地方,我于心不甘。

我想起今天读到的《圣经》里的一句话:"耶稣说,凡劳苦担重担的人,可以到我这里来,我就使你们得安息。"

安息,安息,我喃喃自语。

第32章

也不知睡了多久，醒来的时候，我发现自己睡在帐篷另一边的一张床上，二马戴个口罩坐在地上看着我。见到我醒了，他喜形于色，说："俺把你搬过来的。俺找到乔治，说俺要来当护士。他可高兴呢。"

我嗓子痛到说不出话，就微微点头，表示听见了他说的话。乔治当然高兴，现在大家都想离病人远远的，就是那些被强迫做护理的劳工里也有人拒绝进到帐篷里来。

我想让他马上离开。他每多待一秒，就会吸入更多的可能致命的病菌。我用力抬起手臂，指向帐篷的出口。

他明白我的意思："哥，甭担心，俺结实着呢，瘟疫看到俺不敢近身。再说，俺给自己和你都做了个十字架，就是汤姆脖子上戴着的那种。"他从口袋里掏出个铜钱大小的木头十字架,上面拴着红绳子,又从另外一个口袋掏出个很小的木头观音,把两样东西都放在我的头边。"瞧,俺们自己的神,还有洋人的神都在保佑俺们。从现在起,俺除了吃喝拉撒,都待在帐篷里,睡也睡在帐篷里。"他指了指放在我床边地上的一张席子。"有啥事,你尽管叫俺。你醒着,俺陪你。你睡了,俺就去照顾其他病人。"

帐篷外传来咚咚咚打鼓的声音,颇有节奏。声音似乎是从我们营住的地方传来的。

"他们在打鼓和跳舞求神把瘟疫赶走呢,"二马说,"大家说,如果洋人们都怕瘟疫,那俺们只好靠自己的土方法了。乔治一开始说英国人肯定不喜欢,但问了英国人,他们居然同意了。看来英国人这回被瘟疫整得没主意了。"

二马到帐篷外端了盆水进来,用布给我擦了擦身体,然后把拧去水的布放在我的额头上。又过了会儿,他找来一个填满了花絮的布包给我当枕头。

这时,离我五六个床位之外的一个病人突然发出一声痛苦的大喊。他歪歪扭扭试图要坐起来,不过即刻吐出几口血,倒下去,滚到地上。附近两位当护理的劳工慌忙朝他奔来,想把他搬回到床上。军医过来了,示意他们别动,然后蹲下来检查那个人。"他死了。"他用蹩脚的中文说。

二马用身体挡住我的视线。"哥，有俺在，你不会死的。"

我想说，如果我死了，那你就把我的骨灰带回五平镇吧，但我从喉咙里挤出来的只有呜咽。我从来没有像现在这样气力枯竭。我如果细听，怕是能听到死亡的脚步声。

二马默默地握住我的手。

一个劳工从帐篷外进来，叫二马一起去营房里抬刚病倒的人。临走前，二马说："哥，你挺住，等俺回来。老栓那里在给你煲粥呢！"

帐篷里有些人病情较轻，能自己坐起来，甚至下床走动，他们哀求军医和护理们让他们离开这里。我右手边床位就是这样一个病人。他块头特别大，躺下来脚落在床外面。一个护理告诉他必须待在帐篷里后，他坐起来，龇牙咧嘴，好像想笑，又好像想哭，然后他两手捧着头，身子一前一后拼命摇晃，好像他身体里有个不倒翁。

他停止了摇晃，不动声色地站起来，笑着对我说："俺要回家了。"他迈着大步朝帐篷外走去，完全不理会身后一个护理叫他停下来的指令。

另外一个护理拦住他。他一把推开他，平静地说："前面就是俺家。俺没病。俺要回家种田。田里的庄稼等着俺浇水。"

护理从身后抓住了他的衣服。

他一转身，把护理推倒在地。另外两个护理跑过来，一起奋力去抓他。倒下的那个护理也爬起来，加入他的同伴要制伏那个大汉。大汉拳脚并用，摆脱了护理们的包围，跑到了帐篷口。那里突然闪出来一个士兵，拿着枪托对着他的头狠狠敲了一下，把他打倒在地上，又在他身上踩了两脚。

那人不动弹了。

接下来的日子我在生和死之间徘徊，有时好一点，能吃二马带来的汤或者稀饭，有时咳得肺部要爆炸，连抬头的力气都没有。时间失去了意义，过了几分钟、几个小时，还是几天，我都说不清楚，每天唯一盼望的就是能见到二马。

帐篷里每天有人被抬出去，也有人被抬进来。

有一天，二马给我喂粥的时候，我自己坐起来了。又过了三天，医生说我可以回营房了。

我知道，是二马将我从死神手里拽回来的。

第33章

附近的村民们陆陆续续回来了,有很多家一起同行的,也有单独行动的。他们行色匆匆,表情呆板,对周围的景色毫不在意,看上去只想快点赶回家。他们推着各色各样的小车——四个轮子的、三个轮子的、两个轮子的,还有独轮车,车上装着他们的家当,什么都有:箱子、塞得鼓鼓当当的麻布袋、家具、锅碗瓢盆……有时这些乱七八糟的东西上还坐着因为旅途辛苦而脏乎乎的孩子。

我们在上工和放工的路上经常能碰到他们。有一天,我们经过一个被炸成废墟的村庄时,看到一群刚刚抵达的风尘仆仆的村民。男人们脱下了帽子,默默地站在已经完全认不出的原本是家的地方,似乎不确信能不能重建家园,而女人们已经忙起来了，在废墟里寻找修理之后还用得上的东西：断了腿的椅子、凹进去的锅子、少了轮子的木头玩具车……

如果没有英国兵的看守，我们真的很想从卡车上跳下去帮他们一把。

三个星期后，我们再次经过这个村庄的时候，看到一片空地已经被清理出来了，上面是五栋简陋的小木房，而更大规模的盖房子的工程也启动了。男人和女人分工合作，有的在锯木头，有的在给木板刨光，有的在搬石头，孩子们都在帮忙。

一个星期五，我们在修理铁路的时候碰到了由英国士兵押送的德国战俘，大约有三百多人，五个人一排。他们穿着灰绿色的军装，没有戴头盔和帽子，腰间也没有系皮带，有的脚上穿着浅棕色的到小腿肚的靴子，也有些穿着便鞋。其中一些人受伤了，手臂上、头上、或是脚上扎着绷带。他们脸上的表情怎么样的都有，一脸阴沉的、心事重重的、不动声色的、轻松愉快的，其中几个可能只有十六七岁的年轻人看到我们的时候还友好地挥了挥手。

我们中有人嘀咕了一句，说他们看起来一点不像会把婴儿烤了吃的恶魔。

没过几天，汤姆告诉我们，德国发生起义了，德国人就要完蛋了。

营地里大家一片欢喜，尽管瘟疫还没有散去，但生病的人比前一个月少多了，而且康复的人的比例也比以前高。再说，大家对作为临时医院的帐篷看习惯了，渐渐忘记了它们的存在。

从10月开始，我们大部分的工作是收集战场上废弃的子弹和炮弹，还有就是寻找和掩埋尸体。

站在堆成小山的炮弹壳边上，我们看上去小得可怜。它们静静地躺在明媚的阳光下，任由树叶的阴影在身上跳舞，好像与世无争，可它们曾经那么令人心惊胆寒。在它们的呼啸声中，一个个村庄、一个个家庭被摧毁了，一个个年轻壮实的身体消失了。

如果有选择，我想我们宁可上战场也不愿意看到那些爬满蛆虫腐烂的尸体，但这个可怕的工作我们竟然也习惯了。这些曾经鲜活的人如今与野草、泥土为伴，如果他们的尸体没有被发现，终将消融在自然的怀抱里。但是当我看到有些劳工一边说笑，一边不以为意地用叉稻草的长柄叉子把地上的尸体挑起来扔进卡车的车厢时，我还是心里一紧，仿佛我就是叉尖上的那具尸体。

大概是胜利在望，英国士兵和工头们的心情都很好，放松了对我们的管理，周日有时让我们离开营地自由活动，而我们觉得自己很快就要回中国了，开始张罗着要买点礼物带回国。

附近能在一个小时内走到的村子有三个，如果快步走的话，到镇里也就是一个半小时。这几个村子都受到不同程度的毁坏，到十月底的时候，村民基本都搬回来了，开始重建家园。我不能说他们对我们有敌意——他们并没有在村口竖起不欢迎我们这些异乡人的牌子——但当我和我的同伴们进入其中一个有古堡的村子范围的时候，村民们停下手里的工作，沉默地看着我们，就连孩子们也停止了玩耍和嬉笑，有些脸上还有惶恐之色。我们没有再继续走，而是回头重新上了大路。

二马愤愤地说："艾拉说她村上的人可不是这样的，他们都很欢迎外国劳工帮助他们呢。"

有人回答："艾拉是为了安慰你才这么说的。"

"艾拉才不会这么做呢。她说她家里的人都很想见俺。"

"你难道要留在法国做驸马爷？"

"关你啥事？俺的事老天爷在留意着呢！"

每次有人这样问他，他都这么顶回去。私下里，他不知发明了多少种方法来让老天爷决定他的命运：吹蒲公英头顶上的绒球，如果一口气吹光，那他会和艾拉在一起，不然他们就要分离；随手揪一根树枝，如果叶片数量是双数，那他会和艾拉在一起，如果是单数，他们会分离。其他的测命术还包括他每天见到的苍蝇的数目，有没有被石头绊一脚，有没有在喝水的时候被噎着，有没有在吃饭的时候筷子掉到地上，有没有走路的时候被人撞到。

老栓说："都是上个星期那件事给闹的。一粒老鼠屎，坏了一锅粥。"他指的是古堡村的一个农民向营地的军官抱怨，说几个中国人到他家行窃，偷了银器还有几只鸡。

"是18营的人干的，跟我们没关系。那些人不是给扣了工钱，还挨了几皮鞭吗？"

老栓说："这些法国人哪儿分得清谁是谁，在他们眼里，我们长得都是一个样。"他接着说，"滨海拉塞内镇的一个营前几天在奥什码头搬运货物的时候和当地人闹了一架，你们听说了吗？一开始只有几个人在打架，后来营里很多人都去帮忙，一下子上百人。"

乔治跟我们班的人提到了这件事，警告我们任何时候都不能和本地人发生冲突，如果有矛盾，被惩罚的都会是我们。

大家七嘴八舌议论了一番。

身后传来一阵叫声。我们回头看，原来是一帮孩子。其中一个小女孩大声冲我们嚷嚷。她估摸六七岁，褐色头发，穿着黄色的碎花裙。嚷嚷完后，他们吵吵闹闹回村了。

老栓问我："她说什么来着？看着一脸不高兴的样子。"

湛蓝的天空下是一望无际的田野和草地，空气中的味道多美妙呀！把人鼻孔里每一个味觉细胞都激活了，让它们尽情地享用自然的恩赐。不远处，一只不知从哪里冒出来的灰色野兔从路的一边三跳两跳到了路的另一边，消失在野草丛中。

我不想破坏珍贵而短暂的自由。我说："她让我们别踩坏了庄稼。"

二马看了我一眼，低下头迈开大步独自一人走在前面。我知道他听明白了小女孩说的话。她说的是："你们是小偷和罪犯！"

我们到了小镇。我们以前在这里修过路，知道镇上有些小店。镇子附近有个兵营，里面英国兵和美国兵都有，所以那些店铺还有些生意。

四个月没来，我们发现主街上很热闹。封死门和窗口的难看的木板都被取掉了，一家家小商店和餐馆都开张营业，门口的瓦罐花坛里种满了五颜六色的鲜花。

就像我们去过的很多地方一样，这里除了一些穿着制服的士兵，很少有其他年轻男人，店里的人还有路上的行人主要是妇女、老人和孩子，也有些中年人。

镇上的人见中国人的次数多了，对我们的出现不引以为意。比起村民们，他们友好多了，甚至欢迎我们的到来。他们知道我们有钱，是来买东西的。

"进来，进来！"几个店主居然用中文对我们说。一笔笔交易很快做成了，我们兜里的法郎一张张消失了。老栓买了顶黑色的软呢帽。二马买了套雕刻木头的工具，还给艾拉买了些小装饰物。我买了把刮胡刀，准备寄给父亲，而给母亲的礼物是一条做工考究的披肩，上面绣着小镇的风景。我给弟妹还有家中的几个仆人也各买了东西。在一套做成花形的钩针杯垫前我停下来。自然，我是一定要给陆小姐买礼物的。

很多人买了糖果和饼干，还有玩具。有个人甚至买了一个足有半米长上了发条就能跑的火车模型，说这么奇妙的东西他镇子里最有钱的人也未必见过。

我们坐在一家点心店吃面包夹香肠的午餐时，突然听到街上传来欢快的号角和鼓声。还没等我们拥到窗口看看发生了什么事，一个十二三岁穿着蓝色背带裤的男孩从门口冲进来。他满脸大汗，喜形于色，脚上只有一只鞋子。他挥舞着手里的报纸，声嘶力竭地喊道："停战了！德国人投降了！战争结束了！"

正给我们送餐的老板娘手里的盘子应声而落，在地上摔个粉碎。有那么一瞬间，店里所有的人好像都被一种神奇的力量凝固住了，动弹不得。

男孩子咽下口水,放低声音说:"报纸上……报纸上说战争,"他喘了口粗气,"说战争真的结束了。"

几个人醒悟过来了,一下子冲到他身边,抢着看他手上的报纸。有人开始痛哭流涕,有人搂着邻座的人跳舞,有人跳上桌子唱起了马赛曲。站在我身边的老板娘弯腰捧着我的头,在我脸上狠狠亲了几下,然后又逐个吻我的同伴们。

店里所有的人欢呼雀跃冲到门外,汇入不知什么时候突然出现的狂欢人群队伍。街道上挤满了人。士兵、老百姓,白人、黑人、黄种人都混在一块,大家手牵手,又是拥抱,又是接吻。鲜花和彩纸在头顶上飞扬,各种各样的乐器都在奏响,小提琴、手风琴、圆号、小号、长号、军鼓、长笛发出的声音汇成一股没有主旋律也没有节拍的乱糟糟的音乐,但没人介意。教堂的钟声和工厂的鸣笛也赶来凑热闹。有人在哭,有人在笑,有人又哭又笑,很多人的脸上留下了女性的唇膏。

"如果艾拉在这里就好了!"二马高举着一位上了年纪的妇女递给他的法国国旗兴奋地挥舞。

我脸上带着笑,可此时一片阴云却不受控制地飘进心里。

第34章

细雨蒙蒙的一个星期六,蒙布里松古老的石板街上几乎没有行人,但是街上一家装饰典雅的咖啡厅里倒是坐了不少人,一桌桌的人低声聊天,仿佛怕打破这一片宁静。

戴维昨天坐火车从敦刻尔克过来,在旅馆里住了一个晚上后,今天一大早来到了这家咖啡厅。

看着被雨点打到模糊不清的窗户,戴维胡思乱想起来。一个个完全没有联系的画面在他眼前跳动:满是泥浆老鼠乱窜的壕沟、一眼望不到头的高粱地、黄色的蜡梅花、挂在铁丝网上的断臂、山间淙淙流淌的小溪、玛格丽特抱着孩子在客厅翩翩起舞、挂满黑白照片的墙、扎着两个朝天辫的安妮在海滩上奔跑、安妮穿着粉色的背带裙在荡秋千……

他想起最后一次和二马见面的情景，那时他和玛格丽特已经搬到了巴黎，在拉丁区住了一年半了。他在拉格朗机械厂当车床工，因为表现出色，很快就会被升为高级技工。玛格丽特在先贤祠附近的中学教书，同时在自学绘画。新环境和新工作让他们每天忙忙碌碌。一天下班后他看到二马站在工厂大门处等他。二马穿着不合身的西服，还戴了顶礼帽，看上去仓促不安，脚边还放了个样式古旧的黑色手提箱。他想跑过去拥抱二马，但他没有这么做，而是随着人流慢慢走到二马面前。二马看到他又想哭，又想笑，憋了好一阵才说："哥，你地址也不告诉俺。俺跑到里昂，到处问人，找得好辛苦！"

他猜到二马准是找到米卢斯机械厂去了。他装出一脸冷漠："我不是去了信，让你别找我吗？"

他们一前一后走到一个僻静的角落。"哥，为啥呀？为啥呀？"二马说，"俺做错了什么？发生了什么事？你的信里啥也没说呀！"

不，他绝不能告诉二马在里昂发生的那些事，他在心里对自己说。

他已经预料到了二马迟早会来找他，已经想好了跟他说什么，但此刻他知道那些预备好的说他如何喜欢巴黎的台词不仅虚弱无力，而且只会让二马继续来找他。

他说:"我不愿别人知道我曾是劳工。在这里我可以有个新开始。"

二马一脸惊愕:"俺们帮英法人打赢了这场战争,凭啥看不起自己?"

他没有回答。二马继续说:"大壮、蔡老板他们为战争而死,和法国士兵死得有啥不同?俺中国人的命难道就很贱吗?"

他沉默了一阵后说:"只当我不存在,别来找我了。"

"你是不是看不起俺,不愿跟俺做朋友?"

"你回去吧。"

"俺不会在外人面前说你以前的事。"

"你不要再来了。"

二马盯着他,眼里早先的兴奋消失了:"你不是俺当初认识的有情有义的德伦。"

"当初的德伦已经死了。"

二马退后了几步,摇摇头:"俺看走眼了。你不是俺哥。"说完,他把手提箱放在地上,从里面拿出一包东西,"这是艾拉给你和玛格丽特腌的香肠。"他把东西扔进边上的垃圾桶里,"还是给老鼠吃了吧。"

他看着二马大踏步远去的身影,一直在原地站到天黑才慢慢走回家。

想到过去这一幕,戴维长叹了一口气。他的人生就快到尽头了,可是他觉得自己好像才来到这个世界没多久,所有记忆中的事情都那么鲜活,一桩桩一件件像是花店里刚送到的花束,上面还沾满了露水。

可是记忆中的事情真的都发生过吗?就拿安妮的粉色裙子来说吧,在他的记忆中,她小时候特别喜欢穿一条有背带的粉色裙子,但是玛格丽特说安妮从来没有过这样的裙子。果真,他翻遍了安妮小时候所有的照片也看不到这样一条裙子。

记忆当然是靠不住的,尤其对于他这个年龄的人来说。但是人生就是由大大小小点点滴滴的记忆组成的呀。有些事记不住无关紧要,可是那些影响他一生的事他可是记得牢牢的。人生多么奇怪呀!一件小事,一句不经意的话,一个一晃而过的陌生人也许都能决定你的一生。

如果他离开五平镇的那晚没有碰上一列冒着浓烟的火车,他也许就打道回府,在和陆小姐的洞房花烛夜中埋葬他对爱情的幻想;如果他在青岛时没有听到几个素昧平生的大学生的交谈,他也许不会踏上曼彻斯特号;如果他在战争结束后没有作为技工被派到里昂的机械厂工作,那他就不会碰上玛格丽特。如果没有碰上玛格丽特,他一定会和老栓一样回中国的。

如果他当时回中国了，现在会过什么样的生活呢？又或是在战乱中和他在中国的家人一样遭遇厄测？又或是步入老栓的后尘，成了政治运动的牺牲品？

十点钟的时候戴维站在绿园护理中心蓝色的木门外。

他轻扣铜制的门环，没多久一位穿着浅紫色制服的中年女人过来给他开门。她看上去麻利干练，棕色的头发梳成马尾辫扎在脑后，额头上一根乱发都没有。她介绍自己叫露易丝。前天他打电话预约时间的时候，跟她聊了几句。

戴维介绍了自己后，跟着露易丝走进种满花草的院子。院子中间有棵大橡树，上面挂了各种各样的装饰品，都是这里居住的老人的家人及附近学校的孩子们做的，树周围还插了好些个五颜六色的风车。

"菲利普今天还好吗？"戴维问。

"昨天睡了一天，半夜起来嚷着要看地图册。总的说来，他近几个星期的状态不错。不像前两个月的时候，很爱发脾气，还打人。"露易丝的声音带着歉意，"也许我不该告诉您这件事，但我还是得提醒你。"

"他的孩子有经常来看他吗？"

"他女儿已经死了十几年了，他的二儿子也死了好几年了。他小儿子最近去世了,他是我爸最要好的朋友呢。他的大儿子吗,二战期间战死在北非,当时才二十出头呢。一个很英俊的小伙子,有他爸爸魁梧的身材和他妈妈的灰眼睛。小儿子也参战了,不过侥幸捡了条命回来,只是断了两个手指头。他的孙子孙女有时来看他,但他完全认不出他们了。还有,他现在不爱说法文,主要说中文。他有时特别爱说话,叽叽咕咕说一堆,也不知他说什么,不过他似乎说得挺高兴的。他的一个孙子在中国待过一阵,会说些中文,能跟他爷爷说上话。他教了我几句呢!"

"你们很久没见面了吧。"路易丝问。

"是呀。"戴维说,"他有什么爱好吗?"

"爱看地图。心情好的时候,还爱叠纸玩。以前他叠得很快,现在叠个小船要花上半天工夫。"她叹了口气,"以前他手多巧呀,是这里有名的木匠。我爸说他以前住在敦刻尔克附近,后来才搬到这里来的。他和他小儿子开的店生意可红火呢。我们家现在还有他们做的柜子和椅子,结实得很。"

院子尽头是另一扇蓝色的木门,戴维进去后,在前台登记了姓名和来访时间。

露易丝给戴维介绍了关于菲利普更多的情况,说他八年前因为中风走不了路了,以后就住到这里来了。"您在这儿等着,我带他过来。"露易丝说完就离开了。

房间里很暖和，空气里弥漫着舒缓的贝多芬的《月光奏鸣曲》。门的一侧放着把红色长椅，上面坐了一位衣着颇为讲究的银发老人。她看也不看戴维一眼，只是全神贯注轻轻拍打臂弯里的塑料娃娃，嘴里念念有词。离她不远是一位坐在轮椅上的男人，头秃到只剩耳朵上方还有几撮白发。他的头歪到一边，嘴巴微微张开，眼睛怔怔地看着墙上贴着的孩子的蜡笔画。

戴维下意识地摸了摸自己的头。还好，头发虽然比前几年稀少，但还没有哪个地方完全秃了。他一向对自己浓密的头发引以为豪。

他迅速做了几个数学加减测试，确信答案都正确。

客厅里有面可以照到全身的镜子。他走到镜子前，挺起胸膛将领带摆正，手特意在打结的地方停留了一阵。还好，手不抖。他的眼睛看上去也很有神。他检查了一下外套，满意地点点头——上面没有污渍或是面包屑。

露易丝推着一个轮椅走过来，里面坐着的老人闭着眼睛，身子佝偻着，脸上布满了黑色的老人斑，放在轮椅脚踏上的腿在微微颤抖。

半个多世纪过去了，他们又见面了。

戴维迎了上去，到了轮椅面前，弯腰对老人说："二马,是我,德伦!"说着,他的眼圈红了。

老人过了一会儿才睁开浑浊的眼睛,用青岛话说:"你这臭小子!"说完拍起巴掌摇头晃脑咿咿呀呀唱歌。

露易丝笑了一下,对戴维说:"这句话我们都听得明白。甭管见到谁,他第一句话就是这个,有时叫我和其他护理'滚蛋'。"

"我带他出去走走行吗?"戴维说。

露易丝面露难色:"按理,你从巴黎远道而来,我应该同意这个要求。不过他可不好弄。别看他现在挺虚弱的,他精神好的时候可是很能折腾,两个护工都不是他的对手。"

戴维再次请求,并保证不会出事。

"要出去!要出去!"二马对着露易丝叫起来。

"就出去一小会儿。"戴维哀求道。

"那好吧。十一点半前一定要回来,他得吃药。"

戴维推着二马出了门。雨已经停了,太阳也露出了脸。

"看,彩虹!"戴维指着远处的天空。

二马没看彩虹,而是开始唱《武松打虎》:

呀!哎呀闪、闪得它回身扑着空,

> 转眼处乱着踪。
> 这的是虎有伤人意,
> 因此上冤家对面逢。
> 再显神通,
> 怎知俺力有千斤重。
> 虎啊虎,今番遇俺武松呵!

他边唱手还边在腿上打拍子。拍子打得乱七八糟,但他好像还挺得意的。戴维笑起来:"二马,我还记得你当年扛着沙袋唱戏的样子呢!"

"你是谁?"二马问。

"是你的哥哥德伦呀!我们以前一个班的,每天都在一块。"

二马皱起眉头想了一会儿,不过很快就放弃了:"俺还有其他兄弟么?"

"还有三个,大壮、老栓,还有蔡老板。"

"那他们怎么没有跟你一起来看俺?"

"他们远着呢!"戴维指了指天上,"他们住在那里。"

二马明白了:"那地方好,不愁吃喝。你是带俺回家吗?艾拉做了好吃的等着俺呢。"

露易丝告诉了戴维，说艾拉死了近二十年了。一次重感冒后，她得了急性肺炎，没多久人就走了。

他们拐上了通往河边的小路。路旁花草丛生，几只白色的蝴蝶上下翻飞。除了他们，周围一个人都没有。

二马突然大叫起来："艾拉！艾拉！"

戴维用手关节敲了敲身边的翠柏的树干，假装仔细听，然后说："房间里没人。艾拉肯定出去买菜了。"

"啊，又出去买菜了。"二马嘟囔道。说完，他挣扎着站起来，好像要去找艾拉。他一下子失去重心，身体往前栽，还好，戴维眼疾手快，扶住了他。他们一起滚到地上。

戴维气喘吁吁从二马身体下面钻出来。二马肚皮贴地，像个被蜘蛛网缠住的甲虫做着无用的挣扎。戴维坐下来，把二马翻过身来，用袖子掸掉他嘴上的泥巴，让他的头躺着自己的腿上。他得歇一歇，才有力气把二马扶起来。

二马一副很舒服的样子，似乎忘记了戴维的存在。戴维的手碰到他的额头时，他才吃惊地问："你是谁？"

"我是德伦呀！七十年前咱们坐曼彻斯特号一起来法国的。还记得太平洋上的巨浪吗？"他用手模仿巨浪一个接一个打来的样子，"浪比船都高。我们俩都吐了，吐得可厉害呢，把肠子都要吐出来了。"

二马点点头:"那些浪真的很大。俺跟艾拉说,她不信。"

"我告诉玛格丽特,她也不信,说我吹牛。"

"玛格丽特是谁?"

"她是我妻子。"

"她在哪儿?"

"和艾拉在一块。"

二马想了想,说:"好久没有吃蛋糕了。"

这下提醒了戴维,他的外套口袋里有一个早上在咖啡厅买的小甜点玛德琳。他用尽全身力气,提起二马的上半身,把他的头搁在自己胸前。

看到玛德琳,二马眼睛发亮,一把抓住它。还没等戴维提醒他要慢慢吃,他就把它胡乱塞进嘴里,鼓起腮帮一阵乱嚼。

戴维怕他噎着,吓得直叫他吐出来,还试图掰开他的嘴巴。

二马拒绝张开嘴巴,他的眼睛鼓得圆圆的,喉咙一上一下,脚还不停地踹戴维。好不容易他才咽下了嘴里的食物。

"你知道那些妖精每天给俺吃什么吗?"二马缓过气来后气呼呼地说,"尽是稀糊!还骗俺说是为俺好!要是为俺好,就该给俺吃蛋糕。她们可能嫌俺没给够她们钱,或是她们看俺不顺眼,想把俺饿死。俺叫她们滚蛋,她们还笑!艾拉也不知道咋回事,好久没给俺送蛋糕了。"

"艾拉很忙,要照顾孩子。"戴维说。

二马有些不好意思,降低了嗓音说:"孩子们在睡觉吗?"

"是呀,都在睡觉。"

"那俺们小声点。"二马把食指放在嘴唇上,还嘘了一声。

一阵清风吹过,河水泛起阵阵涟漪,一条青鱼跳出水面,轻巧地在空中翻了个身,然后又掉进水里,溅起一朵小浪花。

二马兴奋起来,大声说:"俺们用石子打水漂玩吧。"说着,就试图从地上捡起一块椭圆形的小石头,但试了好几次都没有成功。戴维捡起那块石头,放在他手上。二马把石头扔进水里,石头扑通沉了下去。他不满地看着河水,对戴维说:"以前俺能一连打七八个呢。你来试试。"

戴维想站起来,可是他的腿已经麻了。他扔出去的石头也扑通沉下去了。

二马摘了一朵白色的野花,想把它扔进河里。野花落在他的脚旁。他说:"那些玫瑰可真好看,闻起来香味直往鼻子里灌。"

周围没有玫瑰。

"在哪儿呢？"戴维问。

二马转头看他，脸上的表情好像戴维是天下第一号傻瓜。"就在铁丝网那里呀！旁边还有一堵石墙，都被烟熏黑了。"

戴维知道是哪里了。那些血红的玫瑰花的后面不光有破烂的铁丝网，被熏黑的石墙，还有横七竖八的一堆法国兵的尸体，是被迫击炮打死的，他们身上的衣服被气浪震成了布条，有些尸体手和脚都分家了。

他庆幸二马只记得那些美丽的玫瑰。

他小心地挪动身体，把二马的头放在草地上，然后双手扒住树干，把自己撑起来。他担心如果他们俩坐的时间再长一点，就都站不起来了。他把二马扶起来，想帮助他坐回到轮椅上。

"俺自己来！"二马手舞足蹈了一阵，但最后不得不让戴维扶他一把。他不情愿地坐回车里。

过了一会儿，他问戴维："你叫啥名字？"

"我是你哥，叫张德伦。"

"你住啥地方？"

"巴黎。"

"俺去过那里，有很多苹果树，花开得像婆娘们的小嘴，还有很多鸡鸭到处跑。"他学鸭子叫的声音，学得非常像，"夏天那个热呀，脱光衣服，还是直冒汗，要钻进河里才舒坦。冬天那个冷呀，寒风直往骨头里钻，就差没把俺冻成冰棍了。有客人来，俺的劲头就来了。拉车有讲究呢，脚得稳，低头弓腰，跑起来脚步唰唰唰，齐整着呢！眼睛得比老鹰还尖，地上的坑、石子全得看清楚。到了近前，手把轻轻一转，就躲过去了。要是跑热了，千万不能喝凉水，喝了肺就炸了，再也没力气拉车了。喝酒也不能急，甭管酒气多香，得小口抿，要是大口喝酒，喝了后老爱打嗝，就跑不快了。如果道远，千万不能逞能，快跑了一阵，就要悠下来一点。客人这时舒坦着呢，多半睡了，你慢一点他也不知道。如果觉得自己厉害，又或是碰上个漂亮的女客，想露一手，一个劲猛跑，出不了几天，你准吐血。吐了血你就是破了洞的气球了，怎么整都鼓不起来了。你拉过车吗？"

"没拉过。"

二马得意地说："俺看你这个身子骨就知道拉不了车。"

"谁能跟你比呀。你可是二马！拉起车来比两匹马都跑得快。"戴维慢慢地推车往前走。

二马张开没剩几颗牙的嘴笑起来，笑完了问："你是干啥的？"

"干过的事多着呢。我做过电焊工、开过吊车、修理过坦克、盖过房子,还设计过重型机械。"

"啥是坦克?"

"就是轮子上有履带,能爬坡的那种车。"

"啥是履带?"

"就是……"戴维也不知道该如何解释,就停下车,走到二马前面,拿根树枝在地上画起来。

"原来是这个!"二马说,"这个叫啥?"

"是坦克。我俩一起修理过坦克。"

"俺修理过坦克?"二马浑浊的眼睛发出了亮光。

"不光修过坦克,还开过呢!"

"呵,俺有那么能耐呢!"

"那是呀!你还举起过大石头礅呢。"

"你是谁?"

"我是你哥,德伦。"

"你这臭小子不错,比那帮妖精好。明天俺俩再出门。"

"我明天一定去看你。后天也来,咱哥俩好好说说话。"

"快跑呀!"

"你说的是坦克?"

"说你这臭小子呢!别偷懒,快跑呀!你比蜗牛还慢。这样拉车,能有主顾吗?"

"往哪儿跑?"

"就前面呀。往山里跑,往云里跑!"

"好嘞!坐稳了。"戴维推着车开始跑起来,心里怨恨自己的腿像木棍,跑起来没有弹性。土路上有不少坑坑洼洼的地方,再加上车背挡住了视线,让他更看不清前路。如果他没有紧紧抓住车把,准保摔跤。

车每颠一下,二马就拍巴掌,兴奋地叫嚷:"臭小子,好样的!"

戴维攒足了劲头。今天豁出去了!好久他没有笑得这么开心了。

第35章

我们本来以为战争结束后英国人会提前终止合同，把我们送回国，但我们却比以前更忙了。战壕要填平，更多的尸体要从前线运送到后方掩埋，铁路、飞机场和火车站要修复，城市和乡村要重建，矿山要开挖，很多已经开工和准备开工的工厂急需工人，而前线回来的士兵不能马上满足用工的需要，何况有些工作是他们不愿做的。

营地里的人思乡情绪日益浓重，抱怨工作过于繁重和伙食糟糕的人也越来越多。第二年春节前后，华工们发动了两场罢工，第一场赢了，华工们拿到了应得的加班费。第二场则在和英国人对峙了一个星期后无果而终。

二月初，我和营地里的三百多名华工在经过简单培训和考核后作为熟练技工被派到里昂的一家重型机械厂工作一段时间。二马和老栓也考试合格，但二马因为在修铁路时脚受伤了没有同行，而老栓此时因为乔治任期已满要回国而被升为我们班的工头，也要留在营地。

虽然离开二马和班里其他人让我有些难过，但我对里昂充满了向往。当初决定来法国的原因之一不就是为了长见识吗？如今终于有机会了。在青岛师专的时候，去过欧洲的一位老师曾告诉我们世界上第一部电影就是在里昂拍摄的，还给我们看里昂的图片：赭红色屋顶的老城，有着回廊花园的美术馆，还有沃土广场的四铜马战车女神雕塑。

出发那天，二马帮我收拾行李，把几个热乎乎的烙饼用布包起来塞进我的行李里，也不知他用什么换到的面粉。虽然他走路还一瘸一拐，但希尔医生说他的断骨已经接好了，炎症也控制住了，再过几天就可以回去上工了。"哥，你两个月后准会回来，是吧？"

我说一定会回来的。

"艾拉这个星期就来了，可惜你见不到她。"

"你的法语可要上紧，不然见到艾拉纵有千言万语只能当哑巴。"

"哥，你放心，俺用功着呢！"

"我知道你用功。你进步了不少,说话和写字都不错。"

我把页角都卷起来的中法字典拿出来给他。现在他已经认识不少中文字了。他愣了一下,把它推开了。"这么贵重的东西俺不能接。你到了里昂每天都需要它呀。"

"里昂书店多着呢,我一定能再买到一本。"

他接了书,把它放在他的枕头下,那里还有艾拉最近寄来的几封信还有保平安的十字架和观音菩萨。这些东西他出门必带在身上,怕被人偷了。他说:"战争结束了,但俺不知为什么老是心慌慌的,睡觉也不踏实。俺还老做梦,都是稀奇古怪的。梦醒了,却想不起来梦里都有啥。"停顿了一下,他脸上带着尴尬的神情说,"有人说俺们黄种人跟白种人生下来的小孩会是怪物,而且活不长。"看来这个问题已经困扰他好一阵了,因为他说完后充满期望地看着我。

"别听人瞎说。"我说,"都是人,只是皮肤颜色不同而已,身体里的器官都是一样的。我在青岛上学的时候,学校里有位老师的太太就是美国白人,他们的孩子漂亮着呢,既能说中文,也能说英文!"

他表情即刻开朗起来:"哥,早问你就好了。这个问题都快把俺憋出病来了。"

艾拉在上封信里说,她打算和二马结婚,说已经找了当地的法国政府问清了程序，这次来就是找英国人批准他们的婚事。

集合的号声响起来了。二马说："俺就不送你了。"

我拍了拍他的肩膀，拿起行李搭在背上，朝门口走去。到了门口，我回头看他，见他躺在床上，背对着我，用毯子盖住了头。

经过大半天的火车旅行后，我们这支新编的技工队伍抵达了里昂，随即我被分配在米卢斯机械厂做电焊工。上千个法国人招募和管理的中国劳工们已经在里昂驻扎了一段时间，他们的营地就在市区西面，从那里可以看到富维耶山还有上面的大教堂，我们和他们吃住在一起。一抵达营地，我们就被告知一个星期有半天的休息时间，其他的日子上班为十个小时，上班以外的时间可以自由支配。算上来往工厂和吃饭的时间，我们其实除了那半天，并没有什么业余时间，但我们听到工头的宣布，还是喜滋滋的，再说营地周围还没有铁丝网！

一放下行李，我们就到市中心走了走，还乘坐了出租车和一家高层旅馆的电梯，每个人都对市容赞叹不已。经过一家咖啡厅，几个劳工跑进去买了杯咖啡，轮流尝了尝味道，个个都说苦到没法咽下去。我买了份地图，计划将来细细观赏每个景点。

第二天一大早，我和其他分配在米卢斯机械厂的工人就开始工作了，我的职责是焊接零部件。焊接工里的法国人大部分是男性，中年人居多，但也有几个刚服兵役回来的年轻人。女性有十几个，年轻的、年纪大的都有。

负责培训我们这些中国人的是一个不苟言笑的年轻女工，叫玛格丽特。她圆脸庞，粗眉毛，灰蓝色的眼睛，两条褐色的长辫子从侧面盘在头顶，像是顶皇冠。别看她个头小，还不到我的肩膀，但走起路来，胳膊前后大幅度晃动，架势很足。她总是穿着宽松的背带工装，有时头顶上戴一个方巾。随着她走路的节奏，方巾后摆飘起来像是面小旗子。因为她的焊接技术非常好，还是开吊车的好手，车间的法国男人们对她又嫉妒又有几分尊重。

"玛格丽特，战争结束了，你们这些女人别跟我们男人抢工作了，还是回厨房去烤馅饼吧！"有法国男人半当真半开玩笑地对她说。

"回厨房？你们男人也可以做饭呀。"玛格丽特答道，"我将来还要去上大学呢！"

"哎呀呀，上了大学可就没有男人敢要你了。"

她瞪了那人一眼："我还瞧不上他们呢！"

中国工人有时偷偷把酒带进车间，干着活时从怀里掏出酒瓶喝上几口。玛格丽特的鼻子灵得很，只要闻到一丁点酒味，马上就能找到喝酒的人。她一句话不说，伸出手放在那人面前，眼睛里透着冷冷的光。犯事的人马上乖乖把酒瓶拿出来，放在她手里。她大踏步走到洗手池边，将酒瓶倒个一干二净，还要用水冲一遍池子。

我们猜她有多少岁。

我说二十出头，其他的人有说十八岁的，有说二十五六岁的，也有说她可能近三十了，不然眉头之间的那道皱纹怎么这么深？

她虽然外表严厉，但指导我们干活倒是很耐心，反复提醒我们要戴防护面罩和要注意焊件表面的清洁。工厂派了个中国人给她做翻译，不过当她知道我能说法语后，有时就直接找我当她的翻译。

有次我在焊接零件的时候，她走到我身边，指出我的焊缝不够平整和严密。她手把手教我怎么避免焊接裂缝。她离我那么近，我能听到她的呼吸声，看见她手臂上纤细的汗毛在灯光的照射下发着银光。

我按照她的指导尝试了一下，果然效果很好。

她满意地点点头，对我微微笑了一下，然后去教其他人。不知怎么，我接下来的一天都有点恍恍惚惚，老是想着她脸上那个带着点俏皮的微笑。

一个星期下来，我的焊接技术提高了很多，甚至可以帮助她培训其他的中国工人。她对组里其他工人说："要是大家都有张先生的效率和质量，我们肯定可以提前至少两个星期完成任务。"之后她又加上一句，"他也从来不在工作的时候喝酒。"翻译翻完她的话之后，大家都冲我挤眉弄眼。

同组的人很快开我的玩笑了。

"我看玛格丽特对你是情有独钟呀，老是在你身边转悠。"

我反驳道，"她也教你们呀！"

"那可不一样。她教你的时候，眼神柔柔的、软软的——"

有人接过话茬："比最软的柳絮枕头，比最软的红烧肥肉还软呢。"

大家哄笑起来。有人欢快地叫起来："瞧瞧，德伦脸红了！怕是白天晚上都惦记着人家玛格丽特呢。"

另一个人模仿玛格丽特严肃的样子，说："你们要像张先生学习。他不喝酒、不赌博、不抽鸦片烟、不说黄段子、不沾花女人……"

一说到花女人，话题即刻转移了。最近，有人在营地附近找到了一家妓院，自此后有些人放工后就往那里跑，聊那里的女人成了每晚下班后的必备节目。在没有女人的地方，谈女人变成了生活中最重要的乐趣。

  我趁他们瞎聊的时候走到门外。他们的揶揄让我难堪，但同时我心里也充满快乐。天上疏星淡月，树影朦胧，空气里一股凉透心的寒气。我裹紧身上的棉衣，把帽子也往下压了压，好盖住耳朵。玛格丽特的脸浮现在眼前，我不由得露出笑容，但随即斥责自己的想象力太丰富了。不过我一边数落自己，一边又回忆她的手握着我的手教我拿焊枪的情景。那短短不到一分钟的时间，在我的脑海里被无限延长。直到在外面冷到受不住的时候，我才回房间了。

第36章

日子一天天过去了,很快我们在里昂待了一个月。除了焊接,我也学会了修理机床和开吊车,有时被调到其他部门去帮忙。我并不是很乐意离开焊接部,因为这样我就不能每天见到玛格丽特了。

其间我收到二马的一封信,里面错别字很多,不会写的地方用圆圈来代替,但我还是很欣慰他认识这么多字。他说艾拉在我走后的第三天到的。在汤姆的帮助下,英国人破例让她进营房来和他见了一面。艾拉现在在小镇上找了个地方住下来,帮那户人家做饭打扫卫生,用以换取食宿费。英国人现在满脑子都在想怎么回英国和家人团聚,对劳工的管理日益松散;再加上老栓现在是工头,经常偷偷地帮助二马。

这么一来，二马在工作之余时常能溜出去和艾拉见面。

我们和机械厂的法国工人除了在工作上必要的接触，总的说来井水不犯河水，吃饭休息都分开来。玛格丽特跟我们混熟后，有时会在休息时间到我们这里晃悠，一点不在乎其他法国工人在背后对她的议论。她让我们教她中文，还询问关于中国的各种各样的问题。

她脸上的笑容渐渐多起来，眉毛之间的那道皱纹似乎也变浅了。随着我和她的友情日益加深，我意识到她像清晨的小鸟一样爱说话呢。

五月底的时候，我们还在里昂，而且工头说有可能要待到夏天。这段时间，我加倍努力学习法语，就连玛格丽特都说我进步神速。

星期五的一天，我们提早放工，玛格丽特趁人不备，把一张小纸条塞进我手里。我直到确信周围没人的时候，才打开来看。她的圆体字带着优美的弧线。"星期天下午三点在圣母教堂门口见。"我敢说，我的心跳肯定停止了至少五分钟才恢复常态。

放工后我没有回营房，也没有和同伴们去逛街，而是进了一家理发店，让理发师给我剪一个法国年轻人时兴的发型。剪完头发，我又去了家男士服装店，挑了半天，最后看中了一件鸡心领的灰色毛衣，还有一件长袖格子衬衫，价码是我半个月的工钱。我请店员帮我预留住，然后连跑带跳回到家取了钱，之后回到服装店付了款。

这个星期天下午是我们的休息时间。一吃过中饭，同伴们就出门溜达。我找了个借口留在营房，等他们人走后，我才换上新衣服出了门。

圣母教堂位于索恩河西岸的山腰上，是普法战争期间修建的。我去过那里好几次了，每次都为其精美的雕刻和壁画所陶醉。不到两点半，我就到了大门口。我本来想买束花给玛格丽特，但又怕太显眼了，就在一家糖果店买了一小盒扎着红丝带的巧克力。

圣母教堂依旧那么庄严美妙，而我今天却魂不守舍，只是漫不经心地打量墙上的雕刻和讲述圣经故事的五彩斑斓的花纹玻璃。

她来了。褐色的齐肩短发，黑色的中跟皮鞋，带腰带的绿色碎花长裙，裙摆随着她的脚步像张开翅膀的蝴蝶一样在风中飞扬。

她走到我跟前，身上散发出很好闻的香水味。我迫使自己挤出一个笑容，恨自己的脸部肌肉如此不受控制。我用颤抖的声音说："你梳短发很好看，你的裙子也很好看，你每个地方都好看。"

她笑起来，露出很白的牙齿，右脸颊上的酒窝比以往都明显。

她又长又弯的睫毛忽闪了几下，说："我也喜欢你的新发型，还有你的毛衣。"

我把巧克力递给她。她解开丝带，打开包装盒，欢快地说："哇，你怎么知道我最爱吃带坚果的巧克力？"

我在买巧克力的时候其实并不知道她爱吃什么，只是挑包装盒最漂亮的那种。

她拿出一颗放在嘴里，又递给我一个。我因为紧张，吃得太快了，差点噎着，捂着胸口猛咳了一阵才缓过气来。她咯咯笑起来。要是每天能听到她的笑声，我宁愿经常被噎着。

圣母教堂外面此刻除了我们之外只有不到十个游客。我们走进教堂，静静地观看两旁和拱形天花板上的壁画。走到最前面神父做弥撒的地方，我们停下脚步。玛格丽特在一张长椅上坐下来，示意我坐在她身边。我在离她一米左右的地方坐下来，看着她闭上眼睛双手合十做祷告。她祷告完后，我们走出了教堂，绕到后方的露台上，从那里可以俯瞰里昂城区，还有索恩河。午后的阳光照着平静流淌的河水和两岸文艺复兴建筑风格的红瓦屋顶的房子，让人心驰神往。

玛格丽特说："爸爸常说，有水的地方才有灵魂。因为这个，他才当水手的。小时候我很喜欢跟他到这个山上来。

我们坐在这里聊天看风景，有时一起朗诵我们喜欢的诗歌。他说里昂的两条河中，索恩河是女人，罗纳河是男人。阴阳相交，孕育了里昂这座文化古城。下山之前我和他一定会在圣母教堂里坐一坐，让自己的心灵变得平静。"

"你是天主教徒吗？"我问。

她耸了耸肩膀："不是。不过，我小时候有时跟着妈妈来这里听弥撒，她是个虔诚的天主教徒。而我和爸爸一样，只相信自己和自然的威力。"

"看来你父亲对你影响很大。"

"可以这么说吧。"

"可是你刚才在祷告。"

"祷告可不是天主教徒的特权。爸爸说，他出海的时候，每天早晚一次都要祷告呢。"

"你祷告什么呢？"

她调皮地笑了笑，说："以后告诉你。你知道我今天怎么出来的吗？我骗妈妈说要到女朋友家参加一个舞会，她才没起疑心。妈妈老是对我说，玛格丽特，你都快二十岁了，要是二十一岁前还没有男朋友，就嫁不出去了。她还说，法国年轻男人已经死到所剩无几了，我不该这么挑剔。我说嫁不出去有什么不好？我可以有更多时间陪着你，帮你买菜做饭洗衣服，陪你聊天呀。我这么说，她就只是叹气。虽然战争期间，她也迫于生计，干了一阵清洗火车的工作，但她觉得女人们是不该干这些体力活的。女人，在她看来，不应该外出工作。要知道，她嫁给爸爸前，曾经是德拉萨尔家族的千金小姐呢。不知怎么，她迷上了做水手的爸爸，跟他私奔了。"

我问："她有让你停止工作吗？"

"当然，她每天都这么唠叨呢，可是爸爸伤残军人的补贴可维持不了家里的开支。再说，我喜欢在机械厂工作。第一天上班的时候，我觉得有生以来生活第一次变得有意义了，而且我还有机会碰到各种各样有趣的人。"

"你刚才说你父亲在战场上受伤了？"

"是呀，在凡尔登受伤的。"她叹了口气，"现在他老是把自己喝得醉醺醺的，就好像全世界都欠他似的。我对他说，子弹破坏了你的脸，可是没有损害你的心。他就说我是个天真的傻姑娘。"她伸手触摸身边的一片绿叶，"我真希望我的那个勇敢开朗的爸爸重新回到我身边。"

"上过前线的人心里一定有伤疤的。"我跟她说我们挖战壕时看到的景象，但没有提到我们在前线收集尸体的事。

她笑起来，"你真是个善良的人。可是我们在后方的人难道日子就好过吗？我们每天替前线的亲人担惊受怕，我们缺衣少粮。我从十六岁开始就在工厂里干活，我卖力地干，从天亮干到天黑,就是想多送些物资到前线,想战争快快结束。如今和平终于来了,爸爸也回来了,可是我盼望的那份快乐却没有回来。每天爸爸动不动就大吼大叫,砸东西,妈妈吓得瑟瑟发抖,甚至躲在我的身后。爸爸有次在酒醉后,冲妈妈举起了菜刀。我挡住了妈妈,抄起身边的椅子把爸爸手里的刀打飞了。他愣愣地站在那里,好像鬼附身了一样,然后突然转身走了,我也瘫倒在地。去年姐姐出嫁了,嫁给了一个她不爱的住在马赛的老头,就是为了要逃避爸爸,逃避这个家。"

我心想,我来法国何尝不是因为逃避。

"我小的时候,爸爸多么好玩呀。他跟我和姐姐在河边沙地上作画,他带领我们搭树屋,每天给我们讲睡前故事。他的故事多得要命,有非洲的、有中东的、有南美的、有亚洲的。当水手的时候,他去过很多地方,甚至到过好望角。他总是对我说,如果有人要贬低你,你一定要狠狠回击。妈妈老是希望我和姐姐安安分分地待在家里,而他却鼓励我和姐姐去探险。"她转头看着我,"就像你这样,从中国大老远跑到欧洲来帮我们打赢这场可怕的战争。"

我惭愧地低下头,心想,我不是富有探险精神的勇者,而是不愿面对现实的懦夫,同时我也为她的话而激动起来。我结结巴巴地说:"可是……大部分的法国人和英国人不认为我们这些中国人帮助了他们。他们……他们瞧不起我们,甚至把我们看成是苦力。在他们眼里,我们没有名字,只是一个个号码。我们在工作的时候,他们拿着皮鞭……皮鞭和木棍……监督我们,动辄体罚……或是关牢房。不管是烈日……还是刺骨的寒风,我们经常一干就是十几个小时,还可能吃不饱肚子。我们住的地方……常常被铁丝网……圈起来,除了他们……偶尔……让我们出去走动一下,我们……我们毫无人身自由可言。我们如果死了,连棺木都没有就跟死狗一样……扔进坑里埋起来。"

我急切地在脑海里寻找恰当的词来表述我的意思,说得头上直冒汗。她似乎都听懂了。她抓住我的手,惊讶地看着我:"张先生,你说的这些是真的吗?"

她的手心上有坚硬的茧,她的皮肤粗糙,指节由于长期的体力劳动变得突出,然而在我眼里,这是世界上最美的手,我真想低下头去亲吻它。但我注意到离我们十几步外有一对老年夫妇在看着我们。我下意识挣脱她的手,往前走了几步,跟她拉开距离。

我们默默地一前一后走了一会儿,直到走到一个被盛开的白色和紫色的喇叭花点缀的花架后,那里有一张石凳。我们看了看周围,见到没有人,才坐下来,中间隔着一个人的位置。

"我可以叫你德伦吗?"她问。

"当然可以。"

"德伦，我不是那些歧视中国人的法国人。我相信每个人与生俱来都是平等的，都是有灵魂，有情感的。"

"玛格丽特，"我看着她，轻呼她的名字，想说点感谢的话，但却不知该说什么。

她高兴地笑了："德伦，给我说说你的家乡和家人吧。"

我说起了我的父母和弟妹，门前的石头狮子，门外的苹果林，后花园的竹林和鱼池，还有街头的卖艺人和杂货铺。

她听得入神。等我讲完了，她说："有一天我一定会去你的家乡看看。你会做我的向导吗？"

我迟疑了一下，说："如果我能有这个荣幸，那就太好了。"

"你上过大学吧。有一天在休息的时候，我看到你在读《红与黑》呢。"说着，她背诵起来，"我的幸福，值得我本人去争取，我今天的生活，绝不是我昨天生活的冷淡抄袭。"

我也背诵起来："于连看见一只雄鹰从头顶上那些巨大的山岩中展翅高飞，在长空中悄然盘旋，不时划出一个个巨大的圆圈。于连目不转睛地凝视着这只猛禽。其动作的雄健与安详令他怦然心动。他羡慕这种力量，他羡慕这种孤独。"

"德伦！"她轻声地说，眼睛里闪着温柔的光芒。

我一把抓住她的手，把它送到嘴边，轻轻吻了一下。

她挪动一步，坐到我身边，把头靠在我肩上。

我的心跳到让我头晕。我吻她的头发。她抬起头。我们的唇印在一起,吻了好一阵才分开。

"留在法国吧,要不我跟你去中国。"她如梦里呓语一样说。

我脑子里突然出现了盖着红头巾的陆小姐的身影。我一下子站起来。

"怎么啦?"她坐直了,一脸愕然。

"我……我……我有件事……有件事要告诉你。"我的声音抖得厉害。我说完后,她脸上的红晕消失了。她低下头,用手盖住了脸,有好长一阵子我们都没有说话。

完了,一切都结束了,我心想。命运将我拉上了巅峰,又把我推下去。

她终于抬起头,一脸严肃,眉头间的那道皱纹如同刀刻。"你打算怎么办?"她问。

"我是不会和她生活在一起的,"我说,"如果我父亲不同意我和她解除婚约,那我就和她只做名义上的夫妻。"

"她呢?她会怎么想?你父亲和她的父亲征求过她的意见吗?"

"我不知道,"我茫然地说,"我真的不知道。"

第37章

接下来的两个星期我和玛格丽特照常去工厂,但避免说话。上工时,我埋头苦干,少言寡语;回到营地后,我为了避开同伴的询问,就到外面漫无目地四处走。街上喧闹的人群,盛开的鲜花,咖啡厅里飘出的香味,索恩河和罗纳河两岸的美景对我来说都毫无意义,也跟我没有任何关系。

一天,我站在波拿巴桥上,愣愣地看着河水里的点点灯光。有人走到我的身边,把手轻轻压在我的手上。是穿着工装的玛格丽特。她说,如果你是要被关进铁笼的罪人,那我愿意和你关在一起。

从那天开始,我们下班后就常常在一个人迹稀少的公园见面。每次见面,她教我法语,问我各种各样关于中国的问题，譬如教育、饮食、文化习惯，还有宗教，也跟我讲家人还有朋友的事。虽然我们都知道我们将来无法回避我和陆小姐的事，但现在我们不愿让刚刚萌芽的爱情被投上阴影。我的生活因为她的宽容和爱而又变得生气勃勃起来，每天的工作也变得轻松愉快。当然，在机械厂上班的时候，我们竭力掩饰我们的关系，但无论怎么遮掩，明眼人还是看得一清二楚。最初只是几个中年女人不怀好意地询问玛格丽特，渐渐地，关于我们的流言蜚语多起来，有几个法国男人警告我如果再跟玛格丽特来往，他们会拧断我的脖子。

这时吊车组急需工人，我和另外十几个中国工人被转到那里工作。尽管我和玛格丽特在不同地点上班，但她时常溜出来和我见个面。我在开吊车的时候远远看着她冲我挥手，即刻幸福得眼泪溢满眼眶。

带玛格丽特回中国是绝对不可能的，所以我开始考虑和玛格丽特在法国结婚的可能性。我最近听说有法国女人和中国劳工结婚的先例。如果我结婚了，那么父亲总不至于继续逼我和陆小姐在一起。每天晚上我都想着怎么把这件事告诉我父母和陆小姐，草稿写了一张又一张，但好容易写完的信第二天再看又觉得不满意。就这么，写了七八封草稿后，我还是没有把信寄出去。

有次我和玛格丽特接吻后，她面带愁容地问我："中国男人结婚后，是不是还要娶妾？"我知道她为什么会这样问。我在报纸上看过法国内务部登的一份公告，警告法国女性不要和中国劳工结婚，说中法不仅生活习俗大相径庭，而且中国男人专制，有婚后娶妾的陋习。

我拿起她的手放在胸口，目不转睛地看着那双让我魂不守舍的蓝灰色眼睛，用中文说："死生契阔，与子成说。执子之手，与子偕老。"然后我用法文告诉她，这是中国近三千年前《诗经》里的话，意思是我和你定下誓言，我这一辈子都会牵着你的手，和你相伴至老。

当晚我写好了给父母和陆小姐的信。在给父母的信里，我说我已经无法离开玛格丽特了，如果他们不接受这门亲事的话，我将永远不再回中国。在给陆小姐的信里，我除了再一次道歉，还提出如果她需要任何的经济补偿，我可以想方设法满足她。我知道我无论怎么做，都无法向她赎罪，但我能做到的也只有如此。

第二天一早我就把信寄出去了。当天我和玛格丽特在圣母教堂的花园里那个花藤架下私自订婚了。

第38章

一个月后，我应玛格丽特的邀请去了她父母家。他们的公寓位于离索恩河不远的一栋橙红色的四层楼的房子里，房子外狭窄的石板路中间是一条略向中心倾斜的石槽。房子外墙斑斑驳驳，带黑色栏杆的阳台上种满了花，有些顺藤而上，爬到了屋顶。底层都是店铺：咖啡店、服装店、理发店，还有一家卖木偶的玩具店。她的父母住在第三层。

玛格丽特领着我上了阴暗狭窄的楼梯。快到门口时，她看了我一眼。我点点头，意思是我做好准备了。为了这次见面，我已经在玛格丽特的指导下预习了好几次。

"千万别提你和陆小姐的事！"她再次警告我。

门虚掩着。她深深呼出一口气，正准备推开门的时候，她妈妈突然从里面把门打开了。看来,她已经在那里等了一阵了。她是个瘦小的女人,眼睛很大,精心梳理的头发盘成一个发髻,头发颜色跟玛格丽特一样是深褐色的。她穿着胸口和下摆镶着花边的淡紫色高领连衣裙,脖子上还戴了一圈珍珠项链,她苍白的皮肤和脸上过多的腮红让她看上去有点像是个病人。看到我,她的两手不安地绞在胸前,说:"啊,是戴维吗?"

这个名字是我和玛格丽特订婚那天我给自己取的,为的是能让她的家人接受我。

"朗贝东夫人,很荣幸能见到您。"我把手里一大束百合花——玛格丽特说这是她妈妈最喜欢的花——递给她,然后脱下新买的圆顶礼帽,向她致敬,之后轻轻握住她伸出的手,在手背上吻了一下。

我穿着深灰色的西装西裤和擦到锃亮的尖头黑皮鞋,西裤烫出笔直的一条线,我还戴了条蓝色斜纹领带。刚才玛格丽特在楼下见到我的时候,笑话我,说我看上去像是兜里装满金币的银行家。为了买齐这套行头,我向三个工友借了钱。

她母亲上上下下打量了我一番,脸上表情轻松起来,似乎对我很满意。她把我领进客厅,让我坐在靠窗的沙发上,然后从书架上取下一个陶瓷花瓶到厨房里去装上水。

客厅里虽然开着灯还是有些阴暗。窗户关着,两边是有些褪色的猩红色丝绒窗帘布。天花板偏低，角落里几块地方有泛黄的水迹。家具不多，但是每样都显得很贵重。玛格丽特曾经告诉我，她父母结婚的时候，她的外祖父送了些家具还有金银首饰给他的女儿作为礼物，以后就跟她断绝关系了。

朗贝东夫人回到客厅，把鲜花放进花瓶里，还调整了一下花的位置，然后她在我对面的椅子上坐下来，背挺得笔直，手扣着放在大腿上，开始问我工作上的事。上个星期，吊车组的负责人马尔斯先生说他已经向厂方还有我们营地的军官提出申请，希望我能在合同结束后留下来工作，还说他能找关系帮我申请法国国籍。

我把这些事告诉她，又加上一句："我这个月因为工作优秀，获得了厂里颁发的奖章还有奖金。"

她点点头："那你在中国的家人呢？他们会同意你和玛格丽特的结合吗？"

"我已经写信告知他们了。他们不会反对的。"

"你确信吗？"

"就算他们反对，我也不会离开玛格丽特的。"

"我绝不可能让玛格丽特搬去中国住。"

"妈妈！"玛格丽特扬起双手，叫起来，"您昨天可没这么说。"

"朗贝东夫人,您放心。我不会这么要求她的。"

"你们结婚后,玛格丽特还要出去工作吗?"

玛格丽特又抗议了:"妈妈,这是我的事。我自己想要工作的!我喜欢我的工作!"

朗贝东夫人慈爱地看着她的女儿,说:"如果你想将来当老师,那可不能总在男人堆里干活。瞧瞧你那双手,跟洗衣工的差不多。"

"这有什么不好的?"玛格丽特说,"没有什么比自食其力更光荣的事!"

我说:"我支持玛格丽特回学校读书,就算她想明天回去都可以。我不会让她吃苦的。"

玛格丽特没好气地瞪了我一眼。

我接着说:"我打算在工作之余学习机械设计还有工程技术,马尔斯先生说他会给我创造机会的。"

"你们结婚后住在哪儿?"

"这个我跟玛格丽特都商量好了。我们工厂附近有一些还过得去的公寓,扣除租金,我每个月还能剩余不少钱。"

"你答应我,在我死之前,不会带着玛格丽特搬离里昂。我已经失去一个女儿了,我不能再失去玛格丽特。"

"我答应您,朗贝东夫人。"

她扣着的手放开了,挺直的背也松弛下来。她的视线转向桌上的花瓶:"这些花非常漂亮。"

玛格丽特冲我眨了眨眼,意思是我过了她妈妈这关。我松了口气,感觉到手心汗津津的。

门外楼梯上传来缓慢而沉重的脚步声。玛格丽特和她妈妈同时站起来。"爸爸回来了。"玛格丽特有点惊慌地对我说。

门哐当一声被推开了,朗贝东先生低着头踉踉跄跄走进来。他中等个头,头发乱糟糟的,身上的马夹没有扣上,里面的衬衣一半掉在皮带外面。

朗贝东夫人快步走上前去搀扶他。"尼古拉,你说了今天不喝酒的。戴维来了!"

尼古拉推开朗贝东夫人,抬起头,用布满血丝的眼睛打量我,右半边的脸上一道从额头一直延伸到下巴的粗大而扭曲的疤痕让他看上去面目狰狞。

我站起身来,努力装出一副轻松的样子,说:"朗贝东先生,见到您很高兴。"

他从鼻腔里哼了一声,然后手扶着家具的边缘,走到我跟前,抬起头挑衅地看着我。我的血凝固了,心想如果他一拳打过来,我该怎么办。要真打起来,他未必是我的对手,但我当然不能揍未来的岳父。

我挤出笑容，伸出手，但他没有和我握手，而是一屁股坐在朗贝东夫人刚才坐的椅子上，说："你就是那个清国人！"朗贝东夫人跟着走过来，神情紧张地站在椅子后，仿佛打算随时调解纠纷。

我坐下来，尽量和颜悦色地说："不是清国人，是中国人。"玛格丽特在我身边坐下来，握住我的手。

他哈哈笑起来，脸上的伤疤像条虫子一样滚动。他对着天花板说："朗贝东家天不怕地不怕的小女孩爱上了一个天朝人。有趣！真有趣！"

"爸，"玛格丽特小声说，"您要不要先去睡一觉？"

朗贝东太太走到她丈夫的身旁，压低嗓门说："尼古拉，戴维有份很好的工作，而且受过良好的教育。"

"教育有个屁用！雅戈还是他妈的大学教授呢。一颗子弹打在脑门上，不是他妈的很快就没命了？"

朗贝东太太搽了脂粉的脸越发红了，她喃喃地对我说，她做了甜点，现在拿出来让大家尝尝。说完，她就进厨房了。

玛格丽特跟我说过，她爸爸喝了酒就爱说脏话，而这有可能是摔东西的前兆。

朗贝东先生的右手像鸟爪子一样抓住了椅子扶手的顶端，而边上的茶几上就有一个跳芭蕾舞的白色瓷人。

玛格丽特起身，假装不经意地把拿起瓷人，把它放在沙发边的柜子里。她说："爸爸，可是现在战争结束了，所有的一切都可以重新开始。"

"亲爱的小宝贝，你说什么？重新开始？"朗贝东先生冷笑了一声，"你以为雅戈他们每天都在他妈的天堂里，喝他妈的波尔多酒，泡他妈的温泉吗？你以为你身边这个穿得花里胡哨的黄种人，这个鸦片鬼，能——"

"朗贝东先生，"我打断他的话，"我很抱歉……抱歉您的朋友……他们……死了……尸体在地里腐烂了。他们的尸体养肥了老鼠和……"我不知道怎么说蛆虫，但这不妨碍我想回击他的欲望。我继续用结结巴巴而且语法有误的法语说："他们死的时候……也许……躺在臭水沟边，也许身边……身边没有一个人，也许……他们是在呼唤亲人中死去的。朗贝东先生，我没有像您一样……拿过枪上战场，但我……但我挖过战壕，扛过……炮弹和沙袋，我……我把数百具士兵的尸体……尸体送上卡车，我也看到自己的朋友死去，看到他们的尸体……没有墓碑的大坑。死神……呼唤过我，但最后放我走了。不错，我和您……皮肤……不一样，但是……但是……血都是红色的。我从来没有吸食过……吸食过鸦片。说到鸦片，那还得谢谢你们法国人的盟国英国人，不是吗？他们……用鸦片……中国的国库，让无数中国人……倾家荡产。"

玛格丽特担心地看看我,又看看她父亲。

朗贝东先生似乎都听明白了。他直勾勾地盯着我,我将全身细胞的能量都调动起来才有足够的勇气面对他那双带着血丝的眼睛。

我接着说下去:"朗贝东先生,我现在靠双手吃饭……没钱。我身上这套衣服……借钱买的,因为我很爱玛格丽特,也很尊重您和朗贝东太太,希望给你们留下一个……一个好印象,这样你们会准许……准许我和玛格丽特在一起。如果您不同意这门婚事的话……"我突然意识到我和玛格丽特并没有谈及如果她父母不同意我们的结合我们该怎么办。我转头看着她,她用坚定的目光看着我。

"爸爸,"她转头对她父亲说,"如果您不同意这门婚事的话,那我会跟着戴维走的。您知道我有多爱您,您在战场上那三年,我很多晚上都是流着眼泪睡着的。但如果您继续侮辱戴维——他的中国名字叫德伦——的话,那我将离开您。我的箱子已经收拾好了,就在我的床底下。昨晚我一夜没睡,把未来都想清楚了。您和妈妈已经失去了爱丽丝,如果您也不在乎我的话,那就让我走吧。妈妈当初不是因为您离开了德拉萨尔家族吗?她为您付出了那么多,可爸爸,瞧瞧您现在怎么对待妈妈的吧。以前那个拉着妈妈满房间跳舞的爸爸到哪里去了?还有那个爱说笑话,爱给我们表演魔术的爸爸到哪里去了?我讨厌酒鬼,讨厌耍酒疯的男人,我永远不会跟一个酒鬼生活在一起的。"

朗贝东先生腾地站起来。我上前一步挡住了玛格丽特,心怦怦怦要从胸脯里跳出来。

朗贝东太太端着盘甜点站在厨房门口。她叫出声来:"尼古拉!"然后压低嗓门一字一句地说,"如果你动手的话,我也会离开你的。玛格丽特从十六岁开始就像男人一样地工作。你看看自己女儿的手。你看看呀!"

好一阵,每个人都僵住了。房间里寂静无声。

朗贝东先生慢慢地坐回到椅子上,两眼看着面前的地板,像一座雕塑。朗贝东太太把甜点端过来放在沙发前的方桌上。我和玛格丽特也坐下来。

还是没人说话。过了一会儿,朗贝东太太切了一块糕点放在附有刀叉的盘子里递给她丈夫:"尼古拉,这是你爱吃的苹果派。"

朗贝东先生像个孩子一样乖乖接过盘子,开始小口小口地吃起来。

朗贝东太太对我和玛格丽特说:"我们今天就商量一下婚礼什么时候举行吧。定了时间还要打电报通知爱丽丝一家。"

第39章

几天后,我和玛格丽特第一次手挽手走在索恩河边的大街上。我们都穿上各自最好的衣服——我的是第一次见玛格丽特父母时穿的衣服,玛格丽特的则是她最爱的那条浅绿色的碎花连衣裙。她今天的妆画得特别细心,胸前还戴上了我送给她的叶片胸针。"真要这么做吗?"临出门前我问玛格丽特。

她一脸平静,握着我的手说:"我们如果现在不要求他们尊重我们的结合,那他们将来也不会尊重我们的孩子。"

我点点头,有点惭愧自己想打退堂鼓,在心里向我并不相信的上帝祈祷。

我们刚出门，一个八九岁穿着格子短裤的小男孩就跑到我们跟前来了，边后退边跑，唱歌似的说："黄皮肤，小眼睛，矮个子，说话CHINGCHONG，CHINGCHONG，没有米饭吃就哭鼻子。"

说完了，他用手指朝两边扒开眼角，让眼睛眯成一条缝，还把舌头伸出来。孩子的妈妈脸庞尖瘦，手提着一个空竹篮，看上去很憔悴。她毫无表情地站在路边，眼光冷得像冰凌。

她的周围还有另外一些人：一对上了年纪的夫妇，三个未成年的少女，两手插在松松垮垮的裤兜里的中年男人，还有两个保养良好的坐在椅子上晒太阳的中年妇女。他们都默不作声地看着我们一步步朝他们走来，脸上表情不一：惊诧，厌恶，讥讽，不知所措，或者都有那么一点点。

那两个中年女人表情尤其夸张，眼睛瞪得大大的，嘴巴无法自持地半张着，好像我们是外星球来的威胁。玛格丽特放在我手臂上的手轻轻抖了一下，然后她加重了手上力气，仿佛给我暗号。

我尽管呼吸急促，但我挺直腰板，尽量把步伐迈得更坚挺。我不敢转头去看玛格丽特，担心如果在她脸上看到哪怕一丝焦虑和犹豫，我都会拉着她往回跑，躲到没有人的地方。但如果这样的话，我就会永远失去她。

"死生契阔，与子成说。执子之手，与子偕老。"我在心里反反复复默念着这两句话。

又有一个孩子跑过来了，和穿着格子短裤的小男孩一起唱讥讽中国人的歌。等我和玛格丽特走到靠近白苹果广场的地方，我们的前面和后面已经有一串蹦蹦跳跳、看热闹的孩子，其中稍大的孩子拿石头丢我们，叫玛格丽特"婊子"。对此，他们的父母不但不制止，反而微笑表示支持。

我想抓住那几个侮辱玛格丽特的孩子，但她的手又给我发出了信号：别理会他们。

我们手挽手在街上只走了不到二十分钟，但我们回到她家的时候，两人都精疲力竭，连说话的力气都没有。

三个月后，我收到了父亲寄来的有陆小姐及她父亲签名的离婚协议书。信封里除了这份文件，就只有父亲寥寥数行的断绝张家和我的关系的声明。

第40章

他说不清今天走了多少里路。他低着头,像倔强的野牛在干旱的荒原上寻找水源一样,闷头往前走,手里的两根树棍做的拐杖在坚硬的水泥地上快速地敲击着。他的脚后跟上的水疱已经被鞋子磨出血来了,腿伤那里也隐隐作痛,但他忍耐住疼痛,继续走。他原本的计划是要坐火车去里昂,但在蒙布里松的最后一个晚上,他打算走过去。他心里有太多事了,必须要走走才能轻松起来。走一天、两天还是三天甚至一个星期都没关系。他有的是时间。出发前,他买了顶很轻的帐篷,还买了指南针、睡袋、手电筒和急救包。

如果记忆能如这顶帐篷那么轻巧就好了。可是你活的时间越长,你的记忆就可能越沉重。它在不知不觉中渗透到你的每一条血管之中。有些记忆很美好，把你带回到幸福的时光，但也有些记忆如同黏稠的泥浆，当它填满你的血管的时候，你要不然在沉默中孤独地死去，要不然就必须做点什么疯狂的事让它释放出来。

他相信，德雷福斯先生的自杀就是他为了要释放记忆的负重而采取的极端方式。虽然他日复一日年复一年在咖啡店里忙碌，一天也不肯休假，但他弟弟哀伤的眼睛始终跟随着他。他用死来卸下身上的负荷。

"泽拉紧紧抓着手里的面包。面包比葡萄柚大不了多少，看上去硬邦邦的，像块石头。"德雷福斯先生有一天给戴维讲述了他和弟弟在贝尔根——贝尔森集中营的经历。那天他们在公园的一个角落里下了几盘棋后，德雷福斯先生突然提及了自己的过去。"我十岁，他八岁，两人都瘦弱不堪。我不知道他从哪里找到的面包。看到面包的那一刻，我只有一个欲望，就是把它据为己有。我问他要，他不给。我使劲去掰开他的手。哦，他抓得那么紧，好像要把面包捏成粉。我踢他，用拳头打他，最后他松开了手，把面包递到我眼前。我抢过面包，狼吞虎咽把它吃下肚。吃完了，我回头看他……我真希望我没有去看他……当晚他死了。仁慈的天主呀，我究竟干了什么？"

他嫉妒德雷福斯先生的勇气。他自己呢，只能靠惩罚自己的身体来一点点挤出那些折磨了他大半生的记忆。

他已经走了快两天了。大大小小的水泥马路、碎石小道、土路上都有他的足迹。有时路过的汽车在他前面停下来,里面的好心人会问他能不能搭载他一程。他尽力站得笔直,让自己看上去年轻一些,然后笑着回答说他只是想锻炼身体。那些好心人冲他挥手道别,完全没有意识到面前的老人已经八十五岁了。

他只想一个人静静地走到里昂。

很多车哗哗地从他身边开过去。有几个人从车窗伸出脑袋来看他是否需要帮助,但戴维摆摆手,让他们不必烦劳。

在大马路上又走了一阵,戴维决定到旁边的树林里歇息一下。秋季的树林绚烂多彩,有黄色的杨树,红色的枫树,橙色的山毛榉,还有各种各样的常绿树。空气里有腐木落叶混杂着泥土的味道。

他放下背包后找坐的地方。这里没有大石头,他只找到一根横躺在地上的大树干,想坐下来的时候才意识到自己的两条腿硬到像是钢铁打造的,而关节部位好像都上了锁,动弹不得。他小心翼翼地搓揉腿部,从大腿根一直到腿肚子。慢慢地,他的腿被唤醒了,又和他的脑神经联系上了。他的腰这时突然无比酸痛。那里其实一直酸痛,不过他强忍着不理会它。他又开始按摩腰,做了几个缓解腰痛的动作。他终于坐了下来,无比惬意地长长吐出一口气。他想起中文里"老朽"这个词。他是老得快要见阎王了，但绝对不是腐木，有时拼一拼还能拿出年轻人的气力。

他脱下鞋子，活动了一下双脚，然后检查脚后跟上的水疱。他龇着牙，忍住疼痛，把带着血的袜子轻轻褪下来。可不是吗，那里表皮已经破了，软软地耷拉着，里面发白的肉上沾着血迹。他从急救包里拿出软布清洁了一下伤口，然后涂上消毒软膏，贴上胶布，还穿上一双新买的棉袜。他想起了自己和劳工营的朋友们在挖战壕走远路时脚上的那些痛到钻心的血疱。如果那时能有这样的急救包，他们的日子肯定好过多了。

吃过东西喝过水后，他到附近方便了一下。今天他够逞能的，至少走了十里路。他在一片能照得到阳光的空地上搭起帐篷，把入口和天窗都拉开，打算眯一会儿眼。躺下后，他的视野之中是纯净的蓝天和彩色的树叶。

他把视线收回来，看到天窗边沿有一只橙色的瓢虫。

他笑着说："玛格丽特，这个是你吧。好吧，陪我睡会儿。"

他全身上下的骨头仿佛都散了架：今天肯定没法再走路了。他想睡觉，可是脑子里装得满满的。也好，就放开来想心事吧。

以前和玛格丽特一起跋山涉水时，如果他脚上有水疱或是哪里有伤口,都是由她来护理。"脚抬高一点,脚跟往上翘一点。"他现在仿佛听见她这么说。虽然她很用心,但她并不是个很好的护士,往往不小心碰到他的伤口,让他哎哟叫出声来,然后她就慌忙道歉。不过,他还是喜欢被她照顾的感觉。检查他的伤口的时候,她眉头轻皱,嘴巴抿起来,好像在思考重大的问题。

有次他们去野外散步,在一片草地跳起舞来。他的动作笨拙,由她拉着他转来转去,直到两人一起嘻嘻哈哈地倒在地上。"我怀孕了!"她深情地看着他。

以后每天他们都商量给孩子起什么名字。名字当然要很简短,和中文有对应的发音,是女孩就叫苏菲、安妮或是爱玛,是男孩就叫保罗或是约翰,不然他在中国的家人念得会很拗口。他相信只要他把孩子带回家,他的父母和弟妹即刻会原谅他,并接纳玛格丽特。不孝有三,无后为大。他如果给张家带来了后代,那他们还有什么理由把他和玛格丽特拒之于门外呢?他一定要请父亲给孩子起个中国名字。想到父亲翻看四书五经唐诗宋词冥思苦想的样子,他就不禁笑出声来。

他那时已经在米卢斯机械厂工作了八年。第三年的时候,一直对他很看重的马尔斯先生因为生病不得不离职,新来的领班对戴维充满了敌意。戴维每天工作十几个小时,还要忍受一些法国同事对他的嘲弄。他们问他是不是几个月才洗一次澡,问他什么时候会再留猪尾巴辫子,问他抽不抽鸦片。这些问题他们不厌其烦地一问再问，就算戴维不理会他们，他们还是乐不可支。有时他们挤眉弄眼地对他说，从中国来的装载苦力的小破船在里昂码头等着他呢，让他回家收拾东西。

有一天，一个法国工人喝醉酒了，故意走到他面前，吐了他一身，然后捂住鼻子，说中国人是吃烂鱼烂虾长大的，个个臭气熏天，包括他的领班在内的所有人都哄堂大笑。他一声不吭，把外衣脱了，回家洗了个澡之后又回来上班，庆幸玛格丽特因为去上课了而不在家。这事，和工厂里发生在他身上的很多其他的事一样，没有必要让她知道。他现在所要做的，就是拼命赚钱，给他和玛格丽特还有他们未来的孩子买一套像样的公寓。为了他们，他要在里昂扎下根来。

只要一想到玛格丽特，他就觉得全世界没有人比自己更幸福。她的灰蓝色的眼睛，她的浓密的褐发，她的弯曲的睫毛，她的长了雀斑的鼻翼，她笑起来微微上翘的嘴角，她脸上的小酒窝，她的粗短可爱的手指，她走路时大步向前迈的样子……在上班的时候，在回家的路上，还有其他见不到玛格丽特的时间里，这些在他脑海里反复放映的画面都让他快乐无比。

二马因为和艾拉结婚也留在法国了。他们的婚礼是在艾拉家乡举行的。艾拉兄弟姐妹们多，还有不少亲戚，再加上村民，所以来了一大堆人。二马把他在劳工营全部的关系都调动起来，日夜兼程做了很多手工艺品来换取肉罐头、面包、香烟，还有其他物品。为了他们的婚礼，艾拉家杀了头猪，大家还在小提琴和风琴的伴奏中跳舞。戴维和玛格丽特都去参加了婚礼，围着篝火跳舞跳了个通宵。

戴维不自觉哼起那晚舞会上的曲子。真奇怪，大半个世纪过去了，他居然还记得这首曲子。

从树上传来一阵快速的响动，是什么东西踩在枝叶上的声音。他偏头从开门处往外看，见到边上的树干上有一只红松鼠。松鼠三跳两跳到了他的帐篷边，身体直立起来，前爪缩在胸前，头往前伸，黑色的眼睛充满了好奇，那样子似乎想到帐篷里瞧一瞧。

戴维一看天窗那里，瓢虫不见了。他笑着对松鼠说："玛格丽特，你什么时候学会了孙悟空的七十二变？"他把手慢慢伸到帐篷外，搁在地上。松鼠像人一样看了看他的手，把头偏在一边，随后转身跳了几下上了树干，很快消失在枝叶中。

戴维遗憾地看着松鼠消失的方向。人生可不就是一场终究要散去的宴席？有人早走，有人晚走，有人自行离开，有人被迫离开。有人孤孤单单地离去，有人呼朋引伴地离去。最后，唯有寂寞才是实实在在的。

第41章

安妮思念母亲的时候，有时会去圣日内维耶图书馆坐一坐，看会儿书。她的童年和少年时期的很多个周末是在那里度过的。她和爸爸妈妈找到各自喜欢的书后就在阅读室坐下来看书，有时一待就是大半天。她多么喜欢牵着他们的手从一楼的藏书室走到二楼的阅读室的感觉。顺着木制的楼梯走到尽头，如同火车站一般宽敞的阅览室跳入视野，那儿有着对称的黑色钢架的拱形天花板，明亮的半月形窗户，锃亮的木头长桌，以及桌上的如倒置的碗一样的绿色台灯。

站在阅览室的入口，她一眼看到爸爸背对她坐在离她七八张桌子之外的地方。她惊喜地疾步往那里走去。走近了，才意识到那个人不是爸爸，而是背影酷似他的一位亚洲老人。

她今天到这里来是为了查找中国人移民法国的历史资料，想着也许能从中了解到爸爸的过去。

昨天她去了爸爸以前常去的老年活动中心，希望向爸爸的几位老熟人打听他过去的事。他们的回答大同小异，说爸爸很少提及往事。

半个小时后，安妮按着图书管理员给她开的书单找到几本书，迫不及待地翻开起来。其中三本是关于第一次世界大战的历史书籍，一些章节提到了中国当时的政治和经济状况。另外一本很薄的书介绍了二十年代中国共产党早期领导人在法国勤工俭学的历史。有一段写到这些留学生——其中包括中国现任领导人邓小平——在克鲁梭的军火工厂施奈德钢铁厂和中国劳工一起工作的事。

爸爸会不会是这些被称为"苦力"的劳工中的一员？她想。又或者，他是作为留学生来法国的？因为要支付学费，才进工厂做工？

看来要查到更多的资料就必须去大学图书馆和国家档案馆。

还是先去问问卡拉吧。她是研究一战的学者。她们在索邦大学时同一个班，是非常要好的朋友，毕业后她进了巴黎的一家大报当文化版的记者，而卡拉则去了剑桥攻读历史系博士，之后在伦敦的一所大学教书，三年前才回到索邦大学任教。她们每个月都聚一次。

她走出图书馆，在附近的电话亭给卡拉打电话。卡拉正好在办公室，说一个小时后可以在花神咖啡馆见面。那里是她们常碰面的地方。

还没到咖啡厅，安妮老远就在一堆灰色和黑色中看到卡拉橙色的风衣。卡拉身材高大，一头红发，爱穿颜色鲜亮的衣服。她们在墙角一张小桌子那里坐下来，点了咖啡。

"《城市女性周刊》这期的文化聚焦写得真不错，"卡拉说，"《城市女性周刊》，有意义，有胆识，时尚文化社会热点一网打尽！"她像在舞台上朗诵一样说出了杂志的宣传口号。

安妮笑了："当初不是因为你的鼓励，我可能不会去创业呢。"

她们闲聊一阵后，安妮把父亲不辞而别，独自出门旅行的事告诉了卡拉，然后提到在圣日内维耶图书馆读到的关于一战期间中国留学生和劳工来法国的资料。

卡拉问："你是说，你爸爸来法国可能和一战相关？而且他此次旅行也和过去的经历有关？"

"也许是我自己的突发奇想吧。我爸爸很少提及他刚来法国的那段经历，但他有几次不经意地提到他在战壕里干过活,还扛过大炮。我妈妈在世的时候,他们常去贡比涅参加一战停战日庆祝活动。"

"你说的中国劳工的事我在国家档案馆的一些资料里读到过,但了解不多。我采访过的一位退役老兵倒是提及了在战场上收尸和掩埋尸体的不少人是中国人。这样吧,给我点时间,我去问问我的同事们,看看他们有没有什么线索。"

"说来惭愧,"安妮说,"我是半个中国人,可是不会说中文,没有去过中国。我对我爸爸过去的生活完全不了解。"

"我采访一些退役老兵时,常常会想他们的儿孙也许都不知道他们告诉我的一些事。"卡拉说,"他们中有些人还说,自己不过是个普通人而已,没有什么值得被写下来的经历。"

两人若有所思喝着咖啡。多年的友谊产生的默契让她们习惯了交谈中有时出现的沉默。

卡拉打破了沉默:"罗曼·罗兰曾说,历史是为活着的人写的。活着的人搜了死者的腰包之后,踏着死者的尸体前进。不过我想,很多活着的人倒是不愿费劲去搜死者的腰包,而很多死者在走之前把自己的腰包深埋在土里,让活着的人找不到,或是只让他们找到一些无关紧要甚至是误导他们的东西。"

安妮说:"历史是寻找者和埋藏者之间的游戏。"

卡拉笑了："这倒是一个很好的书名：寻觅者和埋藏者的游戏。"

卡拉走后，安妮独自又坐了一会儿。温和的阳光从窗外投射到深褐色的木桌和红皮座椅上。据说这里装修风格自二战以来就没有改变过。

就家居装饰而言，安妮喜欢简洁明了富有几何线条的风格，还喜欢金属和玻璃钢材料给人带来的现代感。但她明白花神咖啡馆的魅力在于它的过去。

她陷入沉思。想起四五岁的自己趴着地上拼图，而爸爸系着妈妈的花围裙在厨房给她做葱油饼，头上梳着她给他扎的小辫子。"要小火慢烤，不然就不酥脆。"他转头对她说。那时她每天吵着要吃葱油饼。可是有一天，她不再吃葱油饼了。"你身上一股怪味！"同学中有人这么对她说，从她身边走过时还捏着鼻子。第二天，爸爸早早起来要给她做葱油饼时，她没好气地说，葱油饼是世界上最难吃的东西，她再也不要吃它了。爸爸愣了一下，然后一声不吭放下手里的面团，去给她准备面包和牛奶。

为什么会在四十年后突然想起这件事呢？她在座位上不安地扭动了几下。

她又想起高中时的一幕。那天她在一个朋友的生日派对上认识了一个名叫西蒙的男孩。他金色的齐肩发，天蓝色的眼睛，还有足球运动员的体魄都让她着迷。而且他还喜欢萨特和歌德的作品！

"你真美。"跳完舞后，他看着她温柔地说，然后拉着她的手到了阳台上。他的嘴唇碰到她的脸的那一刻，她觉得头晕目眩。当西蒙问她姓什么的时候，她想也没想，说了妈妈家族的姓。接下来的那个星期，他们一放学就在学校附近的一个公园见面。有天他们靠着一棵大树接吻时，西蒙突然停下来，眼睛里充满了鄙视和憎恨，说："那里有个黄猴子！"顺着他的目光，她看到在草地的另一边，爸爸和他的一位法国同事一边走一边说话。这位同事是爸爸为数不多的几位法国朋友之一，每年圣诞节期间都请戴维一家人到他们家做客。爸爸的工厂离这里很远，他和这位同事准是工作上有什么特别的事才到这个区来的。

"这些黄猴子抢了法国人的工作，他们应该滚回中国！"西蒙大声说，那样子似乎想从地上捡起块大石头，朝她爸爸砸去。他曾告诉她，他爸爸最近丢了工作。

爸爸仿佛听到了他说的话，扭头朝他们这个方向看。

她拉着西蒙急闪到大树后，疯狂地吻他，心咚咚地跳，试图把他的注意力吸引过来。她生怕爸爸看见他们，生怕西蒙会对爸爸干出点可怕的事。

想到这里，安妮觉得胸口发闷。周围的谈话声，笑声，餐具发出的声音，还有窗外的车流声此刻都被一阵突如其来的寂寞吞噬。她当时为什么不谴责西蒙？为什么不马上跟他分手，而是拖了一个月才离开他？为什么在此后的几个星期，她对爸爸都很冷淡？

"你后悔当初从大报辞职吗？"上个月当她很沮丧地告诉皮埃尔她丢了一单很重要的广告收入时，皮埃尔问她。

"以前不后悔，现在不后悔，将来也不会后悔。"她这么回答。

皮埃尔笑着说，真不知那家报社怎么得罪她了，让她说得这么斩钉截铁。

她的眼前浮现出瓦尔多那张油腻的胖脸。当他凑到她面前的时候，她恨不得一巴掌扇过去，可是她有时居然迫使自己和他调情——她的项目计划都得要他审批。他私下里叫她"中国来的金丝鸟"，很多次当着其他同事的面故意怪腔怪调地念她的姓，她对他的这些行为装作不在意，一笑了之。她不断提醒自己，除了她，这家报社没有第二个有中国姓氏的人。有一天快下班前，瓦尔多把她叫到他的办公室，让她给另外一位同事写的报道提意见。当她埋头看稿的时候，他绕到她身后，把手放在她的胸部上。她腾地站起来。"如果你再这样，我会用刀阉了你。"她平静地说，把稿纸甩在他的脸上，然后走出了他的办公室。第二天她辞职了。之后的大半年，她找不到合适的工作，只能在餐馆里打零工。

这些事她没有告诉过皮埃尔，没有告诉过卡拉，当然更没有告诉过她的父母。

它们埋在土里，像是永远无法发芽的种子。

是的，当她还是个孩子的时候，她和嘲笑她的同学打过架，她抗拒过，很多次她的确挺起胸膛，但她也屈服过，沉默过，怨恨过。

邻座的小女孩不小心把勺子掉在地上，勺子落地的清脆的声音把安妮带回到现实。她看向窗外来来往往的行人。历史是寻找者和埋藏者之间的游戏，她想起自己刚才脱口而出的一句话。这句话自然是她和父亲的写照，但也是她自己的人生写照。她既是自己历史的埋藏者，也是寻找者。

她突然意识到爸爸为什么会独自远行。

第42章

他已经走了四天，再有十公里就到里昂了。一路上他穿过了很多小镇和村庄，也经过了树林和荒野。他迷失了几次，有一次还朝错误的方向走了五个多小时。他不愿问路，尽量避免和任何人说话。如果碰到溪流，他会稍加洗漱，刮刮胡子，让自己看上去还算得体。

身体的伤痛对他来说就如呼吸一样无时不在，他对此不但欣然忍受，有时甚至感到快慰，仿佛每一阵痛都是对他深埋心底的内疚的一份补偿。

有天晚上他躺下后，觉得自己无论如何都不可能再爬起来，但他第二天不但爬起来了，还又走了五公里。

黄昏渐去，夜幕降临。戴维伸开四肢，脸朝天，面带渴望，仿佛想让月光的手触摸到他的伤疤深处。

星斗满天，那颗最亮的一定是玛格丽特。

他想起了玛格丽特手里那份薄薄的信，白色的长条信封上是正楷的毛笔字。那天是1928年8月10日，他记得很清楚。盛夏的阳光从开着的窗户泼洒进来，把房间照得很亮堂。玛格丽特因为怕热，把头发绾在头顶，即便如此，她的脖子上还是汗津津的。

"中国来的！"她喜形于色，双手捧着信郑重地放在戴维的书桌上，然后抚摸自己圆鼓鼓的大肚子，好像要和再过两个月就出生的孩子分享这个好消息。

自从戴维和玛格丽特结婚以来，每个月戴维都要给父母写封信，告知他们在法国的情况，还寄上他们的一张合影。每年春节前夕，他寄给他们七百法郎的汇票，请他们把其中两百法郎转寄给陆小姐。尽管他没有收到任何回复，他相信如果他坚持和他们联系，他们一定会原谅他的。何况现在玛格丽特肚子里有张家的后代了，他的父母一旦看到了自己的孙辈，绝不可能还会铁石心肠。

他和玛格丽特甚至商量好了等孩子快满一岁的时候，他们全家去五平镇住几个月。不知多少个夜晚，他在心里盘算着这件事，激动得睡不着觉。

他放下手中机械工程学的书，拿起了那封信，手微微发抖。上面的笔迹肯定不是父亲或是母亲的——他们的字迹他都认得出。难道是弟妹中的哪个写的？

玛格丽特找了个理由去了卧房，好让戴维能安安静静读信。

戴维拆开了信，看到开篇的称呼是："张大少爷，"他知道是管家长青写来的。信只有两页纸，他看完后呆呆坐在原位，信纸掉在地上也没发觉。长青说，他走后军阀混战频繁，家中生意日益萧条，他的父母对他思念成疾，身体每况愈下。他的几个弟妹无心经商，而陆小姐收到离婚协议后就搬回了娘家。因为张家在济南有一些亲戚，他父亲决定携家人在济南住一段时间。谁知到了济南没多久，日本人入侵。日军人的炸弹击中了张家人的临时住处，把房子夷为平地。"无一人幸免于难。"长青写道。最后长青提到他寄来的钱，他的父母都收到了，其中二百法郎给了陆小姐，剩下的一部分用于家用，一部分投入到生意里。还说，张家在五平镇及周边地区还有商铺和房产，问他何时回来接手。

玛格丽特不知什么时候来到他身旁。"德伦，德伦。"她轻声呼唤他。

他清醒过来，眼泪喷涌而出。他用手臂遮住眼睛，可是泪水仍大滴大滴地落在腿上。

"德伦，怎么啦？怎么啦？告诉我呀！"

他无法开口,也不想说,说出来就变成真的了。不,这一切不可能是真的。

此后的一个月,他如同游魂,很少说话。天不亮,他就去上班,干完自己分内的活,他还替别人干。组里几个工人想偷懒,就指使他把他们的活也做了。他帮他们完成了任务后差不多是傍晚了,其他人都已离开,但他留下来擦洗机器,给它们上油,晚上八九点才回家。吃了玛格丽特给他热好的饭菜后,他洗漱一下就上床睡觉,以自己太累了为借口避免和玛格丽特聊天。有几个晚上,他在外面晃悠到近午夜。

玛格丽特没有再问他发生了什么事,知道无论发生了什么事,一定都是噩耗。她默默地独自一人为即将出生的孩子准备衣物用品。朗贝东太太早就把摇篮和婴儿床买好了,现在她在给婴儿准备的房间的墙上画上可爱的动物。她让妈妈这段时间不要过来,怕她的来访打扰到戴维。她失去了父亲,知道哀思的滋味。因为戴维总是不在家,房间里显得空荡荡的,她的心也空荡荡的。她边画画,边唱歌,给肚子里的孩子讲述自己的父亲在她小时候给她讲的海盗和水手的故事。

有一天晚上戴维回到家,看到玛格丽特背靠墙,撒开腿坐在地上,大口喘气,眼睛瞪得圆圆的,脸上满是汗水,盘在脑顶的头发都散落下来。

一个小时后,救护车才到。孩子生下来了,是个浑身青紫的男婴。尽管医生竭力抢救,几个小时后孩子停止了呼吸。医生说他死于早产引起的并发症。

"噢,保罗。噢,我的小保罗。"玛格丽特捧着裹在小棉毯里的孩子,轻声呼唤。

接下来的一年,他们大部分的时间是在沉默中度过的。一开始,玛格丽特每天都要整理一遍给孩子准备的衣物,一件件打开来看,一件件又折好放到衣橱的抽屉里。有一天,她把衣物、摇篮还有婴儿床都送给了邻居——他们的老二刚刚出生,也是个男孩。又过了几天,墙上的画也被新油漆给盖住了。

玛格丽特没有指责戴维,可他差点崩溃了。如果他好好照顾玛格丽特,孩子不会死的。他这么想,同时他觉得被命运抛入了黑不见底的深渊:命运带走了他在中国的家人,现在又夺走了他的头生子。

一天晚上,他独自一人去了圣让主教堂,跪在戴着荆棘冠的耶稣面前为亡魂祈祷,然后走到索恩河边。无数次,他和玛格丽特沿着河岸漫步,欣赏两边古老的建筑。站在河边,他看着自己在平静的水面上的倒影,突然对自己无比憎恨。

都是他的错!他的错!他的错!如果他不离开中国,如果他不参加劳工营,那他的家人就不会死。如果他的家人没有死，那他不会因沉溺在自己的痛苦中而忽略了玛格丽特。如果他没有忽视玛格丽特，那保罗也不会死。然后他意识到这个逻辑的可笑。如果他不来法国，那他怎么可能认识玛格丽特？他们又怎么可能会有保罗？

对岸的街上灯火通明，人来人往。没有人知道他的痛苦。就算有人知道，也没有人会理会。他是个罪恶缠身被人唾弃的外国人。他是个处在底层没有任何社会地位的中国劳工。

只要他在里昂生活一天，他的脸上就刻着"苦力"的烙印，他就永远无法抹去自己耻辱的过去。

他的孩子也会因为是苦力的后代而备受其他孩子的嘲弄。

跳进里昂的母亲河里吧。为什么不呢？所有的痛苦都能一了百了。

灯光下粼粼的水波轻轻动荡，好像哄孩子睡觉的母亲的手臂。

身后传来一阵海鸥的啼叫。他回过头，看到几步之外，玛格丽特在默默地注视他。她一直悄悄地跟随着他，而他竟然没有发觉。

"我们搬到巴黎去吧，"他哀求道，"那里没有人认识我们，没有人知道我是中国来的劳工。在那里，我们能够忘记这一切不幸，开始新的生活。"

玛格丽特没有说话，只是悲伤地看着他。

"他们全死了。"他哭出声来，"我的父母，我的弟妹，他们……"他低下头，哀恸让他全身颤抖不已，"如今我们的孩子……我们的孩子……"

玛格丽特走上前，搂着他。他们在河岸边站了好一会儿才回家。

几个月后，马尔斯先生把他介绍到他的朋友在巴黎开的工厂工作。他和玛格丽特离开里昂的那天，朗贝东太太没有来送行。

晚风拂动，把树叶吹得沙沙作响。躺在帐篷里，戴维看着霞光和飘摇的树影，心中埋藏的记忆如袅袅香烟释放出来。时间无法治愈伤痛，也不能让你忘却它，但是随着时间的慢慢推移，你的伤疤尽管里面还有脓水，外表却结了痂。你不再痛哭流涕，但那种隐隐作痛却最折磨人。

玛格丽特去世前的那个月，要求搬回家来住。医生对她的病已经无计可施了，只是拖延时间而已。每天戴维把她放在轮椅上，推她出去散步。她把头侧着靠在枕头上——她连抬头的气力都没有。她总是想去塞纳河边，说那里让她想起了里昂。他们一路走，一路聊天，但大部分的时候都是戴维在说话。她说不出话来的时候，就动一动放在大腿上的手指头,让戴维知道她在听着呢。有时走到河边时,她已经睡着了,脸上的皱纹舒展开来,让她看上去年轻了不少。戴维把盖在她身上的毯子掖好,吻她的额头之后在轮椅边坐下来,握着她的手,静静地看着河水和路过的行人。

戴维对着天上那颗最亮的星星说:"我昨晚在梦里又看见保罗了。小家伙歪歪斜斜牵着我的手,想学走路呢!你唱儿歌时,他像个指挥家一样挥动双手。"想到保罗那副可爱的样子,他笑了起来。他为什么以前从来不告诉玛格丽特他有多想保罗呢?他怕伤害她,可是也许他的回避对她的伤害更深。

"我知道你想念里昂,我也是一样。如果我当时坚强一点,我们可能不会离开里昂。我曾答应过你妈妈的,不把你从她身边带走,可是我们最后还是离开了她。"他想起玛格丽特告知朗贝东太太他们要搬去巴黎时,朗贝东太太哀伤的眼神。

"你觉得我是个好爸爸吗?有时陪安妮玩的时候,我会想起保罗,想起我在中国的家人,那时我会对她有点不耐烦。有次她在公园玩到不愿回家。我生气了,把她从滑梯上硬拽下来。她的手腕都被我捏红了。她没哭,我倒哭起来。看到我哭,她给我擦眼泪,说:'爸爸,别哭,我不告诉妈妈。'"

眼泪从他的眼角滑落下来。

他提起了更多的事。这些话在他心里一直累积着,如森林里的层层落叶。

星星闪烁不定。他知道,玛格丽特在听着呢。

第43章

朦朦胧胧中他听见汽车的喇叭声,好像是从远方传来的,还伴随了水流一样的哗哗声。他想挪动一下,但全身上下酸痛,脑袋也昏沉沉的。

他睁开眼睛,眼前一片模糊,只有形状不定的东西在晃动。

"啊,您醒过来了!"他听见一个女人的声音。这次他看清楚了,面前是一位穿着白色制服的年轻护士。她脸上带着笑,俯身看着他。

他意识到自己躺在一间病房里,身上还接了些管子。"我怎么在这里?"他问。

"您昨天在大街上摔了一跤,昏迷了。有路人叫了救护车把您送到医院来。"她看了看床头的心电血压监护仪,"您的心率和血压都正常。您现在感觉怎么样?"

他挣扎着坐起来:"头有些痛,还有点恶心,想吐,耳朵里有点轰鸣,但总的来说,感觉还不错。这是哪里?"

"主宫医院。"

"我是指哪个城市。"

"里昂。"

"里昂……"戴维轻声地重复道。他怎么会在这里呢?他又问:"今天几月几号?"

护士告诉了他。

他的生日才过了没多久呢!他突然想起来安妮说过今年要给他过生日,好像还说要包饺子。她是不是已经包了饺子?他的脑袋一下子乱糟糟,眼前出现了一堆装满肉馅、酱油的碗碟,还有安妮在厨房里的画面。这好像就是昨天的事。但这不可能,他人在里昂呢!也许他记成玛格丽特去世前某年的事了。算了,不想了。

护士说她去叫医生来。她走了没多久,走廊上响起了急匆匆的脚步声。一个穿着米色风衣的女人出现在门口。

"安妮!"戴维惊呼起来。

"爸！"安妮旋风一样走进来，俯身给戴维一个紧紧的拥抱。"您，您怎么样？"说着她的眼眶湿润了。爸爸皮肤黑了不少，头发乱糟糟的，胡子也几天没刮了。

"女儿，你怎么来里昂了？怎么知道我在这里？你怎么瘦了？还有黑眼圈。工作太忙了？"

"医院在您的钱包里找到了我的电话，就联系我了。紧急护理部的马丁医生已经和我通了电话。她说您有轻微脑震荡，但身体其他部位除了一些瘀伤没有大碍。昨天您就醒过来了，但即刻又睡着了。"

戴维可不记得自己昨天醒来过。

这时马丁医生到了。她四十出头，头发很随意地在脑后扎成一个马尾。她与戴维和安妮聊了几句后，把挂在脖子上的听诊器放在戴维的胸前和背上，还让他咳嗽。

"呼吸顺畅，肺部没问题。"她说，接着问了戴维他的全名，出生年月和居住地。戴维毫不迟疑地回答了问题。

马丁医生说完对戴维的初步诊断后又说："脑震荡后患者可能失去在受伤当时还有之前短暂时间的一些记忆，不过这个应该很快会恢复。考虑到您的年龄，您回到巴黎后应该尽快做一个彻底的脑部和神经科检查。"

安妮担心地问："会留下后遗症吗？"

"这个很难说。我不是这方面的专家。不要担心太多，等检查结果出来再说。"

"医生，"戴维不满地插话了，"我记忆好得很。就拿我第一次和我太太约会那天来说吧。她穿的裙子的颜色和图案，甚至她鞋子的样式，我现在都能说出来。"

医生竖起大拇指，笑着说："您的记性可真好。"她又问："您最近走了很多路吧？"

"是吗？有可能。"

"您的脚上有不少水疱，我已经让护士给您包扎了一下。"

"我什么时候能出院？"他问。十几年前他因为急性肺炎住过一个晚上的院，但除此之外，他就没住过院了。他从来都不喜欢上医院，感冒咳嗽这些在他看来就不是病，喝点生姜水和菊花茶过几天就没事了。他觉察到最近记忆力有点不太好，但对于一个八十多岁的人来说这很正常。机器用久了，零件有时也生锈呀！总的来说，他的记忆力可能比一般的年轻人还要好呢！

医生说还要再观察一下。

医生走后，戴维皱着眉头对女儿说："我好好的呀，为什么不让我出院？你让护士把我身上这些碍事的管子都拔了。"说着，他就挪动双脚，打算下床。不过这一动，他头痛加剧，脑袋里面好像有个小人在蹦蹦跳跳。

安妮按着戴维的肩头："爸，别动。来，我坐在您身边。"

父女俩头靠头坐着。

戴维说："女儿，原谅我，这次给你惹这么多麻烦。"

看到安妮眼睛里似乎有泪水，他问："是不是医生背着我对你说了什么？"

"爸，您这段时间究竟走了多少路？"

"我这是锻炼身体呀！不用担心我。你妈以前老说，你爸是——"

"妈说，爸是铁打出来的。"

"嗬，你妈呀，才真正是铁打出来的，坚强得很。我比她，差得远呢。"

"爸，回到巴黎后，您跟我和皮埃尔住一段时间吧。"

"我还是住在自己的公寓里踏实。周围环境熟悉，而且家里到处都是你妈的东西。"

"您这段时间都去哪儿了？"

戴维支支吾吾说想不起来了。

安妮不想让爸爸为难。再说，爸爸身体还在恢复中。现在总算找到他了，剩下的事以后慢慢再说。

第44章

两天后,戴维出院了。马丁医生给他开了些止痛药,但安妮知道,爸爸除非痛到万不得已,不然绝对不会去碰它们。本来安妮打算马上开车带爸爸回巴黎,但听到爸爸反复念叨着想看看里昂,就决定陪他在这里待上两天。她已经给皮埃尔和卡拉打电话了,告知戴维的情况,也给杂志社去了电话,处理了几件工作上的事。

第二天一大早,他们就出门了。他们的旅馆就在老城,安妮一开始只打算在旅馆附近随意散散步就好了,这样爸爸不至于太累,但戴维非要转遍整个老城区。

"我和你妈结婚后住在牛路。"戴维一边走一边说,"从我们厨房的窗户看得到富维耶山。有时我们起个大早,爬上山看日出。那时年轻气盛呀，不愿做缆车。"对往事的回忆让他充满了温情。玛格丽特说得对，逃避过去给他带来的只是伤害和遗憾。

"我们那时常到圣若望路散步，就是喜欢那里的小巷和串廊。从牛路27号下去，穿过四个漂亮的公馆，就到圣若望路54号的串廊了。那些公馆可真豪华，我们边看边对它们品头论足，说这里放盆花就好了，那面墙颜色淡一点就好了，就好像我们打算搬进去住一样。"

安妮默默地听着。这还是爸爸第一次和她谈到他和妈妈在里昂的生活。

一路上，戴维说个不停。

"爸，您头上都冒汗了，"安妮说，"这里有张椅子，休息一下吧。"

"我穿的这双鞋不合脚。"戴维说，"不然我走一天路也不用歇脚。"

安妮笑起来："您这才刚出院呢！就是这样，我都差点跟不上您。"

他们正对面就是有着哥特式牌楼的圣-让大教堂。戴维入神地看着它，仿佛被带入了梦乡。

"爸，您和妈就是在这里结婚的吧。"

安妮这一声唤醒了戴维。他有点吃惊地看了看身边的安妮，然后如梦初醒地说："不是在里面，而是在外面照相而已。你的外婆非常希望我和你妈能皈依天主教，这样能在圣-让大教堂举行婚礼。不过你妈不愿这么做，所以两方妥协的结果就是在教堂门口拍婚礼照。"

"跟我说说您和妈妈的婚礼吧。"

"那天客人不多。你爱丽丝姨妈一家，你外公外婆的几个朋友，还有我和你妈在机械厂里的三个同事，还有他们的家人，全部加起来十五个人。主持婚礼的牧师是你外婆的熟人，看在外婆的面上违反常规给我们主持婚礼。"

"妈说，她那天的婚礼服是外婆以前结婚时穿的，腰部就是放宽了后还是有点紧，她差点背过气呢。"

"你妈那天漂亮得像仙女，我都不敢正眼看她。怕看多一眼，她就飞走了。"

安妮打趣他："妈就是穿着油腻腻的工作服，在你眼里也是天仙吧。"

戴维呵呵笑："你老爸那天也很英俊呀，西装口袋里还插了玫瑰花。外公向来憎恨穿皮鞋，那天在你外婆的逼迫下不得不穿上了油光锃亮的皮鞋，还系了领带。你真该看看他那天的样子，走起路来像是里面是钢架的稻草人。"

"可惜外公死得早,我没见过他。妈说,外公可会讲故事呢,还是个跳舞好手和诗人,难怪外婆会爱上他。妈还说,一开始您和外公处得不好,但后来外公隔三岔五就找您聊天呢。"

戴维脸上掠过一丝阴影。半个多世纪前的一幕在他眼前掠过:在离一家酒馆不远的地方,尼古拉僵硬的身体躺在他自己的呕吐物里,眼睛圆睁着,有着伤疤的那半边脸对着阳光。这个他和玛格丽特从来没有跟安妮提到过。朗贝东夫人对所有的人都说,尼古拉是心脏病突发死的。

他说:"我很喜欢你的尼古拉外公,他唯一的毛病就是爱喝酒。"

"外婆的样子我倒是记得很清楚,她总是打扮得漂漂亮亮,穿有花边的裙子,头上是中世纪淑女们戴的帽子,像是《贝洛童话》里走出来的人。我小时候,她喜欢把我抱在膝头给我唱歌,还给我讲外公的故事。她的声音真好听,像是风铃在晃荡。"

"外婆走得也太早了。"

"如果您不是孤儿的话,那您在中国的家人也一定会来参加婚礼的,说不定您和妈还会在西式婚礼后,再办一场中式婚礼。我参加过一个中国同事的婚礼,真是热闹非凡,还有耍龙舞狮的呢。"

戴维一下子站起来,好像急着要去什么地方。"我休息够了,来,我们再走走。"

"不到教堂里面看看吗?我小时候对里面的天文钟着迷得要命。特别是钟声响起来的时候,里面的小人就出来表演啦。"

"不去了。里面人太多了。"

安妮疑惑不解地看看教堂外,那里只有几个在拍照的人。现在还不到九点呢。但戴维已经朝反方向走了,她跟了上去,扶着他一起走。

近十一点的时候,他们来到了一家咖啡厅,安妮给自己点了拿铁咖啡,给爸爸点了杯茶。

周围游人如织,离他们不远的地方,一个导游举着面三角小旗在给一群带着白色旅游帽的日本游客做讲解。

"爸爸,"安妮抿了口咖啡后说,"您和妈妈去过很多国家旅行,可是为什么没有去过中国?"

戴维不想谈中国的事,但又无法回避这个问题,只好说:"我离开中国的时候军阀内战连连,此后战乱不断。新中国成立后,各种运动一拨接一拨,近年来才稳定些。这些你读书看报应该知道不少。"

他问:"记得刘叔叔吗?"

"有些印象,我那时还不到五岁吧,记得他的胡须硬邦邦的，刺得我的脸有点痛。还记得，他说话嗓门特大，给我带来了中国的点心和玩具，还教我演孙悟空大闹天宫的皮影戏。"

"我当初来法国的时候，就是跟刘叔叔一起来的，那时大家都叫他老栓。后来，我跟你妈结了婚，留下来了，而他回中国了，参加了红军，还当了个不小的官。1944年的时候，他来法国办公事，不知从哪里找到我的地址，就到巴黎来看我和你妈。五年后，共产党打赢了内战，成立了新中国，他就再没给我来信了。我写信，他也不回。"

"到现在也没联系上吗？"

戴维沉默了一阵："五六年前，我在老人活动中心教太极拳的时候碰到了一个中国人，说他在上海市政府工作过。因为你的刘叔叔恰恰就在上海市政府工作，我就问他认不认识你的刘叔叔。他说他们曾经共过事。我一听高兴了，赶忙问他的情况。他说你的刘叔叔早就死了。60年代末的时候他被下放到西北的一个山沟沟，就死在那里了。"

"怎么会这样？"安妮轻轻地说。

戴维叹了口气，换了话题："你知道吗，你妈妈跟我总共结了三次婚呢。"

"是吗？这个您和妈妈都没提到过呀。"

"第一次是在中国驻法公馆结的婚。法国政府当时的法律说法国人如果跟外国人结婚，将自动失去国籍。我和你妈去了婚姻登记处，但那里的工作人员像对付流浪狗一样地把我们轰出去。我们就去找中国驻法公馆，在那里办理了结婚证书，公馆的工作人员还为我们举行了一个小小的仪式。还好，那时我所在的机械厂跟我续签了工作合同，所以按照法律，我可以留在法国。离开公馆后，我和你妈在报摊上买了份当日的报纸作为结婚信物。打开内页，上面赫然印了一个政府通告，说法国妇女应当嫁给胜利归来的法国士兵，而不是和黄皮肤的苦力组成家庭，还号召法国妇女要觉醒呢！"

"居然还有这事！"安妮说，"那后两次结婚是怎么回事？"

"几年后，法国的婚姻法更新，准许和外国人结婚的法国人保留国籍，所以我们在市政厅重现登记结婚。至于第三次，那才是在圣-让大教堂外面举行的。看热闹的人可多呢。"

"真是一波三折，"安妮感叹道，"如果妈妈当时失去法国国籍了，你们会怎么办？"

"她已经做好了跟我回中国的打算，不过我们怕你外婆伤心，不敢把这个决定告诉她。"

安妮此刻非常想问爸爸他刚来法国时的生活，但觉得还是回到巴黎再提这件事。

"爸爸这一生经历了很多，"戴维说，"有大幸也有大悲，大幸之中有大悲，而大悲之中也有大幸。最幸运的莫过于遇见了你妈妈，然后有了你。"

"那大悲又是什么？"安妮想起了爸爸床头木盒里的铜环和那些信。

戴维的目光转向了路边的一棵挺拔高大、叶子几乎落光的梧桐树，黑压压交叉的枝干和湛蓝的天空织成一张奇妙的网。五平镇的主街上就有两排高大的梧桐树，春末初夏之交，它们枝繁叶茂，葱绿的树叶长到巴掌那么大，随风摆动，如绿色的波浪。他和弟妹，还有小伙伴们，常到树下乘凉和玩耍。深秋之时，绿叶变成金黄色。不知多少次，他穿着母亲亲手缝制的布鞋，在树下跑来跑去，笑声朗朗，去抓一片片风中的落叶。拿在手里，他一片片看过去，有些平整如纸，有些边上打着卷，有些缺了角或是有虫眼，有些完美到让人惊叹。虽年少无知，但看到这些落叶，他有时会无故地伤感。不过，一阵风刮过来，树叶漫天飞扬，到处金光闪闪，这又让他绽开笑容，忙着去抓更多的落叶。

如今，他也快成了落叶，可是何处是归乡？他从不曾对玛格丽特说过自己对家乡的思念，怕她担心自己会想回中国，但这种情绪有时很难完全掩饰，特别是在每年一些特别的日子：父母的忌辰，弟妹们的生日，还有中国传统的节日。有时，跟玛格丽特说笑的时候，他会不由想到家乡的亲人或是家乡的某个景致，然后他会突然安静下来，甚至中断说到一半的话。看到玛格丽特疑惑的眼神，他才意识到自己走神了，于是抱歉地笑一笑。如果她问他刚才怎么啦，他总能找到个理由搪塞过去。

算了，不要再胡思乱想了。从他决定和玛格丽特在一起的那天，他就知道自己也许永远不会再回五平镇了。不过，他应该知足了。

"女儿，"他转过头面带微笑地说，"你活到我这把年纪的时候就会知道了。"

第45章

回到家没多久戴维生了一场病,发了几天高烧。安妮好说歹说,带他去医院看病,医生说是慢性肺炎,开了些抗生素。他的病情有所好转,但开始咳嗽,晚上睡觉时常常咳醒,之后难以入睡。以前生病,他都一笑了之,扛一扛就过去了,最多一个星期也就没事了。这次他病了一个多月。其间,安妮又带他去看病,但医生也无法确诊,只说他的持续不断的咳嗽可能是肺炎引起的并发症。

病愈后,戴维一下子衰老了很多,背也驼了,走起路来有点颤颤巍巍,有时从卧室走到厨房,中间还要扶着墙歇一次。他变得少言寡语,不愿意出门,卧室的床和阳台上的藤椅成了他最常待的地方。

第二年初，戴维被诊断得了阿尔茨海默病。虽然他饮食起居都能自理，说话也没大碍，但是他的认知功能和短期记忆力在迅速衰退。安妮和皮埃尔商量后决定把他接来和他们住在一起。戴维一开始很反对，但最后耐不住安妮一再劝说就答应了，只是要求把阳台上的藤椅、花，还有墙上的一些照片都带上。

每隔几个星期，安妮都要带爸爸到医院会诊，但医生只是跟踪他的病情发展，让她多和戴维说话，多让他动动脑、动动手，还有就是让他做力所能及的家务事。就目前来说，这个病无药可救。

初夏的时候，戴维身体恢复了一些，但面容憔悴，因为不太运动，肚子大了几圈。他避免和人见面，如果不是玛格安每天强行带他去公园走走，他宁愿待在房间里长时间翻看报纸和杂志，连上面的广告都不错过。有时他用扫帚一遍遍扫地，但扫到一半，扔下扫帚就去做其他的事。看过的报纸杂志，他不让安妮扔掉，而是像折衣服一样一张张放在他的书桌上，明天重新又翻一遍。兴致来了，他还会反反复复给安妮讲报纸上看来的新闻。

王先生和王太太上门来看他，他对他们没有往常的亲热，而是一脸心不在焉，甚至突然站起来，回到自己房间，把客人撂在那里。

安妮知道父亲的身体每况愈下,但除了着急和尽最大努力照顾他,她无计可施。这段时间她和杂志社的同事们商量好了,主要在家里工作。除了靠电话和传真机和同事们保持联系,杂志社的一些会议有时也挪到她家里来开。杂志社近来几篇关于少数族裔受到的职场歧视的深度报道和对离婚女性的访谈很受欢迎,广告客户稳中有升。

她曾多次试图向爸爸打探他的往事,但他要不摇摇头,说没什么好讲的,要不然一声不吭,仿佛没有听见问话。

"爸,您在中国的老家还有家人或是亲戚吗?"有一次,安妮在晚餐的时候故作随意地问。

他正把一个肉丸夹到苏菲的盘子里。听到安妮的问话,他的手一抖,肉丸掉在桌子上然后滚到地上。他低下头,推开面前的盘子,站起来,一句话不说回到自己房间里去了。

"妈妈,外公为什么生气呢?"苏菲问。

安妮抚摸女儿的头:"外公没生气。他只是有太多故事埋在心底了。当你心里埋了很多故事的时候,你有时就不快乐。"

"他为什么不把这些故事讲出来呢?"

"我也不知道。也许将来有一天他会告诉我们的。"

一天中午,戴维坐在阳台的藤椅上打盹,闭着眼睛,享受太阳的温暖,脑袋里浮现出如彩色的流云般的东西。色彩如此瑰丽，让他沉浸其中，也让他迷惑不解。

是树叶吗？是他和玛格丽特在某家画廊看到的画作吗？是节日焰火吗？

他最后想起来了：是家乡的不同颜色的瓦屋顶。

他睁开眼睛，一下站起来。

安妮正坐在客厅的沙发上读一篇《城市女性周刊》考虑出版的稿件。皮埃尔去上班了，孩子们在学校。她从窗户里看到爸爸动作利落地站起来，吃惊地叫道："爸，出什么事了？"

戴维走进客厅，满脸笑容，眼睛里闪着光，背看上去也直了不少。他不安地走了几圈后突然转身说："玛格丽特，我们不住旅馆了，回家吧。多包点饺子，带在路上吃。保罗和安妮都爱吃呢。"

安妮已经习惯了和爸爸进行古怪的对话。以前她还常常矫正他，现在她采取医生的建议，顺着他说："安妮在换衣服呢。保罗是谁？"

戴维笑起来："你真健忘。他是咱们的大儿子呀！"

安妮不动声色地问："他今年多少岁啦？"

"他1928年9月生的。你怎么连这个都不记得了？"

"这么说他五十七岁啦。"

"可不是吗？记得我们抱着他在怀里的时候，他可真小，脚还没有我的手指长，脸瘦瘦的。保罗在哪儿呢？"

"他出门了，马上回来。"安妮强忍着才没有问保罗的下落。

"那就好。全家人一定要在一块！"

戴维歪着头看了看墙上的钟，说："轮船再过三个小时就开了。"他开始满房间找东西，把厨房里每一个抽屉都拉开了。

"找什么呢？"

"船票呀！"

安妮把手边的一张书签递给他。戴维拿到手里，仔细看了看，点点头，小心翼翼地把它放在口袋里。

"行李呢？"他又问。

安妮把沙发上的一个枕头递给他。

戴维笑呵呵地把枕头紧紧夹在腋窝下。"坐船要一个月才能到，海上风浪大得很。"

"去里昂用不着一个月。"

"不是里昂！"戴维连连摇头。

"那是去哪里？"

"去哪里？"戴维自言自语，像被施了魔法一样愣在那里，脸上的笑容消失了。不，五平镇已经回不去了。不！他不能去那里，绝对不能。他们看到他，会把他强行留下。他们会让玛格丽特独自带孩子回法国。他们——他的父母、弟妹、家里的用人——他们人多，他无法和他们抗争。就是陆小姐求情，父亲也断然不会再放他走的。他的耳边想起了父亲信里的话，"孝乃立身之本""无违即孝"。

枕头掉在地上。

安妮想去扶他，但他推开了她的手。"不去了！"他抛出一句，之后径自走到阳台上，在藤椅上坐下来，把脸扭到一边。这是他告诉别人不要打扰他的方式。

他闭上眼睛，心里突突直跳。五彩的流云没有了，只有黑漆漆的一片。

时日无多了，他对自己说。该处理、该扔掉的东西现在就得着手了，什么痕迹也别留下。

他用手寻找藤椅旁的天竺葵花枝。摸到了，他的心定下来，仿佛摸到了玛格丽特的手。过了一会儿，他睡着了。

安妮无助地看着爸爸，喃喃自语："爸，您究竟要去哪里呢？"

第46章

晚上弄孩子睡觉照例是一阵忙乱,皮埃尔好不容易给诺安洗了个澡,然后带他去睡觉。安妮在苏菲床边坐下来,给她盖上被子,然后在她的脸上吻了几下。"小甜心,今晚讲匹诺曹的故事好吗?"

"可是我想听渔夫和金鱼的故事。"苏菲说。

"上个星期我才讲过这个故事呀。"

"昨天我给外公讲了这个故事,外公说他喜欢。"

"外公还说了什么?"

"除了说喜欢,没说其他的话。"

"是因为外公的原因,你才要再听这个故事吗?"安妮问。

苏菲没有回答,而是眨了一下眼睛,问:"那条神奇的金鱼真的能帮助你实现愿望吗?"

"它实现了老太婆的很多愿望,不是吗?"

苏菲一下子坐起来:"明天我们去海边找小金鱼吧。"

"找它干什么呢?"

"我要请它帮我实现一个愿望。"

"什么愿望呀?"

"我不要宫殿,也不要做国王。我只要它把外公的病治好。"

安妮抱住了苏菲,抚摸她的头:"不用担心,外公一定会好的。"

苏菲打了个哈欠,钻回了被窝:"我要听外公唱给我听的那首中文歌。"

"长亭外,古道边,芳草碧连天……"安妮轻轻唱起来。这是爸爸在她小的时候每晚哄她睡觉时唱的歌。

苏菲睡着后,安妮去儿子的房间跟他说晚安,不过他已经睡着了,而皮埃尔靠着床头,手里拿着本翻开的《小王子》,鼾声正浓呢。自从戴维和他们住在一起后,他除了上班和接送孩子上学放学,还尽可能帮忙做家事,好让安妮有更多的时间陪戴维。

安妮内疚地吻了吻他的额头,还是让他睡一阵再叫醒他吧。

这些天安妮睡得很不安稳。常常会在夜里惊醒,然后到爸爸的房间去查看他是不是还在呼吸。近来,他睡得很沉,有时能一觉睡到中午。医生说嗜睡对于阿尔茨海默病的病人来说是很常见的。不过安妮要听到他在沉睡中有节奏的呼吸声,才放心地离去。

今晚她睡意全无。她走到客厅,心不在焉地看了会儿电视,又重新翻了翻当天的报纸。她在等卡拉。下午两点多的时候,卡拉给她打电话,声音又急又快。"你完全想不到我发现了什么!电话里说不清,晚上我上完课后去你那儿一趟。"

快十一点的时候,卡拉到了,她上身是蝙蝠袖的黄毛衣,下身是红色及靴长裙。

她抱着个大文件夹一屁股坐在沙发上。"你爸爸怎么样?"她压低嗓门问。

"今天他很安静,看了很久的报纸。晚餐胃口也还不错。"

"他愿意跟你说话吗?"

安妮摇摇头:"他很少说话。我跟他说话的时候,他似乎在听,但我看得出他在想其他事,或者他根本没有在想任何事。我们之间好像隔了张厚厚的帘子。对了，他三天前让我带他去了一趟他的公寓，也没说想做什么。他应该是想我妈了。"

卡拉打开文件夹，从里面抽出一本A4纸大小的硬壳本子，翻开第一页后递给安妮。

上面贴的文章是从中文报纸上剪下来的，正中是一张黑白照片：一艘船的船板上挤满了中国人，他们都穿着同样的棉衣棉裤，很多人戴着圆顶软帽。一些人面朝镜头，有的人脸上是憨厚的笑容，有的人一脸茫然，还有人眼里是惊惧之色。照片的一角有几个穿着军服拿着枪的士兵，看上去好像在看守这些中国人。他们的容貌虽然有些模糊，但肯定是白人。

卡拉说："这些中国人是英国政府招募的前往法国的劳工。照片是1917年拍的。后面还有更多照片。"

安妮一脸惊愕："1917？是我父亲来法国的那年。"

卡拉把简报内容简单介绍了一下，说是她的一位会中文的同事翻译给她听的。"这些照片是一位名叫汤姆·海利斯的加拿大人照的。他曾在劳工团里做翻译，跟劳工朝夕相处了两年多。他住在法国的孙子在他的遗物中找到了这些照片，之后联系了法国的一家报社。报社没有登载这些照片，但把它们转给了我的一位研究亚洲历史的同事——他的名字叫路德。你跟我说了你父亲的事情之后，我就去找路德了。

他特别纳闷我为什么对这件事有兴趣,说这些资料他压在箱底一年多了。"

"这就是说,我父亲可能是这十四万中国劳工中的一员。"

卡拉点点头。

安妮接着往下翻,全部是黑白照片。照片上,劳工们脱光了衣服在木桶里洗澡,在围上了铁丝网的空地上列队操练,在搬运枪支炮弹,在清洗和修理汽车和坦克,在挖战壕,在修铁路和飞机场,在放风筝和表演高跷,在搭帐篷。

有张照片是在军工厂照的。几个穿着长罩衫的法国女工和中国劳工一起把弹药箱搬上推车,边上一个穿着西装戴着黑边礼帽的白人面无表情地看着他们。

另外一张照片上,一个英国士兵挥舞着皮鞭,正在抽打一个上身裸露,反手被绑在木桩上的中国人。这人歪着头,闭着眼睛,身上满是鞭痕,看上去奄奄一息。

安妮心里一紧:如果父亲真是这些劳工中的一员的话,他当然不愿跟她提起这段经历。

"他们像犯人一样被关起来。"卡拉轻声说。

翻到最后一页,安妮一下盯住左下角的一张照片,上面两个人并排坐在泥地上,左边的人捧着本书,面带微笑。他一头浓密的黑发,眼睛很明亮,是个帅气的小伙子。右边的人是个光头,他皱着眉头,仿佛下定决心要做什么很重要的事。"左边这个人是我父亲!"她叫起来。

卡拉低头看安妮指着的照片:"没错,是你父亲。"

"对不起,"卡拉说,"这些照片如果我早一点拿到手,也许你那时还有机会听你父亲讲述他的过去。"

"我该谢谢你。谜团终于解开了。"安妮说。

"研究了这么多年一战史,我现在才发现自己还有太多不知道的事情。"卡拉说,"一战时十四万中国劳工,一百五十万印度士兵和劳工,还有五十多万非洲和其他地方的劳工都在帮我们打赢这场可怕的战争。这些人中很多万里迢迢来到欧洲,有些人死在这里,有些人留下来了,大部分人返回自己的祖国。我在剑桥的导师跟我说一战是欧洲内部的战争,跟其他地域没有关系。"她带着嘲弄的神情摇摇头,"不知他看到这些照片会怎么说。"

"他会说这些人不值一提。"安妮苦笑了一下。

卡拉说:"我在英国的时候,去看了几乎所有的一战纪念碑,但没有一处提及中国劳工。法国的一战纪念牌上也没有这些人的踪影。即使这些中国人没有直接上战场,但如果没有他们还有其他国家劳工的帮助,我们也许赢不了这场可怕的战争,至少战争会延长。"

"你的同事路德会做这方面的研究吗?"安妮问。

"他说他曾考虑过，还在国家档案馆查找过一些资料，但最后决定他有更重要的项目要做，还说这个研究结果不会给他带来任何声誉。"

"卡拉，我曾在我父亲的房间找到了一样东西，一个有号码的铜环。它似乎对父亲意义重大。"

"路德提到了这样的铜环，说每个劳工都有一个，上面有不同的号码，是他们领取物资和薪水的凭证。管理他们的军官和工头们称呼他们的时候，只叫号码。"

"原来是这样。"58909，这是爸爸的号码。她心里涌出一份悲凉。

卡拉起身告辞，把文件夹留给安妮。送走卡拉后，安妮走到父亲的房间。父亲忘了关窗帘，月光透过窗户泻入房间。她侧身坐在父亲床边，拉起他的手，打量着父亲饱经风霜的脸庞。在她的想象中，她看到一个年轻强壮的身影在战壕里、在铁路边、在工厂里忙碌着。"为什么不告诉我，爸爸？"她轻声问。父亲喃喃自语，仿佛要睁开眼睛，但他只是翻了个身。

她拉上窗帘，轻轻带上门，走到儿子的房间。皮埃尔此刻歪歪斜斜倒在孩子身边，睡得很香甜，早先手里拿着的书落在地板上。她俯身摇醒皮埃尔。他缓过神来后说："我梦到卡拉来家里了。"

"她是来了。刚刚才离开。"

"她这么晚来有什么事吗?"

安妮在皮埃尔身边躺下来,把头枕在他温暖的手臂上。她说不清自己是激动还是疲惫,只是觉得自己好像刚从一次漫长的旅途归来。

过了好一阵,她说:"是的,有很要紧的事。明天我慢慢告诉你。"

第47章

爸爸离开人世整整一个月了。

深秋的天竺葵花朵已经快开尽了，藤椅是空的。爸爸走前的那两个星期，每天在那里坐十几个小时，长久地看着天空，脸上有时会突然绽开笑容。那时，他已经衰弱到就是在家里也要扶着拐杖走路了。王先生、王太太来看他的时候，他一声不吭，好像他们不存在。

让安妮宽慰的是，爸爸是在睡梦中走的。早上她看到他的时候，他平躺着，脸上有淡淡的笑容，手边的相册翻开到他和玛格丽特结婚照的那一页。

电话铃响了，打断了安妮的思路。今天她在家里工作，还要再过两个小时才需要去孩子的学校接他们回家。

"请问是张德伦先生家吗?"电话里的男人口音很重。

"是的。他是我父亲。我叫安妮。"

"啊,终于找到他了!"对方高兴地叫起来。

"请问,您是谁?"

"我叫张得凯,从中国来的,现在在巴黎出差……我的奶奶叫陆文佳,她前年过世的。确切地说,我和她并没有血缘关系,但她多年前收养了我爸爸,直到她去世我们一直都住在一起。"

安妮听糊涂了:"对不起,谁是陆文佳?"

"她和您父亲曾经是夫妻,您母亲还给她写过信。"

安妮的脑袋轰了一声,一下不知道该说什么。

对方现在大约意识到安妮完全不知道他刚才提到的这段历史,也沉默下来。

安妮先开口:"我父亲一个月前去世了。"

对方声音里透着失望:"哦,是吗?那太遗憾了。"

"你现在在哪儿?"安妮问。

"在巴黎圣母院附近一家酒店里。我几经周折通过巴黎华人协会的一个人得知了您的电话。"

自从爸爸搬过来后，安妮联系了电话公司，把打到父亲公寓的电话都转到她家来。

"你离我住的地方不算远。你现在有空来我们家一趟吗？或者我去找你。"

对方说他现在就可以过来，估计一个小时之内到。

门铃一响，安妮跑去开门。站在门口的年轻人中等个头，戴着黑边眼镜，穿着夹克衫，约二十二三岁。看到安妮，他腼腆地笑了一下。

在客厅坐下后，他们寒暄了几句，年轻人说他所在公司和法国有贸易往来，这次他过来进行商务培训。年轻人的目光落在沙发扶手边茶几上的一张黑白家庭照上，说："我奶奶向我提到过这张你们一家在海边玩耍的照片。"

"她有这张照片？"安妮问。

"她曾经有，您母亲寄给她的。不过在'文革'的时候，红卫兵到她家抄家。她担心背负上里通国外的罪名，就在他们来之前把相片还有您母亲寄给她的信件都烧了。这些是她几年前在病床上的时候告诉我的。以前她从来没有提到过。"

虽然他有很重的口音，但词汇和语法都很到位。安妮问："你的法语非常好，在中国学的吗？"

年轻人点点头："我考大学的时候，奶奶建议我学法语。当时我觉得她的建议很奇怪，但我正好喜欢读法国文学，所以就报考了法语系。后来，她跟我说起她和您父亲的故事时，我才意识到她当初为什么这么建议。她是希望我将来能来法国找您父亲。"

"你电话上提到你奶奶和我父亲结过婚。这是怎么回事？"

"这是她告诉我的，说您父亲新婚之夜离她而去——"

"等等，你是说我父亲在新婚之夜遗弃了你奶奶？"

"奶奶没有用遗弃这个词，只是说您父亲离开了她。还说，那天晚上张府——也就是您父亲家——张灯结彩，热闹非凡。"

"我父亲家？你是说，他不是孤儿？"

"孤儿？您父亲家是当地的望族，有钱有势。我奶奶家当时也是如此。"他继续说下去，"奶奶说，在洞房里，您父亲跟她说到外面散散步。她当时以为他是有些紧张，但等了一宿，您父亲都没回来。过了两个星期，您父亲来信了，说他马上出发去法国。"

安妮把卡拉给她的文件夹给年轻人看。年轻人认真地翻阅了文件夹，说他这是第一次看到这些照片。

安妮还给他看了铜环。爸爸过世之前，把铜环扔进了垃圾桶，她碰巧看到了，就把它捡起来藏好。她说："除此之外，父亲曾经还保留过两份信件，都是竖体中文写的。"

"是吗？在哪儿呢？我能看看吗？"

"可惜的是，我父亲在去世前把它们销毁了。我猜也许是他的家人写给他的信。这两封信他珍藏了这么多年，但最后却决定把它销毁，我想只有一个原因，那就是不希望让我看到。"

"很可能是这样。"年轻人遗憾地叹了口气。

"你有你奶奶的照片吗？"

"有。"年轻人从背包里掏出一本巴掌大的小相册递给安妮。

安妮接过相册。第一张照片上几十个大人孩子簇拥着坐在正中的一位满头银发的老人。老人圆脸大眼，头发紧紧地梳到后面绾成一个发髻。她面带笑容，看上去八十出头，穿着一身中国老式的带蝴蝶扣的对襟衫。她的脚小得出奇，只有普通人的三分之一大。

年轻人解释道："奶奶和您父亲离婚后，就办了个孤儿院。照片上这些人很多是在那个孤儿院里长大的。她去世前没多久，这些人带着家人过来看奶奶，留下了这张合影。他指着后排的两个人说："这是我父母。站在奶奶右边的这个人是我。"

"你的奶奶后来结婚了吗？"

"没有。"年轻人说。他从书包里拿出一个白色的长盒子。打开盒子，里面是一个发黄的信封，上面还有法国的邮戳。他小心翼翼地从里面拿出对折了几次的纸张，打开之后摊开在茶几上。"这是您母亲写给我奶奶的信。我刚才说奶奶在'文革'期间把您母亲寄给她的信都销毁了，其实不对。这封信我爸爸偷偷藏起来了，因为他很喜欢信封上的邮票。他把信卷在蜡纸里，藏在一个树洞里。好几次，'红卫兵'到奶奶的住所抄家，把屋顶都拆了，还在屋里屋外到处用铁锹挖，说像奶奶这样做过千金小姐还跟法国资本家有亲缘的人家里一定藏了很多金银财宝。没找到财宝，他们把奶奶的头发剃光，脸上浇上墨水，脖子上挂上铁链拉出去游街示众。那时我只有两三岁，对此完全没有记忆，都是听我爸说的。去年我爸才敢把这封信取出来。信纸居然保存完好。信是用中文写的。这里我的法文翻译。"他从盒子里拿出另一张折叠的纸递给安妮。

安妮专心致志读起来。

亲爱的陆小姐，

您好。

请原谅我擅自给您写信。我是德伦的法国妻子，名字叫玛格丽特。我知道德伦在他给您的信中提到了我。感谢您同意和他解除婚约——我可以想象这对您来说有多么艰难。我时常想到您,并对我给您带来的痛苦万分内疚,请接受我最诚挚的道歉。

我不会中文。这封信我先用法文写,之后请一位懂法文的中国朋友将之翻译成中文,所以信里的笔迹不是我的,而是我的那位朋友的。

我想了很久才决定给您写这封信。这事我没有告诉德伦,这当然不是因为我担心他反对我给您写信,而是觉得这是我和您之间的秘密。寄信之前,我忐忑不安,好几次想把信付之一炬。把信寄出之后,我又猜测您看到信会有什么反应。您也许根本不拆开看,直接把它放在火里烧了,又或者您按捺不住好奇心,想看看这个让您深陷困境的外国女人究竟写了什么。

德伦提到,您受过良好教育,能读书识字,写诗作画。他逃避的不是您,而是这场由父母决定的包办婚姻。德伦告诉我,在中国,对于您和德伦这样的家庭来说,包办婚姻是很普遍的。在我这个西方女性看来,这是很糟糕的一件事,恋爱应该是自由的,但我当然无权对中国的风俗习惯指手画脚。不幸的是,您因此被伤害了,而德伦自离开法国后一直生活在自责之中。

刚认识德伦的时候,我并不知道他和您的婚事。当然,这并不能减轻我的内疚感和我对您的伤害。他和我是在一起工作的机械厂认识的。我得承认,我见到他的第一眼就喜欢上他了。他工作起来的认真劲头,他脸上带着的羞涩的微笑,他的好学,还有他的彬彬有礼都让我着迷。

自从和德伦相识,我就开始注意报纸上中国的消息,也开始读我能找到的关于中国的书。在此以前,我对这个国家可以说是一无所知。中国的古老文明让我惊叹,同时我也憎恨法国和其他一些西方国家在和中国交往上的卑鄙行为。和德伦交往了几个月后,我们相爱了,爱得如此之深,我一天不见到他,晚上就睡不着觉,而他见到我时眼睛里闪现出来的光芒也满足了我对爱情的所有的虚荣心。我这么说,并不是想在您面前夸耀,而是想让您知道,我和德伦是真心相爱的。

他常常谈到他的家人,担心他父母的健康,担心弟妹的前途。如果可能的话,我当然很想见到他们。但我知道,他的家族里的人绝对不会接受我这个西方女人的,就像一些法国人也不接受我和德伦的结合。

他也谈到了您。

您现在的处境一定很艰难。每每想到这个,我的内心就充满痛苦。我不是教徒,但我有时祈求上帝,希望他能让您幸福。我不敢奢求您的原谅,但如果您能不记恨我和德伦，我就很满足了。

  我当然希望能收到您的回信。这也许是我自私的表现，因为如果您回信了，我的心就会轻松一点，但如果您不愿意和我有联系，我也很理解。

  另外，在报纸上读到中国北方发生大饥荒。我和德伦甚是担心。我们上个月寄出去的几箱罐头食品还有一些衣物，您收到了吗？

您真诚的

玛格丽特

1925年2月5日

  安妮慢慢放下手中的信。1925年那时爸爸妈妈还住在里昂。距离爸爸抵达法国已经快七十年了，到现在她才知道他在中国的家人的一些事。而妈妈，居然也藏了这么多的秘密。

  她看着墙上爸爸妈妈年轻时的一张合影，他们手牵手站在一棵绿荫如盖的花树下，爸爸站得笔直，脸上是他一如既往的含蓄持重的笑容，妈妈呢，她缺少平时的生气和活泼，而是一脸严肃地盯着镜头。他们的手紧紧握在一起，但是身子却隔了差不多半个人的距离。他们年轻时合影很少，到了她出生后，家庭照才多起来。以前安妮没有仔细审视过这张照片，现在她从他们的表情和姿势上看出了他们那时顶住的压力。

安妮问:"你奶奶有提到我母亲在信中谈了点什么吗?"

"奶奶说,您母亲谈了很多,国家大事和家庭琐事都有。您母亲曾说她的第一个孩子生下来没多久就死了。"

那个孩子是保罗,安妮在心里对自己说。

"你奶奶给我母亲回信了吗?"

"她说她写了很多封信,但都没有寄出去。"

"为什么呢?"

年轻人把眼镜往鼻子上推了推:"奶奶没有多解释,只是说她很长时间无法心平气和地给您母亲写信,后来吗,战乱和政治斗争一个接一个,奶奶无法寄信到国外,也无法收到国外的来信。我问过奶奶,说如果我将来真的见到了您的父母,要不要给她带口信,她说她只想让他们知道她这一生过得很好。"

"过得很好……"安妮重复这句话,感叹它的分量,对这位从未谋面的陆女士肃然起敬,"这么说,她原谅了我父母?"

"我想她从来没有记恨过他们。"

"我父亲的家人还有健在的吗?"

年轻人遗憾地摇摇头:"奶奶说,您父亲的家人在二十年代末的一次战乱中全部遭遇不幸。"

"那我父亲的家乡现在怎么样?"

"五平镇现在还在,我就是在那里长大的,当然它早已不是您父亲记忆中的地方。老房子吗,在三四十年代的数次战争中毁掉了不少,到了六七十年代的时候,又拆掉了一些,现在所剩无几了。我奶奶家的老房子被改造成了政府办公的地方。"

"那我父亲家的原址现在变成什么了?"

"一栋三层楼的百货公司。我有个中学同学在那里当售货员。奶奶说百货公司门口的那个大石头狮子是以前留下来的。原本有两只,现在只剩一只了。"

"除了你奶奶,你还知道有其他的老人认识我父亲吗?"

"镇上不少人还记得您父亲。去年本地报纸采访了一位叫谢长青的百岁老人,他就提到了您父亲,说他在您父亲家做过多年的管家。还有几位老人是您父亲童年的玩伴,对他印象深刻。"

"如果可能的话,"安妮急切地说,"你能带我去五平镇看看吗?我的丈夫和孩子们也会非常想去的。"

年轻人点点头:"我当然很乐意。再过一段时间就是春节了,我那时有假期。那时候去怎么样?"

他们又聊了一阵,约好了下次见面的时间。送走年轻人后,安妮突然想到那个年轻人和她同一个姓,甚至他的中间名也跟她父亲的一样。那位陆女士从来没有忘记她的父亲!

她不安地站起来,在客厅里来回走动。五平镇,这个原本她完全不知道的地理名词,现在变成了具体的画面,而她这个姓张的法国人也和远在万里之遥的一个山东小镇一下子有了血脉之亲。

她看着墙上父母的合影。

"爸爸,"她对戴维轻声说,"您上次说要回家,是回五平镇吧。我替您了却这桩心愿,好吗?"

她又看向妈妈:"妈妈,您一定会很高兴我这样做的,是吧?"

第48章

三年后

从一部校车上哗啦啦下来几十个穿着校服的孩子，都是二年级的学生。他们兴奋地说笑着，对于城里的孩子来说，郊游总是有趣的冒险。

安妮迎了上去，和带队的老师简短交流了几句。孩子们好奇地看着她还有她身后的另外几个志愿者。志愿者们穿的是一战时期法国士兵的服饰，头上还戴了钢盔。今天天气有点热，又没有风，戴着这样的帽子可真不舒服。

安妮额头上冒着汗，身上的衣服沾着皮肤。她自叹体力无法跟另外几个志愿者相比，他们都是大学生，想来体验一下当一战士兵的感觉。

面对孩子们，她笑意盎然地说："孩子们，欢迎你们来到这里参观！今天是一战停战纪念日，我和其他志愿者很高兴能帮助你们了解第一次世界大战。"

过去的三年，每年这个时候她都到加来海峡省这个小镇做志愿者。这些孩子是她今天最后一批客人。下午五点她得赶回巴黎，和卡拉一起准备即将在圣吉纳维夫图书馆举办的关于一战期间中国劳工在法国工作和生活的讲座，其中会讲述她父亲的故事。一想到她三次去中国收集到的图片和资料就要公之于众了，她既兴奋又紧张。

参观完一战博物馆后，孩子们看着不远处的草地，叽叽喳喳议论起来。一个混血的小女孩这时举起了手，她抿着嘴，有点害羞，她那样子让安妮想起了小时候的自己。

"你有什么问题吗？"安妮和颜悦色地问她。

"那片草地上为什么有很多大坑呢？"

"你问得很好。七十多年前战役在这里附近打响了，无数的炮弹落下来，这些大坑是被它们炸出来的。战争期间，有些村落被炮火完全摧毁了，甚至在战后也无法重建。过一会儿，我带你们看看战争的遗迹，其中包括一战遗留下来的战壕，那里有一块特别的大石头，上面刻了中文字还有中国的花鸟图案。"

几个孩子同时举起手,还没等她开口,就七嘴八舌问起来。

"是中国人刻的字和画吗?"

"这里当时住了中国人吗?"

"他们会说法语吗?他们为什么来法国?"

安妮对孩子们说:"别着急,过一会儿我会告诉你们答案。"

附近树林里传来一阵清脆的鸟鸣,战壕遗迹就在那个方向。安妮深深吸了一口气,带着孩子们朝树林走去。